T0275068

La extraordinaria
Grace Adams

Fran Littlewood

La extraordinaria
Grace Adams

Traducción de Laura Vidal

Papel certificado por el Forest Stewardship Council®

Título original: *Amazing Grace Adams*

Primera edición: marzo de 2024

© 2023, Fran Littlewood
Publicado originalmente en 2023 por Michael Joseph, un sello de Penguin Books
Penguin Books es parte del grupo editorial Penguin Random House
© 2024, Penguin Random House Grupo Editorial, S. A. U.
Travessera de Gràcia, 47-49. 08021 Barcelona
© 2024, Laura Vidal, por la traducción

Printed in Spain – Impreso en España

ISBN: 978-84-9129-664-5
Depósito legal: B-586-2024

Compuesto en Mirakel Studio, S. L. U.

Impreso en Liberdúplex,
Sant Llorenç d'Hortons (Barcelona)

SL96645

A Si, Cassia, Ione y Lucia

Me enfurecí y al despertarme oí la lluvia.

Virginia Woolf

Ahora

Grace tiene calor. Es por el sol, que es como aliento recalentado en el techo del coche, pero hay algo más. La sensación de estar ardiendo por dentro y sin venir a cuento. Entre sus pechos, un reguero de sudor traza una lenta ese que le irrita la piel y tiene ganas de meterse la mano por el cuello de la camisa y secársela. Pero hay atasco, está cercada por todas partes y el hombre del Audi tiene la ventanilla a la misma altura que la suya. La está mirando como si fuera la distracción que necesitara ahora mismo. Que te den, piensa Grace. Que te den, que te den, que te den.

«A los que estén pasando calor hoy —dice la mujer de la radio—, que sepan que, según el último informe del centro de estudios climáticos Autonomy, va a ir a peor...».

Grace revoluciona el motor para no oírla y su mirada se detiene en el reloj del salpicadero: 12.23. ¿Cómo es posible? Consulta su teléfono, en el asiento del pasajero. Mierda. Llega tarde. Muy tarde. Tiene que recoger la tarta *Love Island*, la que ha encargado especialmente. Una tarta que no puede permitirse, pero a la que se lo está jugando todo. Uno, dos, tres, cuatro... Empieza el recuento aprendido en terapia cognitivo-conductual que jamás le funciona, el que medio recuerda de un curso online que abandonó a las pocas sesiones, y a continuación aspira hondo por la nariz. Ahora tiene los vaqueros pegados a los muslos. Grace toquetea las rejillas de ventilación. Aprieta otra vez el botón del aire acondicionado, aunque sabe que está estropeado. Lo más insoportable es el calor barato que desprende el tapizado sintético y separa las rodillas todo lo que puede en un intento por dejar que algo del inexistente aire le corra entre las piernas.

En el asiento contiguo suena el teléfono y da un respingo. ¿Será Lotte? El pensamiento de que pueda ser ella es automático. Pero, cuando se inclina para comprobarlo, ya sabe que no. Lo que se ve, con un sobresalto, es una cara de mejillas flácidas que frunce el ceño en la pantalla y tarda un instante en reconocerse, en comprender que Cate está intentando otra vez hacer FaceTime. Grace se pega contra la portezuela del conductor. No quiere cogerlo y, aunque está segura de que Cate no puede verla —Lotte se ha reído cien veces de ella a cuenta de esto—, no se quita de encima la sensación de que su hermana la observa. Grace ya sabe qué quiere decirle Cate: lleva los últimos quince días soltándole una colección de mensajes que consiguen sonar al mismo tiempo comprensivos y acusatorios: «Me ha llamado mamá para decirme que ha estado intentando ponerse en contacto contigo, Grace. Está preocupada por ti. Papá también. La verdad es que no es justo para ninguno de los dos… Escucha, llámame y dime si estás bien. A ver, bien ya sé que no, pero… Todos estamos preocupados, Grace…».

Suena un claxon a su espalda y se gira. Como si el bocinazo fuera dirigido a ella. El tráfico es lento, el atasco se alarga hasta donde le alcanza la vista por la delgada carretera que arranca del pie de Muswell Hill y llega hasta el estadio Emirates. Una carretera más propia de un pueblo somnoliento, o de la época medieval, pero que está caóticamente congestionada con camionetas de trabajadores, autobuses municipales, repartidores y SUV.

—¿En serio? —dice Grace al espacio vacío del coche—. ¿En serio, gilipollas? Exactamente, ¿qué propones que hagamos?

Los laterales del coche amenazan con aplastarla y huele a plástico quemado. ¿Por qué siguen parados? Estar allí atrapada le recuerda a algo…, un libro, un programa de televisión, un guion… No se acuerda. Estos días no se acuerda ni de su nombre. Hundida en el asiento, intenta hacer memoria de las cosas que últimamente se le olvidan. Pero, por supuesto, no es capaz. De no ser tan aterrador, hasta resultaría divertido. Es como si una parte de su cerebro se desprendiera en cuanto se distrae.

Le suena otra vez el teléfono y además hay alguien directamente apoyado en el claxon de su coche. El hombre no le quita ojo, en el coche hace calor…, y encima hay algo atrapado y zumbando dentro. Una mosca gorda y plana vibra pegada al cristal. Le sudan las sienes y Grace comienza a abofetearse porque la mosca ha empezado a embestirla y a rebotar frenética en las superficies del interior del vehículo.

De pronto aparece una cara en la ventanilla trasera del coche que va delante. Una niña pequeña con una muñeca costrosa en la mano está mirando fijamente a Grace sin sonreír. Esta oye el ritmo machacón de un tema en la radio, el persistente zumbido del taladro de unas obras en la carretera un poco más adelante. Y ahora tiene la mosca en la mejilla, en el brazo, en el pelo, y el tráfico sigue parado, el tiempo avanza en unidades que no son las que deberían, y hoy no puede llegar tarde, hoy no, de eso no hay duda.

Así que se acabó. Está harta.

Grace baja del coche y los viscosos gases de escape se le pegan a la garganta; agarra el teléfono y se guarda la tarjeta de crédito y un billete de veinte libras en el bolsillo trasero. No necesita nada más. No quiere cargar con el bolso con este calor, bastante tiene con haberse equivocado de ropa esta mañana: un vaquero demasiado ajustado con el que tiene la sensación de que se le derriten las piernas. Cierra el coche de un portazo, apunta con la llave y —clonc— cerrado. Echa a andar siguiendo las rayas blancas del centro de la carretera cuando oye un grito a su espalda.

—¡Oye, oye, guapa! ¿Se puede saber qué haces?

Grace se detiene y se gira.

Es el hombre del Audi. Ha bajado la ventanilla y grita por encima del clamor de las bocinas que han empezado a sonar. Grace detecta la amenaza pulsátil en el ruido de los motores a su alrededor, pero tiene la extraña sensación de estar fuera de lo que ocurre, de que no guarda relación alguna con ella.

—¿No pensarás...? —se ha puesto a gritar el hombre haciendo tales aspavientos que Grace ve las manchas de sudor que tiene en las axilas—. ¡Vuelve al coche! ¡No puedes dejarlo ahí!

Grace nota en la lengua el metal caliente que desprenden los vehículos encajados a ambos lados de ella cuando sonríe al hombre. Le sonríe con la boca, no con los ojos.

—Se siente —susurra.

Cuatro meses antes

Northmere Park School
Londres N8 6TJ
nps@haringey.sch.uk

Estimado progenitor o tutor de Lotte Adams Kerr:

Ha llegado a nuestro conocimiento que la asistencia de Lotte este trimestre está por debajo del 70 por ciento y que muchas de sus faltas siguen «sin justificar». Es un resultado muy por debajo de los objetivos de la Oficina de Estándares de Educación fijados en nuestro consejo escolar y por tanto sumamente preocupante.

Dada la alarmante situación, el absentismo de Lotte tendrá un serio impacto en su aprendizaje y su rendimiento. Como sabe, los estudios demuestran que, por cada diecinueve días de inasistencia escolar, las calificaciones de los exámenes del certificado de secundaria de un estudiante pueden caer un punto.

Nos gustaría que se pusiera en contacto con el colegio para concertar una cita urgente con el tutor de Lotte, así como con su orientadora, para tratar el tema lo antes posible. De momento no han intervenido organismos externos. Pero es nuestra obligación informar de la ausencia repetida o prolongada de cualquier alumno.

Cordialmente,

JOHN POWER
Jefe de estudios

Reclinada contra la encimera de la cocina, Grace lee la carta dos veces y aun así no consigue asimilarla. Arruga el ceño, revisa el sobre. La única explicación es que se trate de un error administrativo, que hayan enviado la carta a la persona equivocada. A pesar de ello nota opresión en los pulmones, como si le faltara aire.

—¡Lotte! —llama.

Por supuesto sabe que su hija estará en su cuarto con los auriculares puestos, que es imposible que la oiga. Mira el portátil encima de la mesa. En la pantalla hay una porquería de novela romántica japonesa que está traduciendo o, mejor dicho, *no* traduciendo. Ahora no quiere ponerse a pensar en lo mucho que ha superado ya la fecha de entrega. No quiere pensar en lo que ocurrirá si no se pone las pilas con esto, porque no puede permitirse perder el trabajo con la agencia de traducción. Tal cual. El sueldo irrisorio que gana en su otro empleo —ese que aceptó como excusa para salir de casa, enseñando francés a niños menores de doce años sin el más mínimo interés en la escuela de primaria Stanhope— no le daría ni para pagar la factura del gas.

Grace coge su móvil, que tiene al lado, y, puesto que es la manera en que hacen las cosas ahora, manda un mensaje a su hija, que está a menos de diez metros de ella, un piso más arriba, separada por dos paredes. Espera. Nada.

—¡Lotte! —prueba de nuevo, esta vez más alto, y nota la habitual punzada de irritación en el estómago. A continuación hace una bola con la carta y la arroja al otro lado de la habitación, hacia la basura que se ha acumulado en el suelo alrededor del cubo de reciclaje.

Grace llama a la puerta, pero no espera para entrar. Lotte está sentada en su cama y de inmediato baja la tapa de su portátil. Su expresión es a la vez hostil y vulnerable. Ha vuelto a teñirse el pelo de rosa y el color le queda precioso, parece algodón de azúcar, y Grace piensa en lo guapa que está su hija perfecta y rebelde. En que, si pudiera, se quedaría allí mirándola. Viste pantalones cortos y un top verde que es más bien un pañuelo que apenas le cubre los pechos. Esos pechos sin sujetador que parecen sostenerse por arte de magia. «¿No tienes frío?», quiere preguntarle Grace. Porque se ha convertido en un cliché con patas. Se ha convertido en su propia madre.

—¿Qué? —dice Lotte levantándose el auricular de una oreja—. Estoy ocupada.

Grace es consciente del esfuerzo que está haciendo para hablar con un tono que aún pueda considerarse cortés. En el nuevo mínimo de «cortesía» al que han llegado de mutuo acuerdo.

Grace abre la boca para contestar, pero se interrumpe porque de pronto presiente que no va a conseguir hablar sin que se le quiebre la voz. Pasea la vista por la habitación, como buscando pistas. Está el olor dulzón y a sudor de ropa sucia, una planta volcada casi sin tierra bajo la ventana. Carteles en la pared de la chica de *Stranger Things*, del actor de *Sherlock*, la matrioska de colores brillantes en el centro de la estantería, una maraña de pendientes de aro y el pequeño buda cobrizo en la mesilla de noche. La mente de Grace pasa de un objeto a otro como si pensara que pudieran decirle dónde se ha metido su niña. Y quién es esta persona nueva y extraña.

—¿Qué? —vuelve a preguntar Lotte y esta vez no se molesta en disimular su impaciencia. A continuación, en voz baja, añade—: Joder.

La palabra enciende un poco a Grace, pero lo deja estar, fija la mirada en la de su hija. Tienen los mismos ojos, lo sabe; se lo dice todo el mundo. Los mismos ojos azul oscuro algo hundidos. Ojos que pueden ser la perdición de alguien. Eso solía decirle Ben.

—Me ha llegado una carta del colegio que no tiene ni pies ni cabeza —dice.

2002

S entada en su silla con pala de escritura, con los bolígrafos alineados, se pregunta qué hace allí. Tiene un nudo de nervios en el estómago y se siente como si hubiera vuelto a la universidad. Tiene veintiocho años, pero es como si tuviera otra vez dieciocho. Colgada sobre el escenario hay una banderola de PVC, un fondo amarillo salpicado de dibujos a línea de varios símbolos mundiales: el Taj Mahal, la torre Eiffel, la catedral de San Basilio y, destacadas en gruesas letras verdes, las palabras «Políglota del año 2002». Una convención de sabiondos, lo llama Marc. O lo llamaba, Grace se corrige, porque Marc es pasado; han roto. «Una convención de genios, más bien», le había dicho ella mientras pegaba el formulario de inscripción en la nevera y le sacaba el dedo corazón sin darse la vuelta.

A unos pocos asientos de donde está, ve al chico de jersey negro agujereado a la altura de los puños en el que se fijó cuando hizo la inscripción. Es más joven que ella, calcula, quizá un par de años, pero también la única persona normal que hay allí. En esto está pensando cuando el chico se inclina hacia ella, como si de alguna manera le hubieran leído el pensamiento.

—Perdona, hola...

De cerca tiene las mejillas extraordinariamente hundidas y la mandíbula en forma de ele, de las medidas exactas de un ángulo recto. Los mechones de su pelo apuntan cada uno en una dirección, pero tiene los ojos castaños fijos en Grace.

—¿Tienes un boli? —pregunta.

Grace mira su reserva de bolígrafos y por un instante se pregunta si está bromeando. Tiene bolis azul, negro y rojo, un juego de marcadores fluorescentes y tres lapiceros HB. De pronto se siente como una empollona ridícula.

—Yo diría que sí —contesta—. Elige el que quieras.

El chico sonríe, se estira un poco más y mira la mesa de Grace. Se toma su tiempo y de nuevo Grace tiene la sensación de que se está burlando de ella.

—Creo que voy a optar por el Bic azul —dice por fin.

—Un clásico. —Grace lo coge y se lo da—. Buena elección.

El chico ríe y le da las gracias. A continuación se da dos golpecitos con el bolígrafo en la palma de la mano, como si lo estuviera probando. Tiene dedos bonitos, observa Grace. Largos con las uñas cortas y cuadradas.

El chico se arrellana en su silla pero de inmediato se echa de nuevo hacia delante, como si se hubiera pinchado con algo.

—Por cierto, me llamo Ben.

—Yo Grace.

Nota rubor en las mejillas al decirlo.

El chirrido de la instalación de sonido la salva. En el escenario hay un hombre manipulando un micrófono. Está muy bronceado, viste traje de lino y parece salido de la serie de televisión *Un año en la Provenza*. Da golpecitos al micrófono: una, dos veces, y carraspea.

—Bienvenidos todos —dice y junta las manos como si fuera a rezar—. Y enhorabuena por llegar hasta aquí. Soy David Turner y vosotros sois algunos de los mejores lingüistas del país. Grace se vuelve a mirar al chico del jersey negro. Este levanta las cejas solo un poco; a modo de respuesta, Grace abre los ojos solo un poquito también.

—… Lo que quiere decir que habéis sido seleccionados por la calidad de vuestros vídeos —está diciendo David Turner— y he de decir que el nivel de este año es estratosférico. Tenemos participantes de entre veintitrés y setenta y cuatro años y procedentes de todos los rincones del Reino Unido, algo que, coincidiréis conmigo, es fantástico. En fin, esta mañana habrá unas charlas de presentación y después tenemos unos cuantos oradores interesantísimos. ¡Pero la verdadera diversión empieza esta tarde! —Da puñetazos al aire y se oyen risas por la sala—. Sé que estáis ansiosos por empezar, así que solo me queda desearos… —Hace una pausa y guiña el ojo—: *Bonne chance, buena suerte,** *viel erfolg, udachi, held og lykke*, etcétera, etcétera.

Grace se vuelve hacia el chico del jersey negro y le guiña un ojo exageradamente.

—Buena suerte —le dice.

—Lo mismo digo. —El chico le devuelve el guiño con expresión seria.

El almuerzo se sirve en la cafetería. No es época de clases y el campus está inquietantemente desierto. Grace no tiene hambre, pero opta por una patata asada rellena del tamaño de un ladrillo y una ensalada mortecina, y espera a la mujer que hace cola detrás de ella para tener a alguien con quien sentarse. Pronto están rodeadas en la mesa de…, en fin…, sabiondos. La conversación versa sobre conjugaciones, sobre cirílico y klingon y, muy a

---

* En español en el original. *(N. de la T.)*.

su pesar, Grace se empapa de ella igual que una esponja. Está absorta en lo que dicen, pero aun así no se le escapa que, de tanto en tanto, el chico del jersey negro con agujeros en las mangas la mira desde el otro lado de la cafetería.

La tarde transcurre en un frenesí de competiciones lingüísticas y Grace está en su elemento. Imparable. Está arrasando en francés, español, japonés, ruso, holandés. Hay pronunciación contrarreloj, carreras de lectura de cien frases en diez minutos, traducción simultánea y análisis crítico de frases sorpresa con solo sesenta segundos para contestar. Intentan aprender rumano en una hora. Grace ha desaparecido y su cerebro, su cuerpo canalizan las preguntas. Ha estudiado muchísimo para esto. Es posible que le haya dedicado diez mil horas, pero para ella es fácil. Es como si las palabras, las frases, las estructuras lingüísticas estuvieran ya allí, acechando en su córtex cerebral, y solo necesitase desenterrarlas. Imagina que a sus competidores les ocurre lo mismo, porque el hombre del traje de lino —David— estaba en lo cierto: son todos unos fenómenos. Los tres últimos años ha estado a punto de inscribirse en el concurso, pero algo siempre se lo ha impedido, la sensación de que quizá no es lo bastante buena. El año anterior llegó incluso a completar los formularios, pero al final no los envió. Ahora que está aquí, no entiende cómo no se ha presentado antes. Y de pronto lo quiere. Quiere, por encima de todo, ganar.

Cuando llega al bar del sindicato estudiantil donde va a ser la entrega de premios, él ya está sentado. Huele a humo rancio y a desinfectante e, igual que el perro de Pávlov, a Grace se le antoja automáticamente una copa. Vacila y entonces el chico, Ben, le hace un gesto para que se acerque, le deja sitio para que pueda sentarse. A continuación se saca el bolígrafo azul del bolsillo y se lo da.

—Gracias —dice—. Mi amuleto secreto. *Le Bic bleu...*

—Muy gracioso —dice Grace—. Espero que te haya funcionado.

El bolígrafo está caliente por el contacto con la mano de él y de pronto siente el impulso de acercárselo a la cara, de olfatear el lugar en el que han estado sus dedos.

En la mesa hay vino y Grace se sirve, le ofrece la botella.

—Tengo la sensación de que deberíamos beber algo tipo cerveza negra con sidra.

—Totalmente. O cerveza tibia.

A su alrededor, las mesas se van llenando. Grace saluda con la mano a un consultor de recursos humanos de Cambridge con el que se sentó durante la comida. David Turner está preparándose en la parte delantera de la habitación y a su espalda hay un trofeo plateado.

—¿Qué tal te ha ido? —pregunta Ben.

—Bastante bien, creo —dice Grace—. ¿Y a ti?

—Sí. —Asiente con la cabeza.

—¿Cómo que sí? —exclama Grace riendo—. ¿Eso qué quiere decir?

—Bueeeno… Llevamos un poco de retraso, así que vamos a empezar. —David Turner eleva la voz para hacerse oír por encima del murmullo de las conversaciones—. Gracias otra vez a todos por participar. Me enorgullece anunciar…

Grace intenta concentrarse en el anuncio, pero está segura de que Ben la está mirando, nota el calor de su mirada en uno de los lados de la cara. También lo huele, de tan cerca que se encuentra. Un olor blanco y puro que le recuerda al invierno.

—… así que voy a ir directo al tercer puesto.

David Turner se pone una mano en los ojos a modo de visera y examina la habitación. Ahora sí que Grace atiende. Se queda muy quieta.

—¿Está por ahí Ariel Jones?

Los dos miran hacia delante y aplauden mientras un hombre menudo con un poco favorecedor bigote recoge su premio y quizá es que el vino se le ha subido a la cabeza, pero Grace tiene la extraña sensación de que ya ha vivido esta situación.

—… y en segundo lugar, con una puntuación de ciento sesenta y tres y ganador de un vale de cien libras para la librería Foyles… —David Turner consulta su trozo de papel—, Ben Kerr. ¡Bien hecho!

El chico del jersey negro mira a Grace mientras se pone de pie y hace una fugaz mueca de sorpresa antes de ir a recoger su premio. Grace tiene el pulso acelerado y no sabe por qué. Le duelen las palmas de tanto aplaudir y se alegra por Ben, claro que sí. Parece un tipo agradable, pero al mismo tiempo no quiere pensar que ha sacado mejor puntuación que ella en este concurso. Y no tiene ni idea de por qué algo así le importa tanto, no sabe qué está intentando demostrar porque no es más que una tontería de concurso y…

—… el título de Políglota del Año, con la asombrosa puntuación de ciento sesenta y cuatro, un solo punto, señoras y señores, por encima de nuestro estimado subcampeón, es para Grace Adams. Nuestra más sincera enhorabuena, Grace. Felicidades.

Grace tarda un momento en asimilar que David Turner ha dicho su nombre. En el bar, los asistentes se giran a mirarla.

—Ven aquí, Grace —la llama David Turner.

Cuando se levanta, todos los ojos están puestos en ella. Y es que ha ganado, sí señora. Ha ganado el concurso. Intenta sin éxito poner cara de póquer mientras se dirige hacia la barra. Este día la ha colmado, se da cuenta. Le ha hecho feliz. Y es la primera vez que se siente así desde que Marc —desde que Marc y ella— decidieron que habían terminado. De hecho, desde antes de eso.

Alguien le da una copa de champán y le entregan un trofeo plateado. También un sobre, pero tiene las manos llenas y no puede cogerlo.

—Bueno, pues te comunico —David Turner dobla el sobre— que, por cortesía de nuestros buenos amigos de La Lengua Importa, has ganado un fin de semana para dos personas en el precioso hotel Kerensa en Cornualles...

Grace no tiene ni idea de cuánto tiempo transcurre antes de que la gente que la rodea desaparezca. Ha sonreído y vuelto a sonreír, bebido y vuelto a beber, le duele la cara por el esfuerzo que todo ello le ha supuesto y de pronto solo están el chico del jersey negro con agujeros en los puños y ella, de pie, juntos, en la barra.

—Sabía que ibas a ganar. —Está tan cerca de ella que casi se tocan—. En cuanto vi todos esos bolígrafos en fila igual que un ejército de material de papelería supe que no tenía nada que hacer. Aunque me he quedado a solo un punto. —Chasquea la lengua—. Te he pisado los talones.

Grace se sirve vino tinto de una botella en su copa de champán.

—La pena es que tu vale no sea para Marks & Spencer. Porque necesitas un jersey nuevo, supongo que lo sabes.

—Muy aguda, Grace —dice él.

Y hay algo en su manera de pronunciar su nombre que es como si la conociera. Grace se derrite por dentro.

—Así que un fin de semana en un hotelito de postín... Está muy bien.

—Sí. El problema es que no puedo ir.

—¿Y eso? ¿Por qué?

—No tengo con quién. —Grace deja su copa en la barra—. Vale, ya sé que suena absurdo, pero rompí con mi novio hace un mes. Todo el mundo está... Estoy en esa edad en que, ya sabes...

Deja la frase sin terminar, no quiere pensar en el tema.

—Qué putada. Lo siento.

—Sí, bueno. —Grace se encoge de hombros—. Peor habría sido que siguiéramos juntos. Yo no quiero tener hijos y resulta que no era algo negociable.

O al menos esa era la excusa que le había dado Marc. Pero, cuando recuerda aquella velada tan desagradable en el restaurante etíope en Kentish Town, Grace sabe que, de haber dicho que estaba loca por formar una familia, tampoco habría acertado. «Lo siento, cariño —le había dicho Marc mirándola a los ojos desde el otro lado de la estrecha mesa—. Te quiero, pero no puedo seguir así». Lo había dicho como si le estuviera aconsejando sacrificar un animal de compañía enfermo. Estaban cenando pan ácimo *inyera* y estofado de carne y Grace tuvo que reprimirse para no restregarle la comida en su cara de impostada preocupación. Cualquier cosa que sirviera para atajar la sensación de estar precipitándose al vacío.

Sabe que se ha librado de una buena, aunque ahora no se lo parezca, porque mientras vivían juntos hubo otras mujeres. Es algo que Grace sospecha, que sabe en su fuero interno. Marc ni siquiera se tomaba demasiadas molestias en disimularlo, pero ella eligió no ver. Estaba enganchada a él como una tonta y al final él no estaba demasiado loco por ella, así que ha desperdiciado tres años de su vida.

A su lado, Ben carraspea.

—Perdón. —Grace parpadea—. No tengo ni puta idea de por qué te cuento esto.

—Ha sido un día largo —sugiere Ben y Grace ríe.

—Ha sido un día largo —conviene Grace—. Y estoy bastante borracha.

—¿Quién nos iba a decir que esto iba a ser un fiestón?

Entonces se miran y Grace descubre que no quiere apartar la vista. A su alrededor hay cierta inestabilidad. Como si alguien hubiera eliminado el equilibrio de un plumazo.

—Podríamos compartir el premio. —Las palabras salen de su boca antes de que su cerebro las procese—. A ver, solo ha sido un punto de diferencia. He ganado yo, pero podías haberlo hecho tú. —Coge el sobre de la barra y lo agita—: ¿Quieres venir conmigo?

En cuanto lo dice, no da crédito. Quiere retirar sus palabras, pero al mismo tiempo no quiere. Una parte de ella piensa: *alea iacta est*.

El chico del jersey negro se pasa una mano por el pelo, la mira con atención.

—Vale —dice al cabo de un momento—. ¿Por qué no?

—Vale —repite Grace y asiente con la cabeza como intentando comprender lo que acaba de oír.

—A ver, preferiría quedarme con el trofeo, pero si solo me ofreces lo otro...

Y los dos se echan a reír de lo disparatado de la proposición. Es una risa chispeante, alocada y un poco histérica, porque los dos son conscientes en ese momento de que lo van a hacer. Saben —con esa exquisita certeza que dan los verbos regulares— que va a suceder.

Ahora

Grace tiene las llaves del coche aún apretadas en la palma, el sol abrasador en la nuca, cuando comprende que irá andando. Con el rugido del tráfico detenido una calle atrás, las bocinas sonando como si fuera el día de carnaval, el alivio de tan solo caminar, caminar sobre sus dos pies tras el sofocante aire viciado del coche, es inmenso. Liberador. Está atravesando el callejón entre el sitio de pollo jamaicano y la ferretería que la hará desembocar en la avenida principal. A pesar de los grafitis en las paredes, las marañas de hierbas y un olor rancio a pis reseco, está pensando con una claridad que la había eludido durante días, semanas, más tiempo incluso. Irá andando desde aquí hasta allá, hasta el apartamento de Ben, cruzando el norte de Londres, para llevarle la tarta a su hija, por su decimosexto cumpleaños. Es lo que hará. No hay problema.

No tiene más que cogerla, la ofrenda de doscientas libras que más parece un soborno. Es la invitación que no ha recibido y llegará con ella triunfante, como si fuera la maldición en un cuento de hadas perverso, el hada maligna. «¡No!». La palabra se

le escapa en voz alta, allí en el callejón, como si fuera una enaje-
nada hablando consigo misma. No va a ser así. Es un acto de
amor, esa tarta, y Lotte sabrá verlo. Lo hará. Y la perdonará.

Cuatro meses antes

1. $(x + 2)(3x - 12) =$

2. Despeja x e y:
   $3x + 7y = 14$
   $6y - 6x = -19$

3. Despeja x:
   $24x (14 + 2x) = 45$

4. $XXX + L =$ Hoy casi me corro mirándote...

—¿Lotte?

Entra en el baño con el trozo de hoja de ejercicios. Lotte está desnuda delante del espejo poniéndose desodorante en las axilas. Los ojos de la hija se encuentran con los de la madre en el espejo, el surco de su entrecejo es un signo de interrogación; tiene un cuerpo perfecto, como recién esculpido por ángeles. Grace arruga el trozo de papel, se lo guarda en el bolsillo de sus vaqueros. Este no es el momento.

—Haz el favor de tapártelas —es lo que dice con tono de fingida desaprobación—. Venga, ya lo hemos hablado. A mi edad es lo que me faltaba.

Mientras se aproxima a Lotte menea la cabeza y mira su reflejo con los ojos en blanco.

—¿Cómo pueden estar tan ridículamente firmes?

—Madre, para...

—¿Son de verdad? —Hace ademán de tocar uno de los pechos de Lotte y enseguida retira el dedo como si hubiera rebotado—. Es que vamos a ver...

Lotte la espanta con un manotazo y ambas ríen.

—No me toques, loca. —Lotte tiene cara de enfadada, pero sus ojos siguen sonriendo—. Cómo te pasas. No entiendo cómo puedes estar a cargo de unos niños de primaria.

—Bueno, es que no estoy a cargo, así que... —Grace frunce los labios.

Lotte coge su toalla del suelo y su teléfono del lavabo.

—Pues menos mal —dice al salir—. Gracias a Dios.

«No te vayas», piensa Grace, que sigue allí de pie como si estuviera varada. Está el olor jabonoso y húmedo de la piel de su hija, la vibración en el espacio que acaba de ocupar.

—Voy a empezar la temporada nueva de *Parks and Recreation* —dice Grace sin pensar, aunque oye pisadas alejarse ya por las escaleras—. ¿La vemos juntas?

—Puede.

Por la voz de Lotte, Grace sabe que ya está en otra cosa, Instagram probablemente. Y también que «puede» significa «no». Espera un segundo, dos. A continuación oye el suave chasquido de la puerta del dormitorio de su hija al cerrarse y es como un puñetazo.

Se saca el papel del bolsillo, relee las palabras. «Hoy casi me corro mirándote». El trocito de papel impreso no ha perdido su capacidad de conmocionarla. Le cuesta asimilar que alguien haya podido enviar esto a su hija, a una chica de quince años. No sabe cómo sacar el tema. Estaba registrando tu chaqueta y... ¿qué? ¿Qué puede decir? Estoy preocupada por ti. Sabes que puedes contarme lo que quieras. Tengo la sensación de que te guardas cosas y no quiero entrometerme, pero que sepas que estoy aquí. Mira su reflejo en el espejo. Sí, todas esas cosas, Grace, se dice. Pero, por Dios, si es que suena a diálogo de telenovela barata y además está agotada, joder. De pronto repara en algo en su cara y se acerca al lavabo para verse mejor.

¿Qué coño les ha pasado a sus labios?

Están desapareciendo. Grace arruga la boca en diferentes direcciones. Es como si la parte de arriba de su labio superior se hubiera desvanecido. De la noche a la mañana. Y lo que antes era rosa ahora es blanco, pero con pequeñas líneas verticales que siguen allí y, abracadabra, ahora se han convertido en una única gran arruga. Pero no ha podido ocurrir de un día para otro. ¿O sí? Y, si es así, ¿cómo no se ha dado cuenta antes?

Empieza a sonar el latido de un bajo que atraviesa el techo de la habitación de Lotte. Y mientras mira su estúpida boca desaparecer, Grace imagina a su hija en ese mismo sitio solo minutos atrás y reflexiona sobre lo cruel del puto paso del tiempo. Que justo cuando ella —cuando todas las madres— empiezan a secarse desde dentro (o quizá de fuera adentro, ¿cómo definirlo?), las hijas están llenas de la firmeza, la potencia y la madurez sexual que ellas están perdiendo. Y tal vez lo peor de todo sea que las hijas ni siquiera son conscientes.

Entonces recuerda otra vez la nota garabateada, el tono explícitamente pornográfico y también la carta de la que ha hecho caso omiso. Esa carta del colegio que también Lotte ha afirmado no entender. Hace más de una semana ya que llegó. Y la siguió un correo electrónico. Mañana llamará al colegio, sin falta. El problema es que todo recae ahora sobre ella, además del trabajo, y la casa, y la traducción y...

Empieza a apoderarse de ella el sentimiento de culpa. De culpa con minúscula y también, claro, de Culpa, con mayúscula. Ahuyenta el pensamiento: no va a entrar ahí.

2002

Han quedado en la playa a las siete de la tarde. Él ha venido en tren porque se supone que el tercer tramo del viaje tiene unas vistas espectaculares, pero apenas se ha fijado. No ha pasado de la página cinco de *No logo*, no se ha terminado el sándwich que se compró en la estación de Warwick Parkway para comer, ni siquiera ha sacado las notas para su tesis doctoral de la bolsa. No dejan de venirle a la cabeza imágenes de la convención. Imágenes de ella. El pelo recogido de cualquier manera en la coronilla, la chaqueta oscura arremangada de alguien que sabe lo que quiere. Piensa en lo lista que es, lo apasionada, lo divertida, lo guapa. Es alguien que no se ha criado a base de yincanas y cócteles de ginebra, que no está escrita en el código que entendería su familia. Una loca del lenguaje, igual que él. Pero mientras viaja por la costa y aspira los olores a sal, a basura y a piedra recalentada, se pregunta si la reconocerá cuando llegue. No le ha contado a nadie lo que va a hacer, ni siquiera a su compañero de piso, Isaac, ni a sus hermanos. A nadie. Siente que es algo que necesita guardarse para sí, un secreto disparatado que no quiere compartir con nadie.

Ella está sentada en la arena con las piernas cerca del cuerpo, mirando el mar. Está sola en la playa, así que de inmediato sabe que es ella; por un momento piensa que en realidad la habría reconocido en cualquier parte. Hay una luz extraña, hipnótica, un resplandor hiperreal que colorea de rosa todos los contornos. Tiene la boca seca. Se descalza, hace equilibrios para quitarse los calcetines y se está armando de valor para llamarla, cuando se gira. Tiene las mejillas arreboladas y con el sol en la cara se parece a esa actriz, la pelirroja inteligente. Julianne Moore.

Tira la bolsa en la arena y camina hacia ella.

—Ah, hola. Has venido —dice ella protegiéndose los ojos con la mano—. ¿Cómo te llamabas?

Acto seguido sonríe de oreja a oreja.

—Qué jocosa.

—Jocosa —dice ella asintiendo con la cabeza—. Qué bonita palabra.

—Lo es —coincide él y se sienta cerca de ella. No demasiado.

En lugar de preguntarle por el viaje o charlar sobre algo intrascendente, ella señala el lado izquierdo de la playa, hacia el horizonte.

—Mira lo que hay ahí —dice como si ya hubieran empezado una conversación, y él sigue su mirada.

Tarda un momento en localizarlo pero entonces ve lo que ve ella, algo que podría ser una roca o una boya. Es oscuro y brillante y cabecea a bastante distancia.

—¿Una foca? —pregunta—. ¿Un delfín? ¿Un... tiburón?

Ella le clava un codo en el costado. Con suavidad, casi sin tocarle. Pero, aun así, él siente una descarga eléctrica que le recorre el cuerpo.

—Es un surfista, tonto. Lleva en el agua desde antes de que llegara yo, hace que parezca facilísimo, joder.

—¿Tú haces surf? —pregunta él y nota la forma incómoda de las palabras en la lengua, la vocalización exagerada de una pregunta demasiado formal.

—Lo hice. Pero no durante mucho tiempo.

No añade nada y tampoco le corresponde con otra pregunta. Miran el mar en silencio. Ben hunde los pies en la arena en busca de estabilidad. Nota los ásperos granos entre los dedos de los pies y tiene el corazón acelerado, pero no sabe si de nervios o de emoción. No está seguro de qué es esto, de lo que hacen allí los dos, de por qué han ido, pero siente la atracción que ejerce ella sobre él. Como si sus cuerpos estuvieran fundidos en uno a pesar de que los separan centímetros. Y se pregunta: ¿lo sentirá ella también? Le gustaría alargar la mano y hacer que lo mirara a él en vez de al mar. Le gustaría asomarse a esos ojos oscuros y risueños y preguntarle qué está pasando. Quiere desnudarse, despojarse de todo barniz y reconocer lo extraño que es el hecho de que apenas se conocen y sin embargo allí están. Quiere que se sincere, conseguir acercarse a ella.

Pero lo que hace es preguntar:

—¿Ya has hecho el *check-in*?

—Ajá —contesta—. Y he reservado para cenar a las nueve, si te parece bien. O igual podemos comprarnos patatas o… Espera.

Se ha puesto en cuclillas, tiene el ceño fruncido y se inclina hacia delante, mirando hacia el mar. El semblante le ha cambiado por completo.

—¿Qué? —pregunta Ben—. ¿Grace?

—El surfista —murmura esta como si hablara sola y no con él.

Ben sigue su mirada. Está el gris verde grisáceo del agua, pero no ve la sombra oscura recortada contra las olas. Examina la superficie esperando a que reaparezca.

—No… Algo ha pasado.

Con un movimiento, Grace toma impulso y se pone de pie, se saca el teléfono del bolsillo y lo deja caer en la arena. A continuación, echa a correr hacia el mar, alejándose de él. La arena en este tramo de playa es de grano grueso, como azúcar moreno, pero se mueve por ella como si estuviera mojada por la marea. Por un momento Ben sigue inmóvil, aturdido, en plan ¿qué coño pasa? ¿Se ha vuelto loca, esta mujer a la que apenas conoce? Pero a continuación se pone también de pie porque sigue sin encontrar el cuerpo negro y brillante entre las olas. Todo parece tener un filtro rosa y la mancha menguante del sol de la tarde le transmite sensación de irrealidad, como si estuviera dentro de una película.

Para cuando Ben llega a la orilla, Grace ya ha nadado hasta más allá de las boyas, donde el mar es oscuro y está picado. Ben ahora puede ver al surfista, más lejos, y se mete en el agua y vadea a grandes zancadas, de modo que en pocos segundos tiene los vaqueros pegados a las piernas. El frío le corta la respiración y sigue avanzando, pero Grace está ya tan lejos que es imposible, carece de sentido. El agua le llega a la cintura cuando se detiene. Tiene la cabeza hecha un lío, no puede pensar. Debe llamar a la guardia costera, eso es lo que debe hacer. Con el corazón en la garganta, da media vuelta.

—Tenemos gente en…, tardarán menos de cinco minutos en llegar.

En la arena húmeda, la cobertura de su teléfono es de una única barra y la voz de la mujer se entrecorta.

—Vale —dice Ben aunque en realidad no se está enterando; no consigue concentrarse.

—¿Le parece que puede ser un remolino? —pregunta la voz al otro lado de la línea telefónica.

—Pues es que... no lo sé —contesta impotente.

—¿Y todavía los ve?

Los ve. Aún los ve.

—... a cuatro minutos... Es la... —dice la voz—. No les quite la vista de encima y siga al teléfono.

Y, ahora que se fija, es posible que Grace se esté acercando. Entorna los ojos. La luz empieza a desaparecer y es difícil distinguir nada, pero le parece ver la tabla de surf y dos figuras. Tapa el micrófono con la mano.

—¡Grace! —grita—. ¡Grace!

Si le oye, no da muestras de ello. No responde.

—Tengo que volver al agua —le dice a la mujer del teléfono.

—... ayudará más... siga al teléfono...

Nota el fuerte escozor de la sal en los muslos y la saliva atrapada en la parte posterior de la lengua. No puede quedarse sin hacer nada.

—Le pido..., espere un momento, por favor, señor.

Un temblor ha empezado a recorrer a Ben. Es la impresión del agua fría, el frío del miedo, porque ¿y si a Grace le ocurre algo en el agua? ¿Qué haría él? Sabe su nombre, su número de teléfono, conoce un puñado de datos sueltos sobre ella. Habla cinco idiomas, se imagina diciéndole a un agente de policía comprensivo. Su preferido es el japonés. Tiene un exnovio que la dejó; no quiere tener hijos; su bolígrafo favorito es un Bic azul. Es prácticamente todo lo que sabe. Mira el horizonte y escudriña la superficie oscura, cambiante del mar. Nada. ¿Con qué familiar cercano tendría que contactar? Ahuyenta este pensamiento y se dirige de nuevo hacia el agua porque, diga lo que diga la mujer del teléfono, quiere sacar a Grace de allí. Necesita que no le pase nada. Quiere tener el fin de semana que habían planeado.

Entonces oye sirenas y, cuando se vuelve, ve a la guardia costera circulando por la playa en su dirección. El alivio es como un puñetazo y levanta los brazos como si se rindiera, empieza a agitarlos en el aire igual que un demente.

—¡Aquí! —grita aunque van directos hacia él—. ¡Deprisa! ¡Aquí!

Los sacan del agua tan rápido que es como si nunca hubieran corrido peligro. A la surfista —porque es una mujer con mechones de pelo castaño enredados como serpientes— le sangra la sien, pero Ben ve que está consciente y que la tumban en una camilla, le curan la herida, la examinan para ver si sufre conmoción. Ben mira impotente cómo un paramédico hace un aparte con Grace.

—Guárdate el dichoso papel de aluminio —la oye decir—. No he estado en el agua más que cinco minutos.

El paramédico hace un gesto a Ben para que se acerque, le da la manta plateada que Grace dice no querer.

—Tiene que quitarse esa ropa —le dice el paramédico y recita los síntomas de la hipotermia, le indica a Ben que llame al teléfono de emergencias si detecta algo preocupante. Y ya está. El coche se va y se quedan solos.

Permanecen de pie, conmocionados. Grace lleva una camiseta blanca arrugada a la altura del cuello y pegada al cuerpo de manera que se le transparenta el sujetador, trozos de piel color albaricoque. Los vaqueros están negro brillante.

—¿Quién coño eres? ¿Superwoman?

Le sale la voz aguda y Grace sonríe. Pero es una sonrisa rara, forzada, y Ben se da cuenta de que está a punto de llorar.

—Oye... —dice y se acerca a ella, le retira el pelo de la cara. Tiene cristales de sal en el puente de la nariz, en la frente, que le acentúan las pecas—. Tranquila, ya pasó. Pero estás helada, Grace. Necesitas quitarte esa ropa mojada.

Al estar tan cerca de ella percibe su fuerza. Una sensación que no puede explicar pero que le acecha desde sus entrañas igual que un socavón oculto en una carretera desconocida. Solo sabe que necesita conocer a esta mujer brillante, extraña, impulsiva que lo colma y al mismo tiempo lo aterra. Necesita saberlo todo de ella.

Siente su aliento caliente en la piel cuando ella alza el brazo y le coge la mano, aún en su pelo. Y, a continuación, la boca de ella está en la suya y sabe a sal y a óxido y Ben tiene la sensación de estar cayendo, cuando de pronto ella se separa.

—Madre mía, Ben. —Se toca la ropa mojada, el pelo—. Parecemos actores de una película porno mala de los ochenta.

Y Ben ríe, pero tiene tal erección que no sabe qué hacer con ella. Se pasa la lengua por el sabor de Grace en sus labios, carraspea.

—Vámonos. —Grace echa a andar por la playa—. Tengo que cambiarme. Y tú también —añade y señala la marca de humedad en la camiseta de Ben, que está oscura del ombligo para abajo.

El hotel está encaramado en lo alto de una colina que se asoma al mar y, para cuando llegan, Grace ha dado su brazo a torcer y lleva la manta sobre los hombros. A la puerta hay aparcados coches caros y en el vestíbulo Ben se fija en los sofás de terciopelo, en la chaise longue Eames y en el enorme reloj tipo Starburst en la pared. En la recepción no hay nadie y siente alivio por no tener que dar explicaciones y poder subir directamente a la habitación del segundo piso.

Cuando Grace mete la tarjeta en la ranura, Ben de pronto se siente abrumado por lo íntimo de la situación. Por el hecho de estar en una habitación de hotel, con las connotaciones sórdidas que algo así puede tener; está seguro de que a Grace le ocurre lo mismo.

—Entonces, dime: no solo hablas tantas lenguas como la maldita Cleopatra, también eres atleta.

Ben se esfuerza por aligerar la tensión mientras entran en la habitación.

—Es verdad. Soy un hacha. —Grace está de espaldas a él dando luces, pero Ben detecta la sonrisa en su voz—. Pero es que además crecí junto al mar. En Brighton. Me saqué el título de socorrista, como todo el mundo allí. Joder, estoy helada. Es que no puedo ni...

—Grace —la interrumpe Ben repentinamente serio—, debería haberme metido en el agua e ido a sacarte.

Grace se gira hacia él. Tiene los brazos alrededor del torso como si se abrazara, pero incluso así hay algo salvaje en ella, algo alterado. Entonces mira a Ben a los ojos y este nota una descarga que lo recorre. Ninguno dice nada y Ben oye el quedo tictac del radiador, o quizá de un reloj. Y entonces sabe lo que es esto. Ahora ya está seguro de qué hacen allí. Grace le está mirando y despide tal poder que Ben no puede quitarle la vista de encima mientras ella le desabrocha y le baja los pantalones vaqueros. A continuación Ben la coge y la pega contra la pared mientras le pregunta: «¿Te gusta esto?», y ella echa la cabeza hacia atrás y cierra los ojos. Tiene el cuerpo frío y húmedo y suave. Tiene arena en los pliegues de las ingles y en la parte interior de las rodillas y Ben se muerde tan fuerte el labio que nota el sabor de su propia sangre.

Piden comida al servicio de habitaciones. Pan de calabaza caliente y cangrejo con alioli, corazones de alcachofa con aceite de trufa. Cheddar maduro, galletas al carbón, aceitunas kalamata. Cerezas sazonadas con pimienta, mazapán y mousse de chocolate amargo en copas de cristal ahumado. La habitación tiene vistas al mar y se sientan en la cama a mirar el agua negra como la noche, enfundados en albornoces blancos que han cogido de detrás de la puerta del baño. Comen como si tuvieran miedo de que se acabara la comida.

—Todo esto me parece irreal —dice Ben antes de lamer chocolate del reverso de una cuchara fría.

—¿El qué? ¿La comida mágica? —Grace tiene una cereza en la boca y cuando habla le chorrea jugo por el mentón y le ensucia el albornoz—. Mierda. —Ríe y a continuación se limpia la cara con la manga, que se tiñe de color escarlata.

—Qué bonito. —Ben menea la cabeza y sonríe.

—Bueno. Lo lavan con lejía cada vez que alguien lo ha usado una vez. —Grace sube los hombros, los baja. A continuación dice—: ¿Qué es lo que te parece irreal?

Ben duda. Le gustaría decirle lo increíblemente guapa que es. Allí, sentada de piernas cruzadas en la cama con las mejillas aún teñidas de rubor poscoital. Le gustaría decirle que no ha conocido a nadie, a ninguna mujer como ella.

—¿Qué? —vuelve a preguntar Grace.

—Esto. —Ben se pasa una mano por el pelo—. Tú. Todo. Esa locura de la playa… ¿ha ocurrido de verdad?

—¿Te refieres a lo de salvar la vida a una mujer que se estaba ahogando? Un juego de niños —Grace se encoge de hombros— para alguien que aprendió sola el subjuntivo español a la edad de doce años.

Cuando sonríe, Ben la coge de los hombros y la empuja contra el cabecero de la cama. La inmoviliza allí entre risas, antes de que los oscuros ojos de ella se pongan serios y él vuelva a besarla.

Ahora

Los cuarenta y cinco son la edad más infeliz según un nuevo estudio de la Oficina Nacional de Investigaciones Económicas de Estados Unidos. Concretamente, los cuarenta y cinco años y medio. Eso dice el execonomista del Banco de Inglaterra Anthony Blanche, quien ha analizado datos de ciento treinta y dos países de todo el mundo.

En Reino Unido el estudio se basó en investigaciones realizadas con motivo de la Encuesta Nacional de Población, que incluía la pregunta: En líneas generales, ¿cómo de satisfecho está con su vida ahora mismo? Los encuestados afirmaron que a partir de los cuarenta la felicidad cae en picado.

Mientras tuerce por High Street, Grace resopla pensando en el informe del *Guardian Online* que ha leído la semana anterior. Cuando faltaban dos meses para su cuarenta y cinco cumpleaños, de hecho. Fue uno de esos momentos que parecen salidos de *El show de Truman*, en que había tenido la sensación de que, en alguna parte, había un ser omnipotente mirándola, estudiándola, riéndose de ella. Como si fuera una araña a la que estuvieran arrancando las patas una a una. Un experimento humano llevado al extremo.

Una desquiciante hoguera sigue ardiendo dentro de ella cuando deja atrás el salón de uñas, la tienda de Oxfam y la delicatessen japonesa. Pero además ahora le pica la vagina… Es inútil disimular. Lleva picándole dos minutos. Eso no es verdad. La vagina lleva picándole dos años. Y no solo la vagina. De hecho, le pica todo. Me niego, piensa, porque este mes no puede ponerse otro óvulo de Canesten, de ninguna manera. Ya ha superado su cuota de seis meses por un factor de… No tiene ni idea. En todo caso, más de lo clínicamente aconsejable. Bastante más. «Estás en esa edad… —le había dicho su madre como quien no quiere la cosa un día que Grace no pudo más y la llamó para pedirle consejo—. A partir de ahora todo es cuesta abajo, en eso y en todo lo demás, en realidad…».

Mientras mira el escaparate del nuevo café, ese al que se supone que va cada día Harry Styles, Grace cae en la cuenta de lo infeliz que parece todo el mundo, esté o no en esa edad. Jóvenes, ancianos, varones, mujeres, negros, blancos, marrones…, todos demacrados y marchitándose bajo el sol ácido y ardiente, supurando estrés por cada uno de sus poros, propagándolo, como en una epidemia. Como cuando dicen que la sonrisa de una cajera de Tesco crea una cadena de optimismo. Solo que exactamente al revés.

El tráfico es una masa metálica pulsátil y nota un sabor extraño en la boca que le da ganas de vomitar. Una mujer rubia está bloqueando la estrecha acera algo más adelante; tiene manchas rojizas en los pómulos y en la piel que le asoma por el cuello dado de sí de la camiseta. Debe de tener treinta y tantos años, pero a Grace le parece joven para llevar a un niño en un cochecito y a otro sujeto al pecho con un cabestrillo portabebés de aspecto complicado. Del manillar del cochecito cuelgan bolsas de la compra y Grace se da cuenta de que le están golpeando las piernas a la mujer. El niño del carrito levanta los brazos terminados en manitas igual que estrellas gordezuelas. Tiene la cabeza echada hacia atrás y mira fijamente el cielo.

Un recuerdo la asalta, la atrapa. Está en el parque, con el suave y pesado bulto de una criatura a la cadera mientras señala un árbol iluminado por el sol. «Mira las hojas —dice—. Mira». Pero habla para sí misma tanto como para la niña que lleva en brazos, porque ¿cómo es posible que no se haya fijado nunca en eso? Es como si nunca hubiera mirado. Como si fuera a darse un festín de belleza por primera vez, como si su hija la estuviera enseñando a mirar el mundo. Tiene el cuello inclinado hacia atrás y, sobre su cabeza, las hojas frágiles del color de limas brillantes labran una bóveda deslumbrante, fragmentada. Es hermoso, vital, sobrenatural —el comienzo de algo que apenas comprende pero que se asemeja a la esperanza— y se siente ebria de ello.

Entonces sus pensamientos se desplazan lateralmente y hace memoria... y es demasiado tarde: ha atisbado el oscuro pliegue en el tejido de las cosas. Extiende una mano y se apoya un instante en la pared de la tienda de alimentación saludable porque es demasiado a la vez. El calor, el ajetreo y los pensamientos dentro de su cabeza. ¿Qué está haciendo? Debería rendirse, volver a casa, abandonar esta ridícula empresa. Espera a que se abra un hueco en la multitud y a continuación se gira y vuelve por donde ha venido.

Ha llegado hasta la tienda de comida preparada cuando de pronto se detiene. Alguien —un hombre con un traje demasiado ajustado— se choca con ella por detrás, maldice en voz baja y antes de alejarse la mira furioso. Pero Grace apenas lo ve. «Venga, Grace», piensa. Cierra los puños, saca fuerzas. Lo cierto es que no tiene elección: sabe que debe hacer esto, así que da media vuelta. Lo único que debe hacer es dar un paso detrás de otro y llegará.

Cuando le suena el teléfono, lo coge inmediatamente y contesta antes de que a su cerebro le dé tiempo a impedírselo.

—Grace, no contestas a mis llamadas.

Paul. Es Paul.

—¿Grace?

Mierda.

—Paul, hola. Perdóname. Pensaba llamarte. Quiero decir, evidentemente tengo...

Lo imagina sentado en su despacho recalentado y atestado cerca de Fleet Street, con el helecho jurásico muerto de sed en un rincón, las paredes forradas de libros.

—Grace, he tenido que dar la traducción de Yamamoto a otra persona. Vamos dos meses retrasados respecto al plazo de entrega y no puedo seguir inventándome excusas...

No hay preámbulo y Paul habla en tono pausado, como si leyera un guion. A Grace se le acelera el corazón mientras cambia la avenida principal por una calle residencial.

—... y sé que has estado pasando por una mala época desde..., bueno, desde hace bastante ya, a ver, desde..., desde... —Titubea—. La cuestión es, Grace, que tengo que pensar en el negocio. Lo siento, pero me veo obligado a prescindir de ti.

Lo último lo dice a toda prisa y suena tan a frase hecha que Grace casi se echa a reír. O quizá el extraño hormigueo que siente se debe a la conmoción.

—Escucha, Paul...

Empieza a hablar, pero ¿qué puede decir? Que necesita el trabajo. Que lo necesita por razones de autoestima tanto como por el dinero porque, hace dos meses, el jefe de estudios de la escuela de primaria Stanhope, donde ha trabajado durante los últimos tres años, decidió no renovarle su contrato a tiempo parcial. También entonces Grace tuvo que morderse la lengua y esbozar una sonrisa congelada mientras el jefe de estudios se refería a ella como «señora Adams» y parloteaba sobre recortes en el presupuesto para humanidades cuando ambos sabían que las razones de su despido eran otras.

Se pellizca la piel entre las cejas y lo intenta de nuevo.

—Es un momento malísimo, Paul, que lo sepas. El peor…

Pero Paul sigue a lo suyo. No la está escuchando. Tiene su discurso preparado, las cosas que necesita decir.

—… así que lo siento mucho, Grace. Eres colaboradora nuestra desde hace muchísimo tiempo… Veinte años, ¿no?, y no hace falta decir que tu trabajo es impecable, eres nuestra mejor colaboradora con diferencia y estoy seguro de que te saldrán otros encargos en otro sitio, pero no puedo… —La voz de Paul se va apagando—. Sé que te haces cargo de la situación.

No, piensa Grace. No me lo hago. Pero no quiere seguir oyéndolo. Quiere que se calle. Paul está diciendo algo sobre pagarle el doble por el trabajo que lleva hecho, cuando Grace toca el icono rojo en la pantalla de su teléfono y cuelga.

—Alégrate, guapa. Igual se arregla todo.

Grace levanta la cabeza. En un jardín delantero un hombre afianza una escalera contra una casa cuadrada de estilo eduardiano; otro —calvo y quemado por el sol— está en el peldaño superior con una escobilla limpiacristales y sonrisa lasciva. Por el cristal de la ventana que está limpiando baja un reguero de agua jabonosa y marrón. A Grace se le tensa el cuero cabelludo.

Hay una pausa intencionada, una mirada insistente, autocomplaciente.

—Venga, regálanos una sonrisita.

Grace nota humedad en las axilas y entre las piernas y está segura de que tiene manchas de sudor. Está casi a la altura de los hombres y busca la respuesta adecuada, pero no hay respuesta posible, lo sabe. Y se dispone a adoptar la expresión pétrea que tiene siempre a mano para situaciones como esta, cuando el hombre dice:

—¿Qué? No me lo digas. Eres una de esas feminazis. —Está mirando a su compañero en lugar de a Grace, haciendo una mueca de asco fingido, y levanta la voz para rematar el chiste—. Venga, bonita. Relájate y hazte la cera en las piernas.

Entonces algo se quiebra dentro de Grace. Incluso le parece oír el chasquido.

«Vale, ¿sabes qué? —piensa—. Que hoy no».

Se planta delante del hombre y se inclina como si fuera a hacerle una confidencia.

—*Que te den** —dice con voz clara y firme—. *Usero. Vais te faire enculer. Poshel na khuy. Rot op.* O lo que es lo mismo: vete a tomar por culo en cinco idiomas distintos.

Cruza los dedos de ambas manos, los levanta y se los enseña al hombre mientras pone cara de falsa preocupación.

El hombre mira a su compañero sin dejar de sonreír, pero hay flacidez en las comisuras de su boca, en sus ojos, y Grace sabe que lo ha descolocado —humillado— y que ahora mismo desearía estar en el suelo y no subido a la escalera a la vista de todos. A continuación descruza los dedos índices y apuñala el aire con los dos dedos corazón antes de dar media vuelta y marcharse.

—¡Zorra chiflada!

Las palabras son como un puñetazo en los riñones, pero Grace endereza la espalda y sigue andando. Lleva recorrida media calle cuando nota el subidón de adrenalina. Le corre por las venas y sabe que debería sentirse eufórica por lo que acaba de

---

* En español en el original. *(N. de la T.).*

hacer, liberada. Pero no consigue ahuyentar ese residuo de mal disimulado odio del hombre, de esa agresión que sabe estará justificando a su compañero como «una broma de nada».

Tiene que agachar la cabeza para no darse con una rama baja de un plátano y cuando las hojas rozan su pelo se siente como si alguien le hubiera vaciado las entrañas. No puede creer que tenga una hija que cumple dieciséis años; una hija que se niega a verla. Parece que fue ayer cuando parió y ahora aquí está, con cuarenta y cinco años ya, un útero que se marchita y la vida hecha trizas. El apartamento de Ben está en la otra punta del norte de Londres —al otro lado de Swiss Cottage— y la fiesta, una barbacoa en el jardín, empieza a las cuatro de la tarde. Tiene que llevar la tarta antes de que lleguen los invitados: quiere dársela a Lotte sin que haya público. Consulta la hora en el teléfono y da un respingo: es la una y ocho. Está a apenas quince minutos de su casa y lleva una hora andando. ¿Cómo es posible? ¿Cómo ha volado así el tiempo?

Conseguirá llegar, cueste lo que cueste, y conseguirá que Lotte entre en razón. Le demostrará lo muchísimo que la quiere. Traerá a su hija de vuelta a casa.

Cuatro meses antes

Hola…* Llevo siglos sin escribir y tampoco tengo mucho tiempo ahora porque faltan diez minutos para la medianoche, pero hoy ha sido un día de cero sobre diez directamente y necesito desahogarme. No he visto a P, lo que no mola pero igual es mejor porque tengo la piel hecha una puta MIERDA y estoy FEA. Aún no me ha bajado la regla y tengo la cara llena de granos y hoy delante de los Populares Leyla me ha dicho que tenía maquillaje en el nacimiento del pelo. En plan ja, ja, ja, te jodes. Pero —qué casualidad— en Biología ha sido muy divertido porque estamos dando el ciclo menstrual OTRA VEZ y el señor Laghari estaba como siempre despatarrado en su mesa, es que le putoencanta y a Vee se le ha caído un tampón al fondo de la clase y el señor Laghari en plan, creo que se te ha caído algo, Vee, que ahora que lo pienso ha sido bastante enrollado por su parte y me estoy yendo por las ramas porque no quiero escribir lo siguiente, pero tengo que hacerlo… Hoy ha llegado una carta

---

* En español en el original. *(N. de la T.).*

del colegio y mamá ya lo sabe… pero en realidad no. Mierda mierda mierda. Qué hago?????

Grace no puede decirle a Lotte lo que sabe. Porque para eso tendría que confesar que ha leído su diario. Pero está enfadada, preocupada, confusa, agobiada por el peso de la información mientras las dos esperan sentadas en sillas azules de plástico junto al despacho del jefe de estudios. Fuera llueve y, a poca distancia, en el pasillo, hay un cubo y una gotera del techo que es como la tortura china de la gota. El lugar entero tiene ese aspecto de edificio prefabricado que puede derrumbarse en una tormenta. Su precariedad conmociona a Grace cada vez que viene —la escandalosa falta de inversión— y de inmediato se pone a imaginar techos y ventanas hundidos, paredes desmoronadas…, alumnos, ¡su hija!, ensangrentados, heridos, muertos. Una retícula de jóvenes caras sonrientes en las noticias de la noche.

—Hola, Lotte. Señora Adams.

Levanta enseguida la cabeza. El jefe de estudios ha abierto su puerta por fin y las espera. Es delgado, tiene la nariz larga y semblante inexpresivo.

—Siento haberlas hecho esperar. —Se ajusta la corbata, no llega a mirarlas a los ojos—. Pasen.

Lotte entra primero toda encorvada y Grace la sigue de mala gana porque tiene la sensación de que también a ella le va a caer un rapapolvo. El despacho es ordenado y gris y en el aire flota un olorcillo rancio a bolsa del almuerzo. El jefe de estudios señala dos sillas bajas tapizadas y a continuación se instala al otro lado de la mesa, en una silla de directivo, mucho más alta. A Grace se le enciende algo dentro. Es una demostración de poder de un señor que se llama John Power. Las mira desde una posición de superioridad y Grace se siente encogida, empequeñecida y de inmediato se pone a la defensiva.

—Bueno, Lotte… —El jefe de estudios junta las palmas de las manos y a continuación las apoya en la mesa—. ¿Qué es lo que está pasando?

A su lado, Lotte se encoge de hombros. Grace nota el movimiento del aire en la piel, como si tuviera todos sus sentidos amplificados.

—¿Qué quiere decir? —murmura su hija.

John Power esboza una sonrisa que no tiene nada de sonrisa.

—Tu asistencia a clase está por debajo del setenta por ciento, Lotte. Tu madre nos ha dicho por teléfono que no has estado enferma. ¿Qué es lo que pasa?

Se hace el silencio y Grace va a romperlo, pero John Power se lo impide con un gesto de la mano. Es como si la hubiera mandado callar con un chistido.

«No es tu hija», quiere decirle Grace.

—¿Lotte? —El jefe de estudios pronuncia deliberadamente la «e» en tono acusador.

—No sé de qué me hablan —dice Lotte mirándose el regazo.

El jefe de estudios busca entre unos papeles que hay encima de su mesa.

—Aquí —dice— está recogida tu asistencia, Lotte. Si no has estado enferma, entonces es evidente que te estás saltando clases, de manera que vuelvo a preguntarte: ¿qué está pasando?

Cuando mira la lista de control de asistencia —con las faltas bien resaltadas— Grace se siente repentinamente avergonzada por no haber tenido esta conversación con su hija. No como es debido. Por haber esperado hasta ahora. No sabe en qué estaría pensando.

—No he estado saltándome las clases. —Lotte se echa a llorar.

—Escuche. —Grace se inclina hacia delante en su ridícula silla. Su primer instinto es defender a su hija, protegerla; aunque ha leído su diario y sabe que no está diciendo la verdad. Es algo evidente para todas las partes implicadas. Quiere preguntarle qué esconde, qué es eso tan malo que no lo puede decir—. Mire, no sé si sabe que el padre de Lotte y yo nos separamos hace nueve meses. —Apoya una mano en la espalda de su hija, nota el sudor húmedo a través de su blazer de nailon—. Es obvio que ha sido un momento difícil para todos y... —Se interrumpe cuando percibe en su voz la vergüenza que precisamente está intentando disimular.

Antes de que se calle, John Power ha empezado a asentir con la cabeza. Ahora tiene las mejillas ruborizadas y, por la expresión de su cara, Grace se da cuenta de que está recalculando, poniéndose un poco nervioso, cambiando de táctica.

—Bien, de acuerdo. No sé si saben que el centro cuenta con un excelente programa de orientación, así como un sistema de mentoría, que me parece que ahora mismo nos puede...

—¡No quiero un puto orientador! —De buenas a primeras Lotte se ha levantado y se ha puesto a gritar—. No soy uno de esos alumnos tontos con problemas de ansiedad.

Cuando pronuncia la palabra «ansiedad» dibuja comillas en el aire.

—Vamos a ver, Lotte...

Grace se levanta, coge a su hija del codo. Nunca la ha oído decir palabras malsonantes en voz alta. Tiene la sensación de que van a estallarle los pulmones. Esta no es la niña que saca buenas notas, hace los deberes sin rechistar, es educada con sus profesores. Esta no es su hija. De pronto desea que Ben estuviera allí, no tener que hacer esto sola. No le ha contado lo de la carta del colegio, lo de los correos electrónicos. Por algún motivo decidió que le correspondía a ella arreglar aquel desastre. Quería demostrarse a sí misma que era capaz de hacerlo sin él, que podía con todo.

—Señora Adams, me temo que esta clase de lenguaje no es admisible y Lotte lo sabe. —John Power se levanta y las mira desde arriba. Desprende un olor a gel de ducha barato y Grace siente náuseas. Lotte retira el codo. Grace nota frío en la palma de la mano que su hija ha rechazado.

—¿Qué creéis? ¿Que tengo diez años? ¡No me habléis como si fuera imbécil! —chilla Lotte—. A tomar por culo vuestras estúpidas reglas, a tomar por culo vuestra puta mierda de colegio.

Cruza el despacho en tres zancadas y sale dando un portazo.

2002

Bon. Jour!

La arrebatadora pelirroja Grace Adams no es solo una cara bonita…, ¡también es una avispada lingüista! La Mejor de Gran Bretaña, de hecho. Esta londinense de veintiocho años ha ganado la última edición del premio Políglota del Año en una batalla reñidísima en la que participantes llegados de todos los rincones del Reino Unido se han disputado el preciado título.

La talentosa Grace, traductora graduada por la Universidad de Nottingham, domina CINCO lenguas extranjeras: francés, español, japonés, ruso y neerlandés. Sobre el premio dijo: «Estoy feliz de haber ganado y todavía no me lo creo. Me encanta el lenguaje y esto es un sueño hecho realidad».

El productor del estudio de televisión tiene los recortes de prensa desplegados en la mesa de reuniones delante de él. A Grace le resulta desconcertante verse así, inundada de elogios y también de sexismo. Como esas chicas que salen desnudas en las revistas, solo que con cerebro y sin las tetas. Le atribuyen declaraciones anodinas, frases que está segurísima de no haber dicho. «Estoy feliz... Es un sueño hecho realidad». Se siente satisfecha, por supuesto. ¡Es prácticamente famosa! Pero, al mismo tiempo, una parte de ella quiere hacer una pelota con los recortes y tirarla a la papelera.

—Bueno, Grace —está diciendo Ed, el productor—, tenemos una oferta para ti.

Grace levanta la vista de los recortes y lo mira. Tendrá unos cuarenta años, gruesa mata de pelo oscuro, frente ancha, dientes posiblemente blanqueados. Detrás de él se ve la pared acristalada de su oficina y, más allá, gente bien vestida en sus puestos de trabajo simulando no mirarla.

—Muy bien. —Traga saliva.

—Estamos preparando un programa nuevo. Tipo *Cuenta atrás*, pero más contemporáneo. —Ed da un sorbo de agua—. Lo tenemos ya casi todo organizado y preparado para emitir, contábamos con un nombre, hasta que... —Señala los artículos de periódico desplegados entre los dos—. Nos gustaría que fueras nuestra Carol Vorderman,* pero de las lenguas extranjeras, no de las matemáticas... —Ríe—. Perdón, es que es una frase publicitaria irresistible. A ver, serías nuestro equivalente al Rincón del Diccionario. Un Rincón del Diccionario multilingüe, pero con un toque de sal. Algo divertido, vamos, pero sin exagerar tampoco. —Abre mucho los brazos como si sostuviera una enorme caja—. Te comprometerías a participar una, dos veces por semana, aún no lo hemos decidido. Tendríamos que ver qué tal das en cámara y todas esas cosas, pero sería prácticamente una formalidad. Tu cara

---

* Presentadora que fue la experta en números del programa televisivo *Countdown*, versión inglesa de *Cifras y letras*. (N. de la T.).

encaja. Así que el trabajo es tuyo, si lo quieres. —Tamborilea en la mesa con los dedos—. ¿Qué me dices? ¿Te interesa?

Grace nota un burbujeo en el estómago que le está dando ligeras náuseas. Se ve a sí misma en su húmedo bajo en Chalk Farm trabajando —solitaria línea tras solitaria línea— en la traducción de otro thriller de poca monta con alto índice de cadáveres del sexo femenino. O, peor, forcejeando con un manual de ingeniería en japonés.

—Pensaba que me ibais a ofrecer participar en un documental o algo así —dice—. Esto es…, a ver, sí, claro, me interesa. Creo.

—Bien. —Ed sonríe como diciendo: «Cómo no te va a interesar». Tiene un trocito de comida atrapado entre la encía y uno de sus excesivamente blancos dientes—. Ahora, vamos con la parte aburrida. Los detalles.

Mientras le explica la propuesta, los pensamientos de Grace se dividen en dos. Parte de ella asimila lo que está ocurriendo. ¿Es real esto? ¿Soy capaz de hacerlo? La otra mitad intenta procesar lo que dice Ed. Cuando quiere darse cuenta, este se ha puesto de pie, tiene otra reunión.

—Piénsatelo. —El productor recoge los recortes de periódico—. Evidentemente vamos justos de tiempo, así que necesito que me digas algo antes de ¿mañana a las diez por ejemplo?

A Grace le entra el pánico. ¿Y si deja pasar esta oportunidad?

—Decir que no sería un disparate.

—¿Es eso un sí? —Ed la mira con las cejas levantadas.

—Pues…, eso creo. —Grace ríe.

—Genial. —Ed le estrecha la mano—. Preparamos los contratos y te decimos algo.

Ya están en la puerta cuando se gira.

—Una cosita. —Lo dice como si se le acabara de ocurrir, pero hay algo teatral, deliberado, en la manera en que chasquea los dedos y arruga la cara como si acabara de hacer memoria—. Tu edad. Porque estás en esa edad, ¿no? No tienes planes de quedarte embarazada, ¿verdad?

—Por Dios, no —contesta Grace con un suspiro exagerado—. No quiero tener hijos. No me va.

La cara de Ed se relaja.

—Cuánto me alegra oír eso, Grace. La última mujer a la que entrevisté me puso de vuelta y media cuando le hice la misma pregunta.

Se pone en jarras, menea la cabeza con incredulidad. A continuación abre la puerta y le hace un gesto a Grace para que salga primero.

Baja los escalones de salida a la calle con un runrún. Eso que ha dicho el productor sobre tener un hijo. O, más bien, sobre no tenerlo. Siente que le han tendido una trampa. No estaba intentando decir lo correcto, solo ha constatado un hecho. Pero no sabe por qué tiene la sensación de haber colaborado con él y por tanto traicionado a la otra mujer —a la que vino antes que ella— y a todas las que vendrán después. En esa oficina de cristal, mientras olía el café rancio en el aliento de aquel hombre, se ha convertido sin querer en una agente barata del patriarcado.

Hay un Starbucks enfrente y Grace se pide un poleo menta. Es el SoHo y la zona está atestada de turistas, gente de compras y creativos y no se le ocurre un lugar peor en donde estar, porque le da vueltas la cabeza con todo lo que ha ocurrido. Encuentra un sitio junto a la ventana, apretujada al lado de un grupo de adolescentes italianos, y saca el teléfono. Tiene dos mensajes. Se acerca el aparato al oído y escucha con atención. El primero es un mensaje de voz de su hermana Cate. «¿Qué te ha dicho el de televisión? ¿Quiere explotarte? Seguro que sí.

Me voy a la cama, aquí es la una ya, pero llámame mañana. Besos».

Grace todavía tiene los ojos en blanco cuando empieza el segundo mensaje. «Hola, Grace. Soy Ben Kerr. La semana que viene voy a estar en Londres. Estaría bien vernos, ¿no? Llámame».

El sonido de su voz la lleva de vuelta a la habitación de hotel, con el cuerpo de Ben pegado al suyo y su aliento cálido y penetrante. Grace cierra el teléfono. No se va a poner a recordar eso. Lo cierto es que ya le debe una llamada a Ben Kerr y lo sabe. No ha contestado a su último mensaje y solo han hablado una vez desde Cornualles: le hizo saber que había llegado bien. Mira por la ventana del café y tiene la impresión de que la cabeza le va a explotar a través del cristal y salpicará el hermoso caos exterior con el amasijo de carne y sangre de su cerebro. Le gusta Ben, de eso no hay duda. Es inteligente, es sexy, le interesa el lenguaje tanto como a ella. La hizo reír; la hizo sentir cosas que llevaba mucho tiempo sin sentir. La forma en que le estudiaba la cara como si quisiera saber lo que pensaba, conocerla. Recuerda sus formas bajo sus dedos, los duros músculos y nervios que la sorprendieron, la línea de vello oscuro que le subía desde el ombligo, las pupilas que se volvían líquidas cuando se corría… Grace cierra la puerta a ese pensamiento. Tiene muchas razones para no empezar una historia con Ben. Acaba de salir de una mala relación. Viven a doscientos kilómetros el uno del otro. Y ahora esto. Entorna los ojos y mira el edificio al otro lado de la calle. Esta oferta de trabajo que es una locura. Lo cierto es que no puede. No se puede permitir el lujo de llamarlo. No es el momento.

Ahora

Le sudan los ojos. Está realmente convencida de que se ha convertido en una enorme y goteante glándula sudorípara, sudando por sitios por los que normalmente no se transpira. No le sorprendería descubrir que las uñas, los dientes le sudan. Grace mira su reflejo en los escaparates de la librería de saldo, la peluquería infantil, la carnicería, esperando verse reluciente. No hay parte de su cuerpo inmune a este absurdo calor sobrenatural. «Soy como una olla a presión —piensa—. Solo me falta echar humo». Se seca la cara con la palma, que queda pegajosa, y sigue caminando. La pastelería está un poco más adelante —casi puede verla en la curva de la calle— y visualiza la tarta que la espera allí, en forma de villa vacacional, con su piscina y todo. Habrá una hilera de hamacas dobles, una hoguera, aceite solar, y en lo alto estarán Dani Dyer y Jack Fincham los ganadores del *reality Love Island*, ella con un biquini neón, él con un bañador ajustado a juego. Será la broma privada —de Lotte y suya— que volverá a unirlas.

A la puerta de la farmacia, una mujer le tiende un folleto.

—Diez por ciento de descuento en productos solares. El mejor producto antiedad que existe —dice con una sonrisa hierática.

Grace niega con la cabeza y nota una punzada de irritación. Pero entonces le viene un pensamiento a la cabeza y se detiene. La receta para el parche de hormonas que lleva tres meses en su bolso. Una receta que le costó un año conseguir puesto que jamás va al médico porque, en fin, todos sus síntomas encajan con un diagnóstico de cáncer. O directamente de muerte.

—La oferta es solo para hoy…

La mujer vuelve al ataque pero sujeta el folleto con mano flácida, como si se diera por vencida ante Grace, ante su trabajo, ante la vida. Grace mira por la ventana. No tardará nada, apenas se retrasará dos minutos y hoy es el principio de algo, o quizá el final, no lo sabe, pero, pase lo que pase, el cambio va a ser monumental. Lo presiente.

—Perdón. Disculpe.

Grace pasa de lado junto a la mujer y entra. El chorro de aire acondicionado es como una bendición.

Hay una cola que va desde el mostrador y a lo largo de todo un pasillo lleno de productos para el cuidado de la piel a precios desorbitados. Hay demasiada gente, Grace lo sabe, pero el aire fresco es un bálsamo para su alma y se pone al final de la cola; esperará cinco minutos. En el estante junto a ella hay un cesto de mimbre lleno de toallas de cara y, con disimulo, coge una y se seca las manos. A continuación se la lleva al pecho y hace lo mismo, la introduce por la raja de su pegajoso escote y suspira de alivio. Pero tiene a alguien demasiado cerca. Grace deja la toalla en su sitio y se gira un poco hacia la mujer, que debe de tener un par de años más que ella. Está perfectamente bronceada, lleva el pelo castaño brillante peinado con esmero y clava la mirada al frente, al mostrador. Grace siente que algo en su interior se acelera. «¿Por qué te pegas tanto?», quiere preguntar.

El zumbido de la música enlatada es como un mosquito y, si pudiera, lo apartaría de un manotazo. Y lo mismo ocurre con la mujer, que está pegada a su espalda intentando avanzar hacia el mostrador. Grace trata de poner la mente en blanco. Trata de no pensar en que acaba de quedarse sin trabajo, trata de no pensar en dónde debería estar. En que lo que está haciendo —o más bien no haciendo— empieza a parecer autosabotaje. Comprueba la hora en el teléfono y siente un atisbo de pánico. Pero la cola avanza: en solo un minuto ha pasado de Clarins a Vichy. La mujer detrás de ella alarga un brazo y coge algo de un estante delante de Grace, lo examina y lo devuelve a su sitio. Al hacerlo ha conseguido avanzar, solo un poquito, de manera que ahora están las dos casi a la misma altura. A Grace se le acelera el pulso. Saca el hombro para cortar el paso a la mujer. El hombre que tiene delante huele a pelo sucio, pero aun así se acerca a él todo lo que puede, no tiene elección. La mujer también avanza.

Grace no puede pensar en otra cosa. La mujer vuelve a estar pegada a su hombro. Debido a lo forzado de su postura, Grace tiene el cuerpo rígido y está llena de odio. Pero también de algo más: de una desesperación por lo innecesario de esta impaciencia mezquina. Esta agresividad inútil que pone a todo el mundo en vilo, que los empuja a comportamientos extremos, o esa impresión da. Tarde lo que tarde, ahora sí que no piensa irse. Piensa ganar este duelo. A ella la van a atender primero.

—Dígame.

El hombre detrás del mostrador les hace un gesto. Lleva una tarjeta identificativa de aspecto oficial colgada del cuello y está mirando a la otra mujer.

Antes de que a Grace le dé tiempo a reaccionar, la mujer da un paso adelante.

—Perdón, disculpe. —Grace agita la mano delante del hombre del mostrador—. Voy yo antes. Estoy primero.

La mujer se gira. Sus cejas forman una uve de perplejidad. Hace una mueca que le recuerda a Grace a Lotte. Una mirada de exagerada estupefacción que viene a decir: «Oye, bonita, contrólate».

El dependiente dirige una sonrisa hostil a Grace. Por su tarjeta identificativa esta ve que se llama Chris.

—Enseguida la atiendo, ¿le parece? —le dice.

—Espere, no —dice Grace. Se coloca delante de la mujer y la empuja con el costado—. No me parece. Tengo prisa. Llevo diez minutos haciendo cola y esta señora iba detrás de mí. —Se vuelve a mirar a la mujer. Es consciente de tener ojos de loca—. Yo iba delante. Lo sabe, lo sabemos las dos. ¿Se puede saber cuál es su problema?

—Como le he dicho —interviene el hombre—, estoy atendiendo a esta señora y en un minuto estaré con usted, señora. —Ese «señora» lo pronuncia como si estuviera diciendo «niña mimada»—. Y, si no le parece bien, es usted muy libre de marcharse.

Se vuelve hacia la otra mujer y levanta mucho las cejas.

—Bueeeeno, pues dígame.

Grace tiene la sensación de estar subiendo, como un grito por la garganta.

Sin pensar, deja caer un brazo en el mostrador y lo desplaza por la superficie. Arrastra cajas de pastillas para la tos, coleteros de plástico, bálsamos labiales orgánicos, barritas energéticas, un expositor de gafas de lectura, anillos antirronquidos plateados, una lata para un colecta benéfica contra el cáncer y lo tira todo al suelo con un gesto violento, altivo. Hay un estrépito de cristal roto, un olor que recuerda a jarabe para la tos y Grace está electrificada, como si alguien la hubiera enchufado a la corriente. Percibe cómo la fila de gente se estira, alejándose de ella, horrorizada; la mujer, en su campo de visión periférica, retrocede. «Pero ¿qué...?», oye decir a alguien.

Detrás del mostrador, el hombre del distintivo ha dado un paso atrás y está pegado contra los estantes de medicamentos tóxicos que no pueden estar expuestos en la tienda. Esos con los que uno podría quitarse la vida. Grace le clava los ojos y cuando habla lo hace con tono suave, sereno.

—Chris, me ha encantado tener esta pequeña charla contigo. Recuerda que, para ser buen conversador, primero hay que saber escuchar.

Cuatro meses antes

Grace abre la puerta del cuarto de Lotte. Dispone de media hora. Media hora antes de que su hija vuelva a casa del colegio y ella tenga que parar. Veinte minutos en realidad, si quiere que le dé tiempo a dejar todo como estaba y salir. Cree que Lotte ya sabe que ha encontrado su diario, porque la última vez que Grace comprobó su escondrijo —la última vez que escudriñó detrás del radiador—, no estaba y no lo encontró por ninguna parte. La persiana sigue bajada y la habitación está en penumbra, pero no la va a subir, sabe que no debe dejar ningún rastro. El portátil de Lotte está en el suelo, medio tapado por unos vaqueros tirados de cualquier manera, y Grace lo saca con cuidado, se sienta con las piernas cruzadas allí mismo y lo abre.

«Mira el historial —le dijo Cate cuando Grace la llamó a Los Ángeles y la despertó en plena noche—. Y, si no encuentras nada, hazte un perfil falso de Instagram y mira sus posts. —La pantalla le pide la contraseña y Grace se siente mal—. Déjate de escrúpulos —oye la voz de Cate en su cabeza—. Es tu hija. ¿De verdad que no lo has hecho nunca? Por Dios, Grace. Sarah y yo estuvimos prácticamente dos años fisgando todos los posts de Dylan con el pseudónimo The Cannabis Times».

Grace empieza a teclear. h-a-r-r-y-p-o-t-t-e-r. Mientras teclea, la asalta un recuerdo nítido. Ve a su hijita en la mesa de la cocina con su pelo rubio casi blanco, Ben y ella están abrazados en esa postura natural y perezosa, como si sus extremidades fueran de él y a la inversa; no hay distinción. Los pies no le llegan al suelo y está encorvada sobre el ordenador, sus ojos inteligentes brillan por la concentración que le exige iniciar sesión.

El rectángulo gris en el centro de la pantalla tiembla. La contraseña es incorrecta. Pues claro. Cómo no iba a cambiarla Lotte después de tanto tiempo, en especial si tiene algo que ocultar. Grace hace un nuevo intento: 1-2-3-4. La estrecha caja se estremece. 4-3-2-1. Nada. Prueba con la fecha de nacimiento de Lotte. Primero los dígitos del mes, luego con letra. Sin resultado. Como siga así, se le va a bloquear. Lo intenta de nuevo: l-e-s-l-i-e-k-n-o-p-e. La caja gris tiembla. Con los dedos detenidos sobre la teclas, Grace cierra con fuerza los ojos. A continuación y a toda velocidad, para que no le dé tiempo a pensarlo, empieza a teclear una serie de letras hace tiempo enterradas. No tiene grandes esperanzas, pero de pronto la pantalla se ilumina y una chispa prende dentro de Grace cuando el ordenador se enciende.

Entra en Safari y pincha en historial. Están TikTok, Depop, Tumblr, Reddit, Netflix, Discord, YouTube y… todo lo que esperaba ver. Sigue bajando por la lista, retrocediendo en el tiempo, pero no hay nada, nada que le resulte alarmante. El alivio que siente es enorme, aunque tampoco tenga idea de qué es lo que esperaba encontrar. Bueno, sí. Cosas tóxicas que a duras penas se ha permitido imaginar. Sitios web de autolesión y de anorexia, de porno light, de porno duro, de sectas religiosas, o algo peor. Todas esas cosas que sabes que nunca haría tu hija. ¿O sí?

Nota los ojos oscuros y brillantes de la matrioska de la estantería fijos en ella. Recuerda el leve recelo que sintió el día que Ben se la regaló. Han pasado más de diez años y aún se acuerda de aquel mal presentimiento repentino. Mira la hora en la esquina de la pantalla y se le acelera un poco el corazón: ya han pasado diez minutos, no le queda mucho tiempo. Baja por la página con el cursor y sigue sin encontrar nada; son todo sitios web de moda, maquillaje, programas de televisión, música y... ¿qué está haciendo? Grace cierra el portátil de golpe. El sonido que rompe el silencio la sobresalta y se le encoge el estómago. No puede hacerlo. Es una intromisión. Una invasión de la intimidad que Lotte no se merece.

Sus pensamientos retroceden de nuevo. Corre que te corre por la calle del colegio de Lotte. El cielo es de color peltre y, más adelante, Lotte está apoyada en el coche, con la blazer encima de la cabeza para protegerse de la lluvia. Grace experimenta tal alivio al verla —significa que no se ha escapado, que la está esperando a pesar de lo ocurrido en la oficina de John Power— que se le olvida enfadarse. En lugar de ello abraza a su hija y no sabe muy bien si lo que tiene esta en las mejillas son gotas de lluvia o lágrimas como diamantes que le motean los pómulos, los labios, el mentón, pero el caso es que se tira de la manga y la seca sin que Lotte se lo impida.

—Hay que ver lo que has soltado por esa boquita —murmura—. ¿De quién has aprendido a ser tan malhablada?

Lotte la mira como diciendo: «Hum..., déjame pensar», y las dos se echan a reír y si antes Lotte no estaba llorando ahora sin duda le corren lágrimas por la cara.

Su hija empieza a hablar, en un idioma que Grace desconoce, de Instagram, de cosas tales como directos y dejar en leído, que significa que no has leído el mensaje de alguien aunque pueda ver que estás en línea, o que lo has leído pero no contestado, que más o menos equivale a mandar a alguien a tomar por... y Grace se esfuerza por entender la jerga, intenta asimilar estas reglas sociales nuevas y extrañas y le dice a su hija que no tiene importancia, que no hace falta contestar a la gente de inmediato y le pregunta si está sufriendo acoso, cuando la voz de Lotte interrumpe la suya.

—Tú no lo entiendes. Es como hacer el vacío a alguien en plena conversación y no hay escapatoria, ni en clase, ni en casa ni a las tres de la madrugada, y estoy jodi..., pero no puedo contarle una palabra al jefe de estudios porque es un gilipollas y será peor, mamá, dará importancia a algo que no la tiene, y de verdad que no es tan grave, te lo digo en serio.

Allí, en plena calle, con la lluvia empapándoles la ropa, pintándolas de oscuro, Lotte mira a Grace con unos ojos capaces de desarmar a la persona más insensible y se confiesa, le dice que por eso está faltando a clase, que necesitaba un respiro, y que siente no habérselo contado —no sabía cómo—, pero que no la están acosando, de verdad que no, y que no va a faltar más a clase, se lo promete. Y Grace quiere creerla, pero lo sabe. Lo ve, lo huele, lo nota en las tripas. Porque su hija tiene esa mirada, una mirada retraída que Grace conoce bien; la conoce desde que Lotte tenía dos años. Hay algo más que no le está diciendo. Su hija le está mintiendo.

En la penumbra del dormitorio, Grace coge su teléfono. Recordar la cara de Lotte de aquel día, mojada de lluvia y cerrada en banda, ha sido el acicate que necesitaba para hacer esto. La razón —también la excusa— para traicionar su confianza. Oye la voz de Cate dentro de su cabeza: «Tienes que registrarte con un nombre que no reconozca, algo guay, Grace, ¿entiendes? Nada en plan "agentemami"». Su hermana rio al decirlo, pero Grace está muy seria mientras hace clic en la tienda de aplicaciones y se baja Instagram.

Menos de tres minutos después está buscando a su hija, tecleando las letras del nombre que Ben y ella tardaron semanas, meses en elegir. El nombre que lleva grabado en el corazón. Pulsa intro, espera y, ping, aparece. Lotte Adams Kerr. Cuenta pública y una foto de perfil en la que parece que tiene veinticinco años. Y ahí, ante sus ojos, está la vida secreta de su hija, una vida de la que Grace lo ignora todo. En la parte superior de la página hay una fotografía de Lotte en King's Cross, posando de pie en el túnel de luz. El paisaje de fondo es un arcoíris y su hija tiene el mentón adelantado y los brazos muy abiertos. Tiene los ojos bizcos, pero sigue estando ridículamente guapa. Debajo de la fotografía hay una ristra de comentarios y Grace los lee con avidez.

> **jivan.s** Guapaaa ♧
>> **lotteadamskerr_** @jivan.s quien fue a hablar ;)
> **leyla.nicol_** preciosa ❤ ❤
>> **lotteadamskerr_** @leyla.nicol tqm Bss
> **parisxnc** omg k mona ste finde voy a ir a hacerme fotossss tia
>> **lotteadamskerr_** @parisxnc lol me da igual ;) voy contigo Bssss
> **k.a.di** Mucho post pero no contestas mis mensajes. Te veo. Te veo te veo te veo te veo te veo te veo…
> **bee.macf** en serio zorra? Otro directo??????
> **k.a.di** te veo te veo te veo te veo te veo
> **ava.d** FOCA. es broma… igual es un mal ángulo. Ni se te ocurra bloquearme zorra
> **k.a.di** te veo te veo te veo te veo te veo

Grace nota una mano que le aprieta la garganta y le impide respirar.

2003

B en no está trabajando. Está en su mesa, en su casa del extremo sur de la ciudad mirando, donde termina su descuidado jardín trasero, por una abertura, el costado de la casa que está a continuación.

Desde donde está, alcanza a ver el embalse. También lo oye, el hipnótico rumor del agua al caer le da sueño y sed al mismo tiempo. Aparta sus papeles y renuncia a seguir fingiendo. Las palabras que tiene delante se han convertido en garabatos sin sentido, en algo no muy distinto del dialecto tribal sobre el que se supone que está escribiendo. La conferencia —una que tiene que dar mañana y lo ayuda a financiarse su tesis doctoral— tendrá que esperar. Necesita un respiro.

En la cocina saca un vaso grande del armario y lo llena con agua del grifo. Los restos del almuerzo siguen en la mesa, los platos del desayuno están apilados de cualquier manera a un lado. Coge la mantequilla, el queso, el zumo de naranja, que están preocupantemente calientes, y los guarda en la nevera. A continuación va al salón, se deja caer en el sofá y coge el mando a distancia.

A tomar por saco, piensa mientras enciende el televisor. Ya se ocupará del resto más tarde.

Son las cuatro de la tarde, la zona muerta de la retransmisión televisiva, y, mientras va cambiando de canal, no alberga demasiadas esperanzas. Todavía está riéndose con un anuncio de lo más enigmático de compresas para la incontinencia, deseando tener allí a alguien con quien compartir la diversión, cuando de pronto la ve. Grace Adams está en la pantalla y en su cuarto de estar. Ben se inclina hacia delante, se acerca al televisor. Quiere comprobar si se trata de alguna sosias, porque no puede ser ella, ¿no? Lleva los labios pintados de rojo brillante y un minivestido verde y es como si alguien le hubiera sacado lustre a su piel. En la mano sostiene una especie de batuta y señala con ella una palabra —«*TORSCHLUSSPANIK*»— escrita a gran tamaño en una gran pizarra a su lado. Ben conoce la palabra, sabe también que es prácticamente intraducible y, cuando Grace empieza a hablar, sube el volumen del televisor.

—... pues la traducción literal de esta magnífica palabra alemana sería «pánico a una puerta cerrada». Data de la Edad Media, cuando los habitantes de una ciudad amurallada se apresuraban a recogerse antes de que se cerraran las puertas al anochecer, para no quedarse fuera y expuestos a peligros. Se puede dividir en tres palabras más pequeñas: *Tor*, que significa «puerta», *schluss*, del verbo «cerrar», y *panik*, que significa lo que parece. Pero lo que en realidad describe *TORSCHLUSSPANIK* es esa sensación angustiosa y claustrofóbica de que las salidas y las oportunidades se te empiezan a cerrar. Esa sensación de que no has hecho gran cosa con tu vida, de que has perdido el tren, de que lo has dejado todo para demasiado tarde. Probablemente, el término más parecido que tenemos en inglés sea «crisis de mediana edad»...

La mujer que se parece a Grace deja la última frase en puntos suspensivos. A continuación se vuelve hacia el presentador

—un hombre en la cincuentena con pinta de no haber leído aún los últimos informes de la OMS sobre la crisis global de obesidad— y le guiña un ojo con gesto exagerado. Hay risas procedentes del público del plató y es un chiste tan tan malo que Ben no puede evitarlo y ríe también. Y es ella, por supuesto que sí. Son su voz, que es como humo aromatizado con canela, su sonrisa pronta y ancha, sus ojos oscurísimos capaces de hacerte perder la cabeza. Y a pesar de ello Ben sigue con la sensación de que su cerebro le engaña porque es imposible que Grace salga en un programa de televisión vespertino hablando a las masas nada menos que de palabras de oscuro significado.

—¿Quién coño eres? ¿Superwoman? —murmura.

Se pregunta si también ella pensará alguna vez en él. Recuerda sus bolígrafos alineados en la mesa plegable, su pelo del color de octubre. La luz rosada de Cornualles, su aliento cálido en la piel, la arena en las sábanas blanquísimas del hotel. En cómo le hizo reír a carcajadas y también le tomó el pelo, todo al mismo tiempo. Y quiere hacer caso omiso, pero el recuerdo sigue tirando de él desde algún lugar profundo de su interior. El hecho de que se enamorara de ella —de que esté enamorado de ella— a pesar de que le dio calabazas es una humillación que ha intentado sepultar. Que la llamó, no una vez, sino dos, y ella no le devolvió la llamada. Y mientras ve su cara en la pantalla, sigue sin entender por qué Grace nunca le llamó, porque Ben no es ningún tonto: sabe que lo que hubo entre ellos fue potente. Algo más que un rollo de una noche, que una escapada sexual de fin de semana. Algo que le cuesta describir por medio del lenguaje. Aunque existe una palabra en japonés para explicarlo, una palabra que sin duda Grace conoce, que podría incluir en su programa televisivo y que quizá Ben pueda sugerirle mediante una llamada de teléfono. «*Haragei*». Esas señales no verbales que compensan las lagunas del lenguaje. Cosas no dichas, pero percibidas. Una expresión facial, un gesto, una postura, la duración de un silencio. Así que quizá —quizá—, piensa mientras mira la pantalla, este trabajo en televisión es la razón por la que no ha sabido nada de ella, o al menos una de las razones.

Casi no oye abrirse y cerrarse la puerta principal. De pronto Isaac está detrás de él, deja caer su bolsa en el suelo con un ruido seco y Ben da un respingo, como si lo hubieran descubierto viendo porno.

—Guau, está buena… —Su compañero de piso mira la pantalla asintiendo con la cabeza y silba para añadir énfasis—. Joder, tío —dice cuando entra en la cocina—. Podías haber recogido un poco. ¿O es que te acabas de levantar?

Ben clava las manos en el sofá, hace una mueca de grima al notar el tacto de la chenilla, como cuando alguien araña una pizarra. Aunque es una broma compartida —que Ben es el inútil, el estudiante de doctorado, e Isaac el chico fino del máster en Administración de Empresas—, ahora mismo no le hace gracia porque no soporta el comentario que ha hecho Isaac al llegar. Y está haciendo esfuerzos para no ir en su busca y echarle las manos al cuello, algo que no es en absoluto propio de él, él no hace esas cosas, pero es que no soporta el comentario que ha hecho su compañero de piso sobre Grace, como si esta fuera propiedad pública, a disposición de todos.

En la pantalla, el presentador de gruesos mofletes está sentado detrás de su mesa y haciendo un gesto teatral con la mano: «… y gracias a nuestra EXTRAORDINARIA Grace Adams», dice mientras la cámara la enfoca. Grace sonríe, simula hacer una reverencia y es como si mirara directamente a Ben en su cuarto de estar, como si lo viera. Entonces la cámara abandona el plató y enfoca al público en sombras. Y Ben tiene una erección con el sonido de fila tras fila de jubilados aplaudiendo cortésmente de fondo y mientras los títulos de crédito bajan por la pantalla.

—¿Quieres una birra, tío? —pregunta Isaac desde la cocina.

Pero Ben ya está subiendo las escaleras. Tiene la voz de canela de Grace en la cabeza mientras abre la puerta de su cuarto… «Esa sensación angustiosa de que las oportunidades se te empiezan a cerrar…, de que has perdido el tren». Su teléfono está encima de la mesa, lo coge y se dispone a marcar su número, cuando de pronto se detiene. Porque existen muchas razones por las que no debería hacer esto. O quizá solo una. Que no quiere pasar por otra humillación. Por muchas ganas que tenga de hablar con ella, de verla, de saborearla, no merece la pena. Deja el teléfono en la mesa con dedos temblorosos.

Ahora

Sabe que quien llama es Grace porque su nombre sale en la pantalla antes de que se apague. Ha llamado y colgado, llamado y colgado unas cinco veces ya, y Ben está exasperado y algo preocupado también.

Aún hay que preparar la comida y está intentando decidir cuánta cerveza pone a enfriar en la nevera, cuál es la cantidad aceptable para un grupo de chicos de quince y dieciséis años respecto a la que tienen la esperanza de consumir. No suele ser él quien decide estas cosas, sino Grace y... El teléfono vuelve a sonar y la llamada vuelve a cortarse.

Ben se reclina contra el fregadero y se enjuga la frente con el trapo de cocina que tiene en la mano. Qué calor hace en esta dichosa casa. No le ha hecho nada desde que se mudó y todas las paredes son blanco brillante. La intensa luz del sol entra a raudales por los ventanales que van del suelo al techo y es como si la luminosidad del espacio le quemara la retina. Junto a él, el teléfono se pone a sonar otra vez. Hace caso omiso, coge una cerveza de la caja junto al fregadero, la mete en el frigorífico. Sin embargo, esta vez Grace no cuelga y Ben jura en arameo y se apresura a contestar antes de que salte el buzón de voz.

—¿Ben? —La voz de Grace llega muy nítida, casi como si gritara, y Ben se da cuenta de que está en la calle, en un lugar ajetreado—. Soy Grace...

Ya lo sé, quiere decir Ben, porque queda raro que se identifique así. Han estado casados más de diez años, por el amor de Dios. De hecho siguen casados, piensa.

—Voy a llegar tarde —dice Grace.

—¿Tarde a qué? —pregunta aunque tiene ese frío presentimiento de otras veces.

—He tenido un par de imprevistos, pero estoy a punto de recoger la tarta y...

—¿De qué hablas, Grace?

—... llegaré antes de las cuatro seguro.

—Espera. ¿Qué?

—Que llevo la tarta, Ben.

Lo dice como si esa información tuviera que significar algo para él, como si fuera algo que han acordado.

—No puedes venir aquí, Grace.

Silencio. Ben oye tráfico de fondo, el bocinazo impaciente de los coches.

—Pero me dijiste que ibais a hacer una fiesta y...

—Te lo dije porque me lo preguntaste, joder.

Ben cierra los ojos e inclina la cabeza hacia atrás.

—Escucha, he encargado una tarta. Es enorme. De dos pisos, con decoración fluorescente, con su nombre en glaseado dorado. Temática *Love Island*. Personajes en miniatura, corazones, biquinis, aceite solar..., todo eso. Superhortera pero también bastante guay... Es una broma que tenemos Lotte y yo. A ver, le va a encantar o la va a odiar. Solo quiero dársela...

—Grace...

—… y, vamos a ver, tampoco debería ser tan difícil llevar una tarta de un punto a otro, lo que pasa es que un puto guardia de seguridad acaba de echarme de una farmacia…

Se comporta como si estuviera loca. Habla con voz chillona, un poco distorsionada al final de las frases, y Ben ya ha perdido el hilo cuando aparece Lotte en la puerta. Ya se ha vestido para la fiesta y a Ben se le para el corazón. Está descalza y enfundada en un vestido plateado. Lleva el pelo rosa recogido en un moño en la coronilla y es tan guapa —se parece tanto a Grace— que casi no lo puede soportar.

«¿Quién es?», pregunta Lotte moviendo los labios y Ben menea la cabeza como diciendo: nadie que conozcas. Pero es incapaz de mirarla a los ojos. Se pega el teléfono al pecho y susurra:

—Dame un segundo, ¿vale, Lotte?

Lotte le hace el gesto de los pulgares hacia arriba y sale de la habitación.

—¿Era ella? —está diciendo Grace—. ¿Está ahí? ¿Es Lotte? Déjame hablar con ella.

—No va a querer, tesoro, lo siento. —Cuando cierra la boca es demasiado tarde: la palabra se le ha escapado de los labios: «tesoro». Tiene la impresión de haber cometido una transgresión, de haber dicho la palabra equivocada porque ya no son pareja. Tiene la cabeza tan caliente como la luz del sol que entra oblicua por los altos y anchos ventanales. Y aunque Grace no está allí (y además es muy probable que ni siquiera se haya fijado en lo que ha dicho), se ruboriza igual que un colegial—. Lo siento —repite.

El lavavajillas empieza a pitar, son como pequeñas puñaladas de sonido, y Ben cruza la cocina y lo abre. El vapor es una bofetada.

—Cumple dieciséis años. —Grace ahora habla despacio, articulando cada palabra—. Dieciséis. ¿Cómo no voy a estar? Los dieciséis se cumplen una vez en la vida. Ya me he perdido muchas cosas. ¿En qué clase de madre me convertiría si no estoy en el…?

Ben oye cómo se le entrecorta la voz, oye su respiración.

—Se lo prometí a Lotte.

Lo dice en un susurro, con la esperanza de que equivalga a no decirlo.

—Escucha, solo voy a llevar la tarta. Nada más. Pero hay otra cosa.

Ahora la oye coger aire, inspirar fuerte por la nariz. Como reuniendo fuerzas.

—Tengo que ir andando porque… Resulta que el coche… Ben, me parece que he hecho una tontería.

—¿Qué? ¿De qué estás hablando, Grace? No puedes…

Pero se ha cortado… O Grace ha colgado. Ben no lo sabe.

Cuatro meses antes

Hay una serie de indicios de que puedes estar perimenopáusica. Los síntomas suelen presentarse en algún momento entre el inicio y la mitad de la cuarentena y pueden incluir:

Ansiedad y estrés	Incontinencia urinaria
Sensibilidad en los pechos	Arritmias
Alteración de los olores corporales	Depresión
Dificultad para concentrarse	Aumento de peso
Fatiga intensa	Problemas gastrointestinales
Llanto incontrolable	Sofocos
Sequedad vaginal	Ciclo menstrual irregular
Sentimientos de tristeza/ desolación	Cambios de humor
Comezón en la piel	Dolor de articulaciones

Pérdida de libido	Lapsus de memoria
Sofocos nocturnos	Osteoporosis
Alteración del sueño	Hormigueo en las articulaciones
Cefaleas	Cambios capilares: aumento del vello facial, sobre todo al inicio de la menopausia, y disminución del vello del resto del cuerpo

Grace está vestida y tumbada en la cama con migraña. El agotamiento se ha instalado en el núcleo de su organismo y lleva así tres horas. Tiene los ojos cerrados y se presiona con dos dedos el músculo donde el cuello se encuentra con el cráneo en un intento por aliviar el dolor. Anoche se tomó una copa de vino. ¡Solo una! Y así está. Con una monumental cefalea que constituye su castigo. Grace piensa en el artículo recortado de una revista que guarda en el primer cajón, la lista de síntomas que su amiga Natasha le pasó y las risas histéricas de ambas porque ¿qué podían hacer sino reír? «Es como un chiste malo. Pensaba que no nos llegaría hasta los cincuenta», dijo Natasha. Natasha es una de las pocas personas dispuestas a hablar de este tema. Del casi cómico deterioro de sus cuerpos plagados de picores, de la bruma mental. Pero el hecho es que Natasha es instructora de yoga: tiene la cara de una mujer de treinta años, el cuerpo de una contorsionista. Grace no.

La luz se cuela por una rendija entre las cortinas. Le traspasa los párpados y, con cuidado, se pone de costado. Había tenido la esperanza de encontrarse mejor a estas alturas porque tiene que dar clase. Pero no va a poder, no va a poder ir. Imposible. A primera hora ha llamado al colegio y dejado un mensaje a la mohína recepcionista, advirtiéndola de que lo más probable es que falte. Otra vez. No quiere ni pensar en la cantidad de días que ha llegado tarde, o directamente faltado en las últimas semanas. Sueña con dejar este trabajo que tiene más de control de multitudes que de formar a una generación de jóvenes y brillantes lingüistas. Pero no puede, de ninguna manera. No ahora que Ben se ha ido. Necesita el dinero, por poco que sea, y también la distracción.

La ansiedad se ha alojado en los tejidos de su cuerpo, es un parpadeo nervioso que no cesa. Sus pensamientos retroceden a la tarde anterior, al ruido de la puerta al cerrarse, el golpe sordo de la cartera escolar de Lotte al caer al suelo. Ve a su hija con el uniforme todo desaliñado, como si acabara de caminar treinta kilómetros.

—Se ha puesto en contacto conmigo la madre de Leyla. —Grace tiene la excusa preparada: sabe que debe pronunciar las palabras, decirlo todo antes de que le dé tiempo a cambiar de opinión—. Me ha mandado una captura de una cosa que vio en tu cuenta de Instagram. —Lotte se está desanudando la corbata y levanta la vista. La mira como diciendo: «Pero ¿qué coño?»—. Estaba preocupada, Lotte. Y yo también. —Quiere decir: «Porque sé que me estás mintiendo»—. Es acoso, cariño. Lo que hace esa gente. Tienes que bloquearla.

Su hija ríe con ferocidad. Como si Grace hubiera dicho algo tan marciano, tan tonto, tan ingenuo que no pudiera reprimir su desdén.

—No se puede bloquear a la gente, mamá. Y tampoco ocultar que estás online porque todos saben que te estás escondiendo... Ven que has desactivado tu estatus de actividad y eso te convierte en una psicópata, ¿vale?... Pero tal cual, si haces eso, es que eres una psicópata... Esas cosas que se ponen en Instagram es la manera que tiene la gente de hablar. Parece peor de lo que es. Y además lo que pasa es que me tienen envidia porque...

Se interrumpe como si la hubieran abofeteado. Se ruboriza.

—¿Envidia por qué? —pregunta Grace.

Lotte aprieta los labios y le sostiene la mirada un poquito más de lo normal.

—No quería decir envidia. Me… En serio, mamá, no pasa nada. De verdad.

Baja la cabeza para quitarse los zapatos de modo que no se le ve la cara. Huele a algo que Grace no conoce, ese olor que trae de la calle y que siempre le resulta extraño. «Dime la verdad», quiere decir Grace.

—Mamá, te lo contaría —dice Lotte como si le hubiera leído el pensamiento.

Sobre la almohada junto a ella, suena el teléfono. Grace se incorpora hasta apoyarse en un codo para mirar la pantalla. Dentro de su cabeza algo se precipita y vira bruscamente como si fuera a desmayarse o a vomitar. Es Cate. Deben de ser las seis de la mañana en Los Ángeles. Es temprano incluso para su hermana.

—¡Hola! —Su hermana habla con voz nerviosa y ronca y Grace inmediatamente se da cuenta de que está corriendo. La imagina en la cinta de correr del sótano de su casa en Los Feliz, toda rubia, sudorosa y delgada.

—Hola, ¿cómo estás? —dice. Cada vez que habla le duele la cabeza.

—Me ha llamado Ben —dice Cate jadeante—. Joder, Grace, lo siento. Creo que he sido yo la que te he metido en esta situación, todo lo de que Lotte estaba faltando a clase…

Su hermana empieza a hablar en pequeñas ráfagas de palabras y Grace se separa un poco el teléfono de la oreja porque ya sabe lo que va a decir Cate y no quiere tener esa conversación. En la nueva postura, medio incorporada, nota algo que se le clava en el arranque del muslo y le resulta incómodo. Lleva puestos los vaqueros y es algo que está dentro del bolsillo trasero. Se gira de costado y saca un papel hecho una bola, lo alisa. «XXX+L = Hoy casi me corro mirándote...». Las palabras vibran cuando las lee y siente el impulso irreprimible de hacer trizas el papel. No entiende cómo ha podido olvidarse de ello: otra pieza críptica más de esa nueva existencia paralela de la que Grace ya no forma parte.

—¿Hiciste algo al final? —le está preguntando su hermana—. ¿Con lo de Insta?

Pronuncia la palabra como si estuviera entrecomillada.

Grace le hace un resumen en voz queda y tratando de no mover la cabeza.

—... Y la verdad es que ya lo ha pasado muy mal con la separación y todo eso... —Se interrumpe. Por un momento se siente incapaz de seguir—. Solo quiero arreglarlo, Cate. Pero sé que, si insisto demasiado, me rechazará. Sé que no puedo obligarla a contármelo. Dentro de unos meses cumple dieciséis años. ¡Si es que va a tener edad legal para muchas cosas! Podrá fumar, tener relaciones sexuales, casarse, irse de casa, tomarse dos condenados paracetamoles en vez de uno y toda la pesca, vaya. Pero es que tengo la sensación de que se calla muchas cosas. Que tiene demasiados secretos. Y ya no sé dónde encontrarla y...

—¡Oye! —interrumpe Cate—. Tranquila, Colombo. Escucha, Grace. Esto es lo que es. Un proceso. Es lo que hacen los adolescentes y la cosa es que es posible que no los entendamos..., ni siquiera tú, la friki del lenguaje. Vamos a ver, si es que se pasan el día hablando en putos acrónimos. ¡LOL! Y luego son de lo más procaces. Lo mismo Lotte tiene razón, igual somos demasiado mayores para pillarlos. Joder, qué bajón —resopla.

Grace sabe que Cate está intentando tranquilizarla pero le cabrea, la insinuación de que está siendo una neurótica o —la peor de las calumnias— sobreprotectora. Insinuando que está haciendo una montaña de un grano de arena. El hecho es que el hijo de Cate y Sarah terminó en rehabilitación. Ahora, con veintiséis años, es camarero en un bar de West Hollywood.

Su hermana sigue hablando y Grace la interrumpe.

—Estoy con migraña, Cate —dice—. Te tengo que dejar. Pero gracias por avisarme de lo de Ben —añade—. Y, escucha, tú no has causado esta situación, ¿de acuerdo?

En cuanto cuelga, empieza a sonar otra vez el teléfono. Es Ben.

Grace se pellizca el puente de la nariz y contesta.

—¿Por qué no me lo contaste, Grace?

—Ah, hola. ¿Qué tal estás?

—No puedes ocultarme cosas así. También es hija mía.

Grace se lleva la mano a la frente, se la presiona con la palma.

—No nos olvidemos de que me dejaste, Ben.

—Eso no es justo. Lo sabes perfectamente.

La planta junto a la cama se está muriendo y de pronto Grace tiene una sed insoportable. Las palabras le arañan la garganta y empieza a explicar a Ben lo de las faltas de asistencia, la reunión con John Power…, nada que no sepa ya por Cate. No le cuenta lo que ha descubierto online. En eso no quiere pensar.

—Madre mía… —dice Ben cuando Grace termina—. Ha sido de un día para otro, ¿no? ¿Qué vamos a hacer?

—Escucha, Ben. —Grace cierra los ojos, recuesta la cabeza en la almohada—. Tengo una jaqueca horrible. Se supone que debería estar trabajando. Ahora mismo no puedo hablar de este tema.

Cuando Ben contesta, su tono se ha suavizado.

—Entonces llámame en otro momento —dice—. ¿Vale?

La forma en que lo dice despierta algo en Grace y de pronto lo imagina allí con ella en la habitación, con su cuerpo encima del suyo. Su olor a blanco y a fresco, sus brazos a ambos lados del cuerpo de ella, los ligamentos tensados. Tiene las pupilas dilatadas igual que manchas de tinta, como si estuviera colocado, y no aparta los ojos de su cara cuando la penetra. Y siente deseos de tocarle, pero sabe que no puede.

—¿Grace?

—Sí, perdón. —La voz le sale entrecortada, culpable—. Mira, prácticamente está todo solucionado. En serio, no te preocupes. Yo me encargo… Ya me he encargado, de hecho.

Está hablando demasiado deprisa y al oír las palabras salir de su boca casi tiene ganas de reír porque suena igual que Lotte. De tal palo, tal astilla.

2003

Grace está de pie junto a una enorme pizarra blanca. Ya le duelen los pies con los tacones tan ridículamente altos que lleva y tiene la sensación de que se le van a reventar las costuras del vestido. Las luces del auditorio están encendidas y Ed, el productor ejecutivo, está sentado en la fila central, despatarrado y con la lengua fuera. En realidad no la tiene fuera, lo que pasa es que está mirando a Grace de tal forma que podría ser perfectamente. Grace cruza una pierna delante de la otra y tira del dobladillo del vestido hacia abajo. ¿Son imaginaciones suyas o cada vez le proporcionan estilismos más ajustados y más cortos?

Hoy sale otra vez en el *Sun*, en una fotografía de un cuarto de página con el titular: «Esto sí que es don de lenguas». ¿La noticia? Que ayer llevaba un vestido rojo. Ah, eso y que es posible que haya engordado una talla desde que empezó en el programa. «La curvilínea Grace Adams de crujiente escarlata en el buque insignia de la programación de ITV de ayer». Hay todo un debate dedicado a especular sobre su peso, con una «experta nutricionista» arguyendo que el estrés —«ese que tenemos cada vez que empezamos en un nuevo trabajo»—puede llevar a la sobrealimentación y el consiguiente aumento de peso, y un diseñador de moda «de reconocido prestigio» advirtiendo de que el vestido equivocado puede añadir tres tallas a una mujer. «No hay que subestimar nunca el poder de una buena confección...».

—Tú ni caso. —Cate la había llamado a primera hora desde Los Ángeles—. Son solo excusas para publicar tu foto. Tómatelo como un cumplido.

Patrick Blake, también conocido como la Diva, aún no ha hecho acto de presencia. Al presentador de programas de televisión le gusta hacer siempre una entrada triunfal —incluso en un ensayo, le da lo mismo— y Grace está comprobando que tiene la tarjeta con la palabra del día y todos sus rotuladores están bien colocados delante de la pizarra, cuando Ben Kerr se cuela de rondón en sus pensamientos. El jersey negro con agujeros en los puños, su cuerpo casi rozando el suyo en el bar del sindicato estudiantil. «Sabía que ibas a ganar —lo oye decir—. En cuanto vi todos esos bolígrafos en fila igual que un ejército de material de papelería supe que no tenía nada que hacer...».

Por el pinganillo oye la voz de una ayudante de producción, Marie.

—Vamos con la palabra, Grace. —Ríe—. Parece que Su Alteza viene de camino, pero tú estás preparada, ¿verdad? ¿Tienes tu palabro o tu frase imposible? ¿Cuál era?

Grace descruza las piernas, se tambalea un poco en sus tacones de doce centímetros al cambiar los pies de posición.

—Bien. La palabra intraducible de hoy es *hüzün*. Se trata de una enigmática voz turca con raíz árabe y describe una angustia espiritual. Esa sensación sombría de que todo está en decadencia y de que la situación —a menudo de naturaleza política— probablemente irá a peor. Pero no estamos hablando de una sensación personal de oscuridad o persecución. Paradójicamente, hay algo gozoso y mágico en el hecho de disponer de esta palabra que nos recuerda que nuestra infelicidad, nuestra tristeza es, en gran medida, compartida. Estamos juntos en esto y lo estaremos cuando caiga por última vez el telón, así que... hurra por *hüzün*. —Grace ríe—. La palabra en inglés que más se acerca a este misterioso *hüzün* es, probablemente, «melancolía». Y, para terminar, decir que el escritor turco Orhan Pamuk describió el concepto de forma exquisita como «la emoción que puede sentir un niño al mirar por un cristal empañado».

—Vale, muy bien. Genial.

Detrás de Grace hay un pequeño revuelo cuando llega Patrick Blake al plató. Pasa delante de la pizarra y le tiende a Grace un puño —un gesto no del todo irónico— para que lo choque.

—Por cierto, Grace —Marie vuelve a hablar por el pinganillo—. Sabías que la cámara te añade diez kilos, ¿verdad?

Antes de que a Grace le dé tiempo a procesar estas palabras, el micrófono de Marie se apaga. Marie, la que creía su amiga. La semana pasada habían pasado la velada juntas en una vinoteca. Grace está aturdida, esforzándose por conservar la sonrisa en la cara porque está justo debajo de los focos, a la vista de todo el equipo del programa. De manera que Marie ha leído lo que se ha publicado. Por supuesto, todos lo han hecho. Se le va la mano al vientre abultado. El vestido es ajustadísimo para bien y para mal. Sí, hay bultos y redondeces, no es una supermodelo, joder. Le gustaría ver a Marie con él puesto. Grace reprime el pensamiento. Pero lo cierto es que Marie está delgada como un palo. Sin duda tiene un trastorno de alimentación. A Marie este vestido le quedaría de muerte. A diferencia de Grace, que tiene cero capacidad de control en lo referido a la comida. Cero. Y últimamente todavía menos. Es uno de sus pocos consuelos..., en realidad, el único ahora mismo. Mete tripa y piensa en lo que se comprará en Budgens de camino a casa para cenar. Tienen esos platos preparados de comida india que están riquísimos. Le gusta el de gambas, el *korma* con la salsa cremosa, e igual, de acompañamiento, un *naan*, un poco de yogur natural, y una tableta de chocolate Green & Blacks... Grace tiene una arcada. Es algo repentino y se tapa la boca con la mano y espera a que se le pasen las náuseas.

—¿Estás bien?

Patrick Blake está inclinado hacia ella desde detrás de su mesa. Sangeeta, la maquilladora, le está empolvando el mentón y ni siquiera levanta la vista.

Grace nota un sabor ácido en la garganta, traga saliva y asiente con la cabeza.

—Claro que sí. —Sonríe—. Estoy perfectamente, gracias.

—Vale. ¡Estamos en el aire! —grita Ed desde el auditorio.

Veinte minutos después han terminado de grabar y alguien ha ido a Costa y traído café. Es justo lo que Grace necesita porque últimamente duerme mal. Quizá la prensa amarilla esté en lo cierto; quizá el estrés la está afectando. Da un sorbo de su vaso de papel y casi lo escupe porque está demasiado fuerte, tiene por lo menos cinco *shots* de expreso y la verdad es que preferiría un vaso de agua. Pero necesita la cafeína, tiene la sensación de que sin ella se va a caer redonda. Le echa azúcar y le da vueltas.

—Eres golosa, ¿no? —Ed le guiña un ojo al pasar por su lado.

Apenas se ha llevado el vaso a los labios, cuando vuelven las náuseas. Se reclina contra la pizarra y toma aire hondo. A continuación, posa con cuidado el café sin tocar en el estante, junto a los rotuladores, lo deja ahí con la esperanza de que nadie se dé cuenta.

Ahora

Le suena el móvil justo cuando está entrando en la calle y ya ve el letrero de la pastelería. Está a un tiro de piedra de la tarta. El teléfono le quema en la mano. Es Ben, la llama insistentemente, y a Grace no le apetece cogerlo. Ya le ha dicho todo lo que quería decirle.

La torre del reloj queda a su espalda, pero se niega a volverse a mirar la hora: piensa que, si ve lo tarde que es, se derrumbará. El tráfico sigue parado. Zumbido, destellos de metal por todas partes y regusto a contaminación en la lengua.

Entonces la ve, un poco más adelante, bajando la cuesta y dejando atrás la tienda de comestibles. Freja. Es ella sin duda. Con su bolso bombonera plateado, sus Birkenstock blanco dentífrico. Esa madre del colegio a la que siempre intenta evitar.

Grace no puede fingir estar hablando por teléfono porque este no ha dejado de sonar. Agacha la cabeza y se pega al borde interior de la acera hasta que prácticamente se araña el brazo con el muro de ladrillo gris del edificio de la YMCA. La calle está concurrida y es posible que consiga pasar sin ser vista. Entonces ocurre el milagro. El teléfono se calla. Como no empieza de nuevo, Grace se lo lleva a la oreja y habla por el micrófono.

—Sí —le dice a nadie—. Muy bien, sí, de acuerdo.

—¡Grace! —Freja la ha visto y agita el brazo como una posesa.

Grace se obliga a sonreír. A continuación señala el teléfono y arruga la nariz simulando sentirlo mucho.

—Sí —repite al teléfono con expresión seria—. Eso es. Sí.

Debe de estar a un metro de Freja y sonríe y asiente con la cabeza como si estuviera de acuerdo con algo que acaba de decir la persona al otro lado de la línea, cuando empieza a sonarle el teléfono.

Se ruboriza entera, desde el plexo solar hasta la coronilla. Es como si su cuerpo entero se pusiera colorado. Pone cara de perplejidad, se separa el teléfono de la oreja y lo sujeta delante de ella como si fuera una entidad extraterrestre con vida propia.

Freja se para.

—Qué cosa más rara —dice Grace—. Primero se corta y luego se...

Freja le agarra un brazo.

—¿Cómo estás, Grace?

Ya le ha soltado la pregunta. Así, a bocajarro.

—Estoy bien, gracias. Sí...

Ahora la mirada compasiva. Grace no lo soporta. Es un milagro que Freja sea capaz de expresar emoción alguna con sus facciones, piensa, mientras observa la piel demasiado brillante, el hecho de que toda ella parezca planchada desde la frente hasta el mentón. *Mokita*. Le viene a la cabeza la palabra en la lengua de Papúa Nueva Guinea. «Una verdad que todos conocen pero nadie pronuncia». No existe equivalente en inglés, pero resume lo que es el bótox: un secreto a voces del que nadie habla. El gran acuerdo tácito de que nadie hace trampa, de que esa belleza ya cuarentona se debe a los genes y a una buena crema hidratante, que están ganando la batalla al envejecimiento. A Grace le gustaría ganar esa batalla, hacer trampas también. Pero todo lo que puede permitirse es un flequillo hasta las cejas que se arregla como puede, entre sesión y sesión de peluquería, con unas tijeras de cocina.

Freja le da un apretón antes de soltarle el brazo.

—No sabes lo que me alegro de encontrarte porque no queda nada para la velada de cocina internacional y me faltan voluntarios. Siempre lo pasamos bien. ¿Estuviste el año pasado cuando Yasmin se emborrachó muchísimo? Espera, que te enseño las fotos... —Se saca el móvil del bolsillo y empieza a pasar fotografías—. Ah, mira, esta es genial. —Sostiene la pantalla como si acabara de toparse accidentalmente con alguien—. Es lo del clima..., el concurso de arte del colegio. ¿Sabes lo que es? Todos en plan bailando sobre el volcán pero haz el favor de pintar algo bonito en lugar de organizar viernes de huelga por el futuro a lo Greta Thunberg o te ponemos un punto negativo en comportamiento.

Pone los ojos en blanco y se ríe.

Grace niega con la cabeza. No, no está al tanto del concurso de arte en el colegio. Pero sí de la huella de carbono de Freja. También sabe lo que está a punto de pasar. Son innumerables las veces que ha sido víctima de esta mujer.

—Esto es lo que presentó Olivia. —Freja agita una mano sobre la pantalla como diciendo: buah, no sé ni por qué miramos esto.

Grace echa un vistazo al teléfono. Le da el sol de pleno y no puede ver la fotografía.

—... y la señora Zaine... Ya sabes, la coordinadora de arte. Si es que en realidad es absurdo, porque evidentemente debes tener dieciocho años para presentarte a la Exposición de Verano...

Le llegan fragmentos de palabras, de frases. Algo sobre el día en que salen los resultados de los exámenes de educación secundaria, la Escuela Femenina Camden, dos semanas en Vietnam. Pero Grace está en otro sitio. Oye un portazo, el eco frío y duro de un bofetón. Huele a licor, a sudor y a un perfume demasiado dulzón. Lágrimas en la cara de Lotte, tierra en las manos, en la camiseta. Piel con piel.

—… Tiempo de calidad madre-hija —dice Freja— en el salón de uñas Topshop.

«Mi hija no quiere vivir conmigo —piensa Grace—. No quiere ni verme. Hoy cumple dieciséis años y no me quiere con ella».

«Joder, Grace». De pronto la voz de su madre se cuela en su cabeza. Las palabras que le dijo cuando la llamó por teléfono para contarle que estaba embarazada de Lotte. Admonitorio, como si hubiera derramado vino en la alfombra o empotrado el coche en una farola. «Ya es suficientemente difícil sin tener que… Quiero decir, ¿lo has pensado bien? ¿Sabes en lo que te estás metiendo?». Entonces su memoria retrocede aún más, y está entrando en el dormitorio de sus padres con la tarjeta dibujada con bolígrafo en la que ha estado ocupada los últimos veinte minutos en la mesa del piso de abajo. Ha dibujado un jarrón con flores de tallo largo, girasoles, porque sabe que son las favoritas de su mamá y está contenta con su trabajo, orgullosa. Se ha esforzado mucho por hacer bien el jarrón. Incluso le ha añadido un sombreado porque ya tiene nueve años y lo han estado practicando en clase de educación artística en el colegio.

El dormitorio está a oscuras, las cortinas están echadas, pero distingue una forma alargada y gibosa en la cama. El lado en el que duerme su padre está liso, sin deshacer. «Querida mamá —ha escrito Grace en la tarjeta y la palabra "mamá" está en letras de globo—. Que te mejores». Nota un nudo en el estómago mientras camina de puntillas por la alfombra y la lana le hace cosquillas en los pies descalzos.

—Te he hecho una tarjeta, mamá —susurra sin saber muy bien si su madre está despierta o dormida porque tampoco quiere mirar. Intenta dejar la tarjeta de pie en la mesilla de noche, pero es de papel y resbala.

—Lo siento, Gracie.

La voz la sobresalta. Es un hilo de voz lejano, de alguien que está enfermo.

—No me encuentro bien, cariño.

Grace deja la tarjeta de papel caída como si tuviera piernas de gelatina apoyada contra el despertador y se sienta en el borde de la cama. Su madre tiene los ojos entreabiertos, como si le doliera mirar, y la cara húmeda. No parece su madre. Grace se levanta y coge un pañuelo de papel de la mesilla. A continuación empieza a secarle las lágrimas.

—No llores, mami —dice e intenta que no le tiemble la voz a pesar de que tiene el corazón acelerado y nota sus latidos en la lengua.

De abajo llega el sonido de la puerta de la sala de estar abriéndose, una ráfaga de noticias de la televisión, la voz de Cate preguntando cuándo van a cenar porque tiene mucha hambre. A continuación su padre la llama y Grace piensa que se enfadará si la encuentra allí. Deja con cuidado el pañuelo hecho una bola encima de la almohada.

—Te quiero, mami —dice.

Quiere acercarse y besarla en la mejilla, en esa parte tan suave que huele a hogar. Pero eso también le da miedo y sale de la habitación tan silenciosamente como entró.

Freja sigue hablando, pero Grace no oye una sola palabra. Piensa en el coche que ha dejado abandonado a quinientos metros de allí, en el hombre subido a la escalera de mano, la mujer de la farmacia, su jefe al teléfono, el calor insoportable y, cuando quiere darse cuenta, ha echado a andar y se está marchando. Una parte de ella es vagamente consciente de que Freja la mira con fijeza y el ceño fruncido mientras Grace se aleja sin mirar atrás. En su interior —también a su alrededor— siente como un burbujeo que parece agitar el aire quieto de la calle. Qué gesto tan simple y a la vez tan potente. Tranquilamente, como quien no quiere la cosa, ha cortado las cadenas que delimitan las convenciones sociales. Se ha liberado.

Cuatro meses antes

Grace se está lavando los dientes en el cuarto de baño. Acaba de desayunar, a pesar de que son las once de una mañana de sábado, porque hoy ha conseguido dormir. No de un tirón, eso sería un milagro, alarmante incluso, como si la hubieran drogado con ansiolíticos o un antihistamínico. Pero ha pasado una buena noche…, una buena semana, incluso. No ha habido más faltas de asistencia, más cartas, correos electrónicos o llamadas del colegio y empieza a pensar que quizá Cate estaba en lo cierto: quizá solo es que no entienden el dialecto de la juventud. Quizá es así y a Lotte no le pasa nada: no está sufriendo acoso. Grace incluso ha conseguido atender una llamada de Paul. La llamó por teléfono la noche anterior para hablar de la novela romántica japonesa y, aunque ha estado procrastinando, a partir del lunes se va a sumergir de lleno en esa prosa sonrojante. Tiene la sensación de que, muy poco a poco, las cosas se van solucionando.

Esta escupiendo dentífrico en el lavabo, cuando suena el timbre.

—¡Lotte! —grita con nula esperanza de que su hija abra la puerta. Está en el piso de arriba practicando bailes de TikTok. Grace lo sabe porque el techo tiembla como si Lotte fuera a atravesarlo y porque oye el gañido distorsionado de música del móvil de su hija, con el volumen al máximo. También está cantando a voz en cuello; tiene una voz preciosa.

Lotte tiene talento para la música. Grace no sabe de quién lo ha heredado…, desde luego no de Ben ni de ella. En el pasado Lotte ha intentado enseñarle estos bailes —hace sus propias coreografías— y es una profesora buena y paciente, pero Grace no consigue aprenderlos. Las dos siempre terminan muertas de risa en el suelo de la cocina. «Estás mejorando, mamá, lo digo en serio». A Grace le parece oír la voz de Lotte en su cabeza, disimulando la risa, pero tratando de animarla con cariño sincero. Y a continuación su respuesta: «Ay, no, por favor, no me tengas lástima, eso es lo peor, quiere decir que mi vida se ha acabado…».

Vuelve a sonar el timbre. Grace se limpia la espuma de dentífrico de la boca con la mano y baja. En el felpudo está el periódico local con un nuevo titular sobre el cierre de los servicios de urgencias. Aparta la vista y abre la puerta.

—Es correo certificado, tiene que firmar.

El mensajero le presenta una tableta electrónica y Grace hace un garabato en la pantalla con la uña, coge la entrega y da las gracias. Es un sobre marrón con aspecto de documento oficial, tamaño A-4 y reforzado por detrás con cartón, como si contuviera un certificado o una fotografía. Inquieta, Grace cierra la puerta y va hasta la cocina.

La mesa está cubierta con libros y notas adhesivas, tazas con bolsitas de tisana, el jarrón de jade lleno con girasoles de bordes ya crujientes, y al momento se agobia. Ha perdido su serenidad zen. Se apoya contra el fregadero, pasa el dedo para despegar la solapa adhesiva del sobre y saca un fajo de papeles, un documento. Sus ojos se adelantan a su cerebro consciente y engullen la información de un solo bocado.

**Servicio de tribunales
de justicia de SM**

Demanda de divorcio, disolución   **D8**
de matrimonio o separación (judicial)

Sección 1
Su demanda
(llamada petición en los casos de divorcio y separación legal)

1.1 ¿Qué tipo de trámite quiere solicitar?

Alguien —Ben— ha marcado la casilla que dice «Divorcio por matrimonio irremediablemente roto».

De pronto Grace siente que no está anclada al suelo, que podría flotar hasta el techo, atravesar el tejado de su casa y subir hacia el cielo. Porque este documento, estos papeles, es lo último que se esperaba. No ha habido aviso alguno, no ha habido una conversación previa. Su marido ha iniciado los trámites de divorcio sin decirle nada. Grace se lleva una mano al pecho. No respira bien y se concentra en inspirar y espirar con normalidad. Mientras ojea el documento, palabras extrañas, formales la sobresaltan.

Sección 2
Datos personales (del demandante/peticionario)

2.1. Nombre actual
Nombre(s): Benjamin Samuel Talbot
Apellido: Kerr

Hay un segundo documento y Grace lo saca de debajo del primer fajo; lee el encabezado.

| Motivos para solicitar el divorcio/ disolución/separación (legal) **Comportamiento irracional** | **D8OB** |

Sección 1(2)(b) Ley de Causas Matrimoniales 1973

Sección 44(5)(a) Ley de Parejas Civiles de 2004

Por favor, complete este formulario **con tinta negra y LETRAS MAYÚSCULAS** y marque las casillas que correspondan.

¿Cómo que comportamiento irracional? Grace pega una patada al armario que está debajo del fregadero. No da crédito a lo que está leyendo. ¿Por qué ha hecho esto Ben? ¿Y de esta forma? No ha pasado ni una semana desde que la acusó por teléfono de ocultarle información. Le parece oír su voz: «¿Por qué no me lo contaste, Grace? No puedes ocultarme cosas así. También es hija mía...». ¿No se da cuenta de lo hipócrita de su comportamiento? ¿En qué estaría pensando? Entonces la asalta un pensamiento. ¿Y si ha conocido a alguien?

Lotte entra cantando en la cocina. Grace no la ha oído bajar las escaleras y de pronto se siente atrapada, trata de esbozar una sonrisa. Pero su hija apenas la mira antes de meter la cabeza en la nevera para examinar su contenido y sacar un cartón de zumo de naranja. Grace sujeta los papeles con dedos temblorosos. El borde del fregadero se le clava en la espalda, pero necesita apoyarse en él porque la cabeza le da vueltas. Es esa sensación de hipoglucemia de cuando se lleva demasiado tiempo sin comer.

—¿Qué es eso? —pregunta Lotte volviendo la cabeza.

Y Grace se da cuenta de que se fijan en todo y a la vez en nada, estos jóvenes adultos selectivos y narcisistas. Abre la boca para contestar, pero las palabras se le quedan alojadas en la garganta. Carece del lenguaje necesario para responder a la pregunta de su hija. Entonces, sin avisar, siente náuseas y cae en la cuenta de que está llorando.

Lotte cierra la nevera y cruza la cocina hasta ella.

—¿Qué pasa, mamá? —dice y hay miedo en sus ojos—. ¿Qué es eso?

—No pasa nada, no te preocupes... —La voz de Grace es un hilo—. Perdona, cariño. Me he puesto ñoña. —Sigue llorando, al parecer no puede parar y está horrorizada, consternada, porque las madres no se comportan así. Debería guardar la compostura por su hija—. Perdona —repite y aprieta los labios, espera uno, dos segundos, tres—. Es la demanda de divorcio, cariño. De tu padre.

—¿La qué?

—Significa que quiere hacer oficial nuestra separación. No es más que papeleo, así que no sé por qué me pongo tan tonta.

Se obliga a reír, se pasa la palma de la mano por la cara.

Lotte sigue con el envase de zumo de naranja en la mano. De pronto tiene coloreadas las mejillas y parece muy pequeña. Un recuerdo se apodera de Grace, un recuerdo de los tres. Pasean por Regent's Park y acaban de dejar atrás el lugar desde donde se ven los animales del zoo al otro lado del estanque. El suelo está nevado y Lotte va a hombros de Ben. Tiene manchas rosas en sus mejillas regordetas y lleva la cabeza echada hacia atrás sin parar de reír por algo que Ben ha dicho.

Grace le pone una mano en el brazo a su hija.

—¿Estás bien? —pregunta—. Todo esto es horrible para ti, lo sé. Te ha caído encima sin comerlo ni beberlo.

—Estoy bien —dice Lotte demasiado deprisa. Como quien cierra una puerta.

Junto a ellas, el lavavajillas pita y susurra al empezar un nuevo ciclo. Grace manosea los papeles, suspira. Y, cuando quiere darse cuenta, Lotte la ha rodeado con sus brazos y la estrecha con fuerza. Grace nota los documentos aplastados entre las dos, las esquinas que se le clavan en las costillas, y lucha por controlarse porque esto es de lo más inesperado. No es algo que ocurra a menudo. Su hija ya no la abraza así, de hecho la mayoría de los días ni la toca.

—Lo siento —murmura al pelo de Lotte—. Siento que no hayamos podido seguir siendo una familia.

—Yo también lo siento, mamá —dice su hija con una voz ahogada que la delata.

Y Grace teme que se le vaya a romper el corazón.

No tiene ni idea de cuánto tiempo están así. Pero es como una yonqui aspirando el momento, inhalando a su hija porque sabe que se trata de un instante fugaz, único. Sabe que necesita aferrarse a él.

Cuando Lotte se separa, ambas evitan mirarse a los ojos porque lo que acaba de ocurrir es demasiado intenso. No encaja con la relación que tienen ahora mismo y es como si les diera miedo reconocerlo. Y Grace odia sentirse así. Nunca habría imaginado que no podría ser ella misma en compañía de su hija.

Lotte coge un vaso del escurreplatos y se sirve un poco de zumo.

—¿Llegaste a empezar a ver esa temporada de *Parks and Recreation*? —pregunta dándole la espalda a Grace.

Su voz suena demasiado despreocupada y Grace tiene que clavarse las uñas en las palmas de las manos antes de contestar que no.

—¡Vale! —Su hija da media vuelta. Se ha puesto en jarras y hay determinación en sus ojos—. Pues esta noche pedimos comida y nos damos un atracón de la maravillosa Leslie Knope... ¿Te gusta el plan?

Y Grace asiente con la cabeza porque no puede hablar. Porque ¿de dónde ha salido esta extraordinaria niña-mujer? ¿Cómo puede ser la misma persona que hace menos de dos semanas mandó a tomar por culo al jefe de estudios?

Entonces Lotte se acerca a ella, le besa la mejilla. Nota el roce suave y raudo de sus labios en su piel. Y Grace sigue intentando asimilar lo que ha pasado porque Lotte lleva sin besarla voluntariamente desde… ni se acuerda, cuando la puerta se cierra y Lotte se ha ido.

Grace escucha las pisadas de su hija escaleras arriba.

—Te echo de menos —susurra a la cocina vacía.

2003

Grace está sentada en el borde de la silla en la consulta de la médica. No se ha quitado el abrigo y tiene las rodillas muy juntas, como si eso fuera a ayudarla a no dejar escapar nada. Lleva semanas posponiendo este momento —ya canceló una cita anterior— y, ahora que ha llegado, lo único que quiere es irse. La doctora se lava vigorosamente las manos en el lavabo. Con su moño oscuro y brillante y labios finos, le recuerda desconcertantemente a una profesora de química que tuvo en el colegio.

—Bueno —dice la médica de espaldas a Grace—, ¿qué le pasa?

Grace empieza a hablarle de los dolores de cabeza constantes, de que se pasa el día con náuseas pero que nunca llega a vomitar. No dice que está casi segura de que su estado tiene que ver con el trabajo. Se siguen publicando tonterías en la prensa, lo cual le genera mucha presión —no puede fingir que no es así— e imagina que saldrá de allí con una receta de ansiolíticos que seguramente no se tomará, quizá también con algo para dormir que es posible sí se tome.

La médica se sienta a su mesa, de forma que está de perfil respecto a Grace. Coge las notas sobre Grace, las deja en la mesa.

—¿Puede estar embarazada? —pregunta sin levantar la vista.

Es una pregunta protocolaria, la que se hace siempre por defecto.

—¡Ja! ¡No! —Grace ríe sombría como diciendo: «Ya me gustaría a mí».

Si la médica entiende el chiste, no da muestras de ello. Lo que hace es garabatear agresivamente en un bloc de papel con membrete en un intento por que salga la tinta.

—Aaarg, maldito...—Y, a continuación, con una sonrisa a Grace—: Perdón.

—No, por favor —dice Grace—. No pasa nada.

La médica abandona el bolígrafo y busca otro en un portalápices que hay encima de la mesa.

—Entonces ¿ahora mismo no tiene relaciones sexuales?

Grace reprime el impulso de reír otra vez.

—Qué va —dice y se arrellana en su asiento.

¿Cuándo van a hablar de los ansiolíticos? La doctora escribe algo en su bloc y Grace mueve los pies, mira al frente, hacia un cubo amarillo alto donde está escrito: «Punta fina».

—¿Y qué me dice de los últimos cinco o seis meses? ¿Ha tenido relaciones sexuales?

La doctora dice esto mientras mira la cintura de Grace y esta se da cuenta.

Está a punto de decirle que no, cuando sus pensamientos retroceden hasta septiembre, a la convención políglota, a su escapada de fin de semana al hotel Kerensa. Una constatación confusa y peligrosa se apodera de ella a medida que cuenta hacia atrás y va apoyando un dedo tras otro en la silla mientras lo hace. «Febrero, enero, diciembre, noviembre, octubre...».

Cuando termina, entrelaza los dedos sobre el regazo y mira a la médica. Le arde la cabeza y nota la lengua gorda y seca.

—Mierda —murmura sin poder evitarlo.

La médica deja con cuidado el bolígrafo en la mesa. En la consulta huele a antiséptico y a amoniaco y Grace vuelve a sentirse indispuesta, nota otra vez esa presión en la zona de la garganta, la mandíbula.

—Pero si estoy segura… He sangrado —empieza a decir—. A ver, tengo unas reglas muy irregulares y ligeras y mi trabajo es muy estresante y… eyaculó fuera —termina sin energía.

—Creo que lo mejor será que se tumbe en la camilla y la explore.

Grace se obliga a poner la mente en blanco mientras la médica se pone de pie y se mueve por la habitación. A continuación se levanta como puede de la silla, espera a que la médica cierre la cortinilla alrededor del cubículo y le haga un gesto para que entre. Grace sigue con el abrigo puesto y se está quitando los pantalones cuando oye a la médica ponerse unos guantes estériles al otro lado de la cortina con un chasquido que es igual que un disparo.

Ahora

Grace sube la pendiente en el calor viscoso en dirección a la pastelería, cuando aparece un niñito salido de no se sabe dónde. Debe de tener unos tres años y baja a toda velocidad en un patinete de plástico rojo y trazando una línea errática en el pavimento. Por como tiembla el manillar y lo blancos que tiene los nudillos, Grace deduce que va descontrolado.

—¡NO! —grita como una posesa antes incluso de saber que va a gritar. No se ve a ningún progenitor y el niñito va derecho al bordillo. Grace no se lo piensa dos veces: se abalanza y arranca al niño del patinete. Suena un claxon cuando el patinete se vuelca en el pavimento, a centímetros de la calzada. El niño mira a Grace asustado y rompe a llorar.

—¡Tranquilo, Lewis Hamilton! —Una mujer con vestido floreado baja corriendo la cuesta, su coleta castaña alta le baila de un lado a otro. Coge al niño de brazos de Grace y la mira como diciendo: «Estos niños...»—. Chis, chis, no pasa nada —le dice al niñito—. Esta señora tan simpática solo quería ayudar. —Se vuelve hacia Grace—. Es experto en frenadas.

—Perdón, me… —empieza a decir Grace, pero no puede seguir porque aún no se le ha pasado el susto y además está empezando a preguntarse (solo empezando) si su reacción no ha sido exagerada.

La mujer se agacha para recoger el patinete de la acera sin dejar de hablar con su hijito, una retahíla de palabras que suenan igual que besos.

Cuando se marchan, Grace tiene la sensación de que todos los ojos de los conductores de los coches cercanos están puestos en ella. De pronto se siente vulnerable, como si se hubiera arrancado la ropa, la piel. Ya está muy cerca de la pastelería —casi puede leer el letrero exterior—, pero el calor y los coches le generan una opresión, parecida a una sed extrema, que le resulta insoportable. A su lado hay un pasaje adoquinado, un intervalo entre edificios donde está la entrada lateral de un pub. Entra en él. Huye.

La puerta de la cocina del pub está abierta y por ella ve un televisor situado en alto en un rincón; en la pantalla aparece un hombre con chaqueta y corbata y, debajo de él, la cinta roja de teletipo con las últimas noticias. El volumen está tan alto que se oye en el callejón.

«… para el próximo siglo, el Centro Hadley de Servicios Meteorológicos predice —y cito—: "inviernos más cálidos y húmedos, veranos más calurosos y secos junto con un aumento de la frecuencia e intensidad de la climatología extrema". Una de las principales autoridades en el estudio del cambio climático, los expertos del Hadley Centre afirman que, de no reducirse la emisiones, podemos esperar fuertes olas de calor como la que estamos experimentando ahora mismo, en años alternos, a partir de 2050…».

Grace se aleja por el callejón hasta que el sonido del televisor se apaga como una lenta exhalación. Entonces se para y se recuesta contra la pared. El calor del ladrillo le atraviesa la blusa como si tuviera la espalda en llamas y casi la reconforta. Está pensando en Lotte. En lo desconcertante de que hoy cumpla dieciséis años, y en dónde ha ido a parar el tiempo, porque en cierto modo tiene la sensación de habérselo perdido, de que lo único que conserva es un puñado de instantáneas en la cabeza. Entonces piensa en el niñito del patín, evoca su olor pegajosamente dulzón, la sensación de su cuerpo menudo en sus brazos. Se saca el teléfono del bolsillo, entra en iCloud y busca el vídeo porque hoy es como si lo tuviera todo en contra. Está perdiendo la voluntad de seguir luchando y esto es su opio, su droga secreta e inconfesable.

¡Y ahí está! Su hijita. A los dieciocho meses, sentada en un banco en Burnham Overy Staithe, mirando los veleros. Tiene el pelo rubio por el sol y lleno de rizos que parecen signos de interrogación torcidos, las piernecitas regordetas extendidas hacia delante. Y lleva puestos los zapatos rojo cereza, los que aún guardan. Se escucha el rechinar y el crujido de mástiles de fondo y la niña señala con el dedo. «¿Ez eza? —pregunta—. ¿Eza? ¿Eza?». Porque está buscando focas como las que vieron en Blakeney Point. Entonces la niña da un respingo y Grace siente que la felicidad de su hija la baña igual que sirope, a pesar de saber lo que viene a continuación, disfruta por adelantado cada movimiento, cada matiz. «¡Mami! Una mariposa...». Hay viento de fondo, por lo que su vocecita es débil y Grace tensa cada músculo de su cara en un esfuerzo por oír. Y le duelen los dedos porque lo que más desearía en el mundo es meter la mano en la película y tocar a su hija ausente. Le resulta insoportable pensar que nunca volverá a hacerlo. Que ha perdido a su niñita —a esta niñita— para siempre.

Aparece un mensaje en la pantalla del teléfono oscureciendo la parte superior de la imagen, borrando el cielo, parte de la cara de su hija, y Grace se apresura a dar a la pausa, como si la hubieran sorprendido haciendo algo malo. El mensaje es de Cate y está escrito entero en mayúsculas, lo que equivale a gritar: GRACE! ESTOY PREOCUPADA POR TI. CONTESTA AL PUTO TELÉFONO!!!!

Cuatro meses antes

Han pasado veinte minutos desde que la llamaron de North-mere Park y Grace debería estar trabajando. En lugar de ello, está en un atasco de tráfico que empezó a la altura de la tienda de alimentación turca y llega hasta el lavadero de coches. Golpea impaciente el suelo del coche con el talón mientras un repartidor cargado con una altísima pila de cajas de fruta cruza la carretera tan despacio que resultaría divertido de no ser por el sombrío pánico que siente Grace.

Salía de casa y el corazón le dio un vuelco cuando se encontró a la inspectora de absentismo escolar en la puerta. «Lotte ha faltado a las dos últimas clases —dijo y las palabras fueron como un puñetazo—. La situación empieza a ser crítica», añadió la mujer muy seria, como si fuera la jefa de Operaciones Especiales de la policía o incluso la líder del mundo libre. Grace asió tan fuerte las llaves del coche que le dejaron una marca en la palma de la mano. No supo si estaba furiosa, asustada o las dos cosas cuando la mujer empezó a hablar de terapia en el centro educativo, de una reunión urgente con el tutor o una derivación a los servicios de Salud Mental de Niños y Adolescentes.

Por el parabrisas, ve al repartidor detenerse en medio de la calzada para redistribuirse el peso.

—No me lo puedo creer.

Grace se inclina hacia el volante con la mandíbula muy tensa. Ha llamado al trabajo aduciendo crisis familiar y no tiene un plan concreto, solo recorrer las calles hasta encontrar a Lotte. Detrás de sus ojos, las palabras de la cuenta de Instagram de su hija discurren como en un teletipo: «No contestas mis mensajes. Te veo. Te veo te veo… Ni se te ocurra bloquearme zorra…».

De nuevo se apodera de ella ese miedo amorfo que tan familiar le resulta y quiere que cese.

—*Merde!* ¡Vamos!

Grace toca el claxon, solo un suave toque, pero —y es como si fuera un castigo—, en ese preciso instante, una de las cajas cae al suelo. Rollizos melones de piel rayada se estrellan en el asfalto y escupen pulpa y semillas igual que órganos internos.

Grace tuerce por Alexandra Palace, deja atrás el parque y acorta por el tramo de tiendas y la gasolinera hasta Broadway. Deja atrás la iglesia de la esquina y tiene un ojo en el tráfico y el otro en los peatones, escudriña a los compradores, atenta a la melena color algodón de azúcar de su hija, a un incongruente uniforme escolar, a un blazer doblado en el brazo tal y como acostumbra a llevarlo Lotte. Nada. A continuación enfila la calle que bordea Highgate Wood hasta la estación de metro con una cola de conductores impacientes detrás porque está circulando a un kilómetro por hora.

Cuando llega al pub que hay en la esquina, el semáforo se cierra. Mira el pub y piensa en los tres sentados a una mesa del jardín. A su lado, Lotte ríe porque el refresco de limón le hace cosquillas en la nariz y, enfrente, Ben se lleva la cerveza a los labios. Le ha dado el sol y tiene esa expresión adormilada de cuando da un primer trago de alcohol, esa mirada que tanto le gusta a Grace. Se inclina sobre la mesa, le besa y le dice que sabe a vacaciones.

—Las vacaciones no se comen, mami —dice Lotte.

—Claro que sí —contesta Ben sin apartar los ojos de la cara de Grace.

Se le pasa por la cabeza llamarlo, se pregunta si le da tiempo antes de que se abra el semáforo. Pero enseguida descarta la idea porque está empezando a comprender que lo que está haciendo es una locura. Una búsqueda imposible. Porque lo cierto es que Lotte puede estar en cualquier parte.

La está esperando en el recibidor cuando Lotte vuelve del colegio. O, más bien, cuando vuelve de no ir al colegio. Grace tiene que apoyar el hombro en la pared para no caerse porque el alivio que siente al ver la silueta de su hija subir por el camino a través del cristal esmerilado es inmenso, casi tanto como la furia que lo sigue inmediatamente. Se abre la puerta de la calle, entra una ráfaga de aire y Lotte deja la mochila y saluda como si tal cosa. Como si acabara de volver del prosaico tedio de una clase doble de matemáticas.

—¿Dónde estabas? —pregunta Grace y se da cuenta de que su voz suena tensa, como si hablara con los dientes apretados.

—¿Cómo que dónde estaba? —Lotte arruga el ceño como si no entendiera la pregunta.

—Ni se te ocurra —dice Grace.

Se ha concentrado en un desconchón de la pared donde rebota siempre la puerta porque es incapaz de mirar a su hija a la cara.

Lotte se pone en jarras y suspira tan fuerte que se le afea el gesto.

—Vale, me he saltado una clase. ¿Qué pasa?

La respuesta descoloca a Grace. Lo último que se esperaba era esto. Qué tonta. Siempre la cogen por sorpresa, la irracionalidad, la obstinada falta de lógica. La negativa a dar el brazo a torcer.

—Lo hace todo el mundo. —Lotte se quita los zapatos y los deja en el suelo, donde caen—. No tiene ninguna importancia.

Grace echa la cabeza hacia atrás e intenta contar los pétalos de la rosa del techo antes de hablar. Sabe que esta es la dinámica, sabe que es así como funciona. Sabe que no es nada contra ella, pero eso no hace más soportable la sensación de estar perdiendo a su hija. Y no tiene sentido porque ¿dónde se ha metido esa dulce y amable niña-mujer con la que se dio un festín de pizza, de risas y de Netflix hace solo unas noches? Hecha un ovillo contra ella en el sofá, tan cerca que Grace no habría sabido decir dónde terminaba su cuerpo y empezaba el de su hija. Y sabe que no es justo, pero se siente traicionada.

—¿Qué está pasando, Lotte? ¿Dónde estabas?

—Por ahí...

—¿Cómo que por ahí? ¿Me estás tomando el pelo?

Su hija se encoge de hombros.

—Tampoco hace falta que te pongas como una loca.

Rebusca en su mochila y saca su botella de agua y su estuche de maquillaje con estampado de aguacates con gafas de buceo.

—Eso no es una respuesta. ¿Con quién estabas? ¿Estabas sola?

—Sí. —Lotte gira la tapa de un brillo labial y empieza a aplicárselo con irritante despreocupación—. ¿A ti qué más te da? ¿A ver? ¿Cuál es la diferencia? Ya te lo he dicho. No tiene importancia. Si es que, de todas maneras, en el colegio no aprendo nada. Es una pérdida de tiempo... —Pone los ojos en blanco y a continuación murmura—: Qué pesadez...

Es un cliché detrás de otro y Grace aprieta los puños. Le gustaría quitarle el brillo de labios a su hija de un zarpazo. Le gustaría abrir mucho la boca y gritar.

—¡Por supuesto que tiene importancia!

Quiere enumerar las razones, empezando por «Tienes quince años, nadie sabía dónde estabas y es peligroso» y terminando por «Porque este año tienes los exámenes del certificado de secundaria y vas a echar tu futuro a perder». Pero hay lagunas en su cabeza allí donde debería haber palabras y piensa en el artículo de esa revista que tiene guardado en un cajón, en la lista de síntomas: «… dificultad para concentrarse…, lapsus de memoria…». Solo sabe que está demasiado cansada para esto, que no tiene fuerzas para enfrentarse a la arrogancia, la ingenuidad ciega, la irracionalidad. Ahora mismo su hija es como un tuit vacío que arrolla como una apisonadora todo lo que sean lógica, matices o verdad, y eso es algo que no tiene solución.

Lotte pasa bruscamente a su lado y casi tira el cuadro de la Virgen con Niño de la pared opuesta. En lugar de ir a la cocina a comer algo, como haría normalmente, sube las escaleras en dirección a su cuarto, como dando por terminada la conversación.

—Siempre haces lo mismo —dice volviendo un poco la cabeza.

—¿El qué? ¿Te refieres a que no estoy de acuerdo con cada cosa que dices? ¿A que tengo opiniones propias? ¿Has oído hablar de la libertad de expresión? ¿De la democracia? —A estas alturas Grace está gritando, se ha cansado de luchar por que la situación no estalle—. Pues, que yo sepa, todavía rigen. Y aunque no te lo creas, el mundo no gira a tu alrededor. ¿Sabes una cosa, Lotte? No quiero más visitas de la inspectora escolar haciéndome sentir como una madre de mierda. —Llegado este punto, titubea un poco. A pesar de que esto último lo ha dicho casi deliberadamente, para sorprender, para hacer reaccionar a Lotte, se da cuenta de que ha sido un error. Siente que le falta el aire, siente miedo. Se obliga a bajar la voz—. Hoy no he ido a trabajar por esto, por ti. ¿Te das cuenta? Puedo quedarme sin trabajo ¿y entonces qué? Salta a la vista que eres infeliz. Habla conmigo. Cuéntamelo. Échame una mano. Por favor. ¿Por qué estás faltando a clase?

Lotte se detiene en lo alto de las escaleras. Tiene una mano en el poste de la barandilla y, cuando se vuelve, hay algo en su expresión, algo que Grace no reconoce. Y la asalta el pánico.

—¿Que por qué estoy faltando? —La voz de Lotte es armoniosa—. ¿Y tú me lo preguntas? ¿Qué me dices de tu gran «ausencia», eh? —Dibuja comillas en el aire con los dedos índice como si fueran dos cuchillos—. Nos abandonaste. ¿Cuánto tiempo fue, mamá? Recuérdamelo. A mí me falta todavía mucho para alcanzarte, ¿no crees? Pero de eso nunca hablamos, ¿verdad? —Calla un momento y cuando vuelve a hablar es como si lo hiciera consigo misma—. Nunca jamás lo hemos hecho.

Grace continúa paralizada cuando su hija sigue subiendo las escaleras y desaparece en el rellano. Cuando se encierra en su cuarto de un portazo, se deja caer al suelo donde está. Es como si no circulara aire en el recibidor. Está mareada. ¿Qué ha sido eso? Grace se esfuerza por comprender. Su cerebro va y viene en un intento por encajar lo que sabe con lo que creía saber. No da crédito a lo que Lotte acaba de decirle porque además tiene razón: nunca han hablado del tiempo que Grace estuvo fuera, jamás. Hace tanto de eso que Grace se había permitido el lujo de creer que quizá —quizá— Lotte lo había olvidado.

2003

Bienvenido al buzón de voz de Orange. Tiene dos mensajes nuevos. Primer mensaje nuevo. Recibido el lunes 24 de febrero a las 14.17...

«... Hola, soy... Espera...».

Si desea devolver la llamada con su tarifa estándar, pulse cinco. Para escuchar el siguiente mensaje, pulse dos...

«Hola, qué tal. Soy Grace. Grace Adams. De la reunión Políglota aquella, ¿te acuerdas? Ya sé que ha pasado mucho tiempo y supongo... Perdona, no sé muy bien qué quiero decir. Solo... Esto... ¿Te importa llamarme? Tengo que... Si puedes, te lo agradezco. Mi número es..., ay, nunca me lo sé... 0795... No. Bueno, supongo que te aparecerá en la pantalla. Vale, llámame. Gracias».

Si desea devolver la llamada con su tarifa estándar, pulse cinco...

Ben deja el teléfono en el atril, encima de sus apuntes, y se da cuenta de que está sonriendo. No puede evitarlo porque Grace es... ¿Qué es? No tiene ni idea. Lleva cinco meses sin saber de ella y ahora lo llama así, como si nada, y le suelta una retahíla de palabras a la que intenta encontrar sentido sin éxito. Un mensaje que le da ganas ¿de qué? ¿De reír? No sabe cómo definirla. Tampoco sabe definirse a sí mismo en lo referido a ella.

Los últimos alumnos abandonan el aula y, cuando pasan delante de la tarima, Ben los saluda con la cabeza pero sin verlos en realidad. Está sopesando llamarla o no y cuánto tiempo debería esperar, cuando el teléfono empieza a vibrar, a dar saltitos encima de sus notas como si hubiera un pequeño insecto atrapado en su interior. Mira la pantalla y ve que es ella, Grace. Lo está volviendo a llamar. Y, maldita sea, está nervioso, igual que un quinceañero en su primera cita. Pasea la vista por el aula y deja que el teléfono suene una, dos, tres veces para asegurarse de que no queda nadie. Para esta conversación no quiere público.

Antes de descolgar, respira profundo.

—¡Pero bueno! —dice—. Si es Grace Adams, la estrella televisiva.

—Ben, hola —dice Grace y su voz suena seria.

Ben había esperado que se riera o quizá se burlara de él, así que enseguida sabe que pasa algo. La conoce lo suficiente para comprender esto.

—Escucha —dice ahora Grace—, los paños calientes no vienen a cuento aquí, así que voy a ir al grano.

Se calla. Por un instante Ben se pregunta si se ha cortado la comunicación en mitad de la frase y la ironía le resulta irresistible. Entonces la oye carraspear y ríe.

—¿Qué pasa? —pregunta Grace—. ¿Qué te hace tanta gracia?

—Perdona... Es que estabas a punto de decir algo y de pronto te has...

Se encoge de hombros aunque sabe que Grace no puede verlo.

—Estoy embarazada, Ben.

—Ah—dice él al cabo de un instante—. Enhorabuena.

Pero, en cuanto las palabras salen de su boca, sabe que no son las adecuadas.

Delante de él hay fila tras fila de asientos vacíos y nada de luz natural, solo un resplandor artificial que le hace daño en los ojos. Ben se siente como si estuviera participando en una obra de teatro experimental, sin un guion. Tiene la sensación de que nada es real.

—Vale, entiendo que no signifique nada para ti, para mí tampoco hasta hace una semana, pero al parecer estoy ya de unas veintidós semanas, así que, si haces el cálculo, verás que nos lleva a...

Grace no termina la frase. Transcurren unos segundos y Ben se esfuerza por encontrar la luz.

—Ah —repite, esta vez en voz queda. Se masajea la piel de la frente como si eso pudiera ayudarlo a asimilar lo que le está diciendo Grace—. Cornualles —murmura.

—No he estado con nadie más desde entonces, así que...

Se expresa con tanta naturalidad que Ben se siente como si hablaran del pronóstico meteorológico, como si tuvieran por delante dos semanas de lluvia y les supusiera un contratiempo. Está hablando con demasiada naturalidad, eso Ben lo sabe.

—Estoy segura de que estás con alguien, pero quería... Pensé que debías saberlo.

Ha habido alguien, sí. Hay alguien de hecho, Lina. Llevan saliendo un par de meses, pero estará en Milán los dos trimestres próximos para hacer el doctorado. Ben sabe que debería mencionárselo a Grace, que es el momento, pero el instinto lo empuja a echarse atrás. No quiere contárselo.

Menea la cabeza como si tuviera agua en los oídos.

—¿Desde cuándo lo sabes?

—Desde hace poco más de una semana. —Lo dice con entonación ascendente, como si fuera el final de un chiste—. Es increíble la de cosas que te pasan inadvertidas cuando no quieres verlas.

Entonces Ben se acuerda. De los dos muy juntos en el bar de la universidad. Grace todo pelo ámbar y ojos risueños, sirviéndose lo que queda de una botella de vino tinto. Y esa voz de bordes aterciopelados que indica que está algo borracha... «Rompí con mi novio hace un mes... Yo no quiero tener hijos y resulta que no era algo negociable».

De pronto el olor de Grace impregna el aire alrededor de él. Es un olor a sal y a cera de abejas que ha aparecido como por arte de magia.

—Me dijiste que no querías tener hijos.

Habla para sí mismo tanto como para ella.

—Ajá —dice Grace—. Ya lo sé.

El silencio entre los dos se dilata. Es un instante de casi calma, excepto que Ben es incapaz de pensar, su mente es como un yoyó mientras intenta procesar lo que le está contando Grace. Cinco minutos antes estaba dando una clase en la universidad, exponiendo los principios de la psicolingüística a un aula llena de estudiantes apáticos, y ahora esto. Ni siquiera sabe lo que quiere preguntar, lo que se supone debe decir.

—Bueno, pues como saludo a un viejo amigo, no está mal la noticia —dice por fin y es lamentable, lo sabe, pero es que no se le ocurre nada mejor.

—No es demasiado tarde —dice Grace con voz queda.

«¿Para qué?», quiere preguntar. Pero lo sabe. No es tonto.

Oye el aliento de Grace al otro lado del teléfono. Lo imagina escapando de su boca, serpenteando hacia el éter igual que humo.

Ahora

Para cuando llega a la pastelería, el lugar ha adquirido para ella un significado casi religioso. Como si estuviera a punto de traspasar el umbral de la Mezquita Azul, de Angkor Wat o de la Cúpula de la Roca después de un largo peregrinaje. El letrero exterior oscilante está inmóvil y las tartas del escaparate dan la impresión de fundirse por el calor. Hay una rana de fondant a la que se le ha desprendido un ojo y una torre hecha de tartas de mermelada y almendra perlada de sudor.

La tienda huele a azúcar y a calor y de pronto está muerta de hambre. Pasea la vista y mira los bollitos de pasas, las tartaletas de crema, los bagels con semillas de amapola, los bizcochos Madeira, los panes de masa madre con sésamo, los pastelitos de vainilla, los pepitos de chocolate, las focaccias con romero, los panecillos de pasas y canela. Podría sentarse en el suelo allí mismo y comérselo todo, atiborrarse de carbohidratos hasta reventar.

—Dígame.

La mujer detrás del mostrador le hace un gesto para que se

acerque. Tiene una piel pastosa que la asemeja a los dulces que vende.

—Vengo a recoger un encargo. —Grace sonríe—. La tarta para el dieciséis cumpleaños de mi hija.

No sabe por qué ha dicho esto. Percibe el orgullo arrogante en su tono, como si fuera de esas mujeres con marido, un cockapoo, socias de un club de tenis y miembros activos de la Asociación de Estudios Políticos. Como si fuera de esas mujeres que hacen estas cosas, encargar tartas personalizadas para ocasiones especiales.

—¿Me dice el nombre?

Grace ve que a la mujer le brilla la frente en la raíz del pelo, donde se le clava el elástico del gorro azul de nailon.

Le da el nombre y la mujer desaparece en la trastienda y regresa un minuto después con una caja de un blanco reluciente. La deja en el mostrador. Es una caja pequeña y Grace se da cuenta enseguida de que se ha equivocado de tarta. Antes de que le dé tiempo a decir nada, la mujer abre la caja con gesto un tanto teatral.

La tarta ni siquiera roza los lados de la caja. Grace se acerca un poco más y la mira. Encima hay dos figuritas. Son diminutas. El biquini de la mujer bronceada son tres puntitos de glaseado color rosa; el bañador del hombre, una única raya verde. Y, sí, el nombre de Lotte está escrito en un lado con letras doradas, tal como pidió. Pero a un tamaño poco mayor que la caligrafía normal. Repartidas por la tarta, hay botellitas de crema bronceadora, corazones, chanclas, tangas. Pero a un tamaño tan pequeño que carecen de detalles.

«Es una tarta enorme... —se oye decir a Ben, y la voz en su cabeza suena pretenciosa, engreída, desesperada—. De dos pisos, con decoración fluorescente, con su nombre en glaseado dorado...». Ahora que la tiene delante, se da cuenta de que la magnífica y despampanante creación que había imaginado —el símbolo de su inquebrantable amor por su hija— apenas dará para cinco raciones.

Grace es consciente de que empieza a formarse una cola detrás de ella.

—No la esperaba tan pequeña—dice—. ¿Es la que había pedido? ¿Está segura?

—Es una tarta con tema *Love Island* —contesta la mujer como si eso lo explicara todo.

Tiene las manos en el mostrador, a ambos lados de la pulcra caja. Grace se fija en que lleva las uñas mordidas.

—Es muy pequeñita —dice Grace mientras nota el pánico crecer dentro de ella.

—Es una tarta de muy buen tamaño. —La dependienta aprieta los labios—. Tiene dos pisos.

—Sí que los tiene —murmura Grace para sí.

Sin poder evitarlo, tiene la extraña sensación de estar jugando a un juego que se le queda grande, que la mujer estará pensando que debería haber comprado la tarta un poco más arriba en esa misma calle, en Marks & Spencer. Mira el suelo y a continuación a la mujer. Tiene cuarenta y cinco años. Cuarenta y cinco putos años. ¿Cuántos tiene que cumplir para que la gente empiece a tratarla como a una mujer adulta?

—Es hecha a mano —añade la mujer—. Artesanal.

—¿Artesanal? —resopla Grace—. ¡Querrá decir invisible!

—Me temo que no pagó usted lo suficiente para una tarta más grande. —La mujer se ha puesto a hablar con tono de paciencia exagerada—. Una tarta más grande cuesta más. —Señala un pepito que reluce en su cápsula de papel ondulado detrás del expositor de cristal en pendiente—. Dos libras cincuenta —dice. A continuación señala un hombrecillo de jengibre con tres Smarties de chocolate a modo de botones—. Una libra setenta. —Luego a una tarta de avellana—. Cinco con noventa y cinco —dice—. Porque, como ve, es una tarta entera. Son seis raciones.

Y es difícil saber si habla en broma o en serio, porque debajo de su gorro elástico su cara pastosa es impenetrable.

Grace nota calor en la espalda y se imagina que son los ojos de las personas que hacen cola detrás de ella. Siente la sangre latirle en las sienes cuando se gira para mirar las tartas del escaparate. Una tarta princesa de cuatro pisos con glaseado rosa brillante y centelleantes piedras preciosas comestibles, otra que representa un campo de fútbol con sus dos equipos del tamaño de un gran adoquín. Una tarta de chocolate alta y gruesa que representa una catedral gótica. Le vienen recuerdos de Lotte a los dos, cuatro, seis y diez años, con la carita iluminada en la penumbra de la cocina de casa, soplando sus velas de cumpleaños con ojos embelesados. Estas tartas suntuosas y carísimas del escaparate son como la que se imaginaba llevando a la fiesta. Una tarta que haría resplandecer a Lotte igual que cuando era pequeña. Una tarta que diría todo lo que hacía falta decir, que las devolvería a las dos a como estaban antes. Grace se imagina a ambas recostadas en almohadones en su cama, la cabeza de Lotte apoyada en su hombro y los colores brillantes y chillones de *Love Island* en la televisión.

«No puedo mirar —dice Lotte, pero mira por entre los dedos con que se tapa la cara porque, en la pantalla, una pareja morena como un tizón está discutiendo en bañador a cuenta del test de detección de mentiras que acaba de pasar él—. Y, además, ¿cómo saben que el test es fiable?, ¿que es verdad que se sentirá tentado por otras mujeres? Mamá, no puedo. A estos dos los *shippeo* totalmente.

Grace ríe mientras le quita a su hija las manos de la cara.

«Es una palabra buenísima —dice—. *Shippear*. Llena un vacío en el lenguaje: "Quiero que estos dos tengan una relación". No existe una palabra para eso».

«Chis. —Lotte cambia la cabeza de posición para estar más cómoda y termina apoyando la mejilla en la parte carnosa que está justo debajo de la clavícula de Grace—. Eres una empollona, mamá».

—Son doscientas libras, por favor —anuncia la dependienta con un gorjeo. Su tono da a entender que la transacción es de lo más razonable. Madre mía, *¿cuánto?*,* piensa Grace y tiene que hacer un esfuerzo sobrehumano para no preguntar a la mujer de gorro azul de plástico cuánto le costaría una tarta de un tamaño decente y si tendría que rehipotecar la casa para pagarla.

Saca la tarjeta de crédito del bolsillo y mira horrorizada la cantidad que sale en la pantalla mientras teclea el PIN. No puede creer que esté haciendo esto, pagando este dineral. Lo que le pide el cuerpo es tirar la tarta de un manotazo, pisotear los restos pegajosos y esponjosos contra el suelo. Mira cómo la dependienta corta cinta de un rollo y ata la caja con un nudo. A continuación y usando la cuchilla de unas tijeras, empieza a rizar los extremos de la cinta. Está tardando una cantidad de tiempo inverosímil, es casi como si lo hiciera aposta.

Cuando por fin termina, Grace sale de la tienda como una exhalación. Ya ha llegado al final de la cuesta cuando se desmorona. Está sujetando la tarta con las dos manos y se dobla hacia delante, sin aliento. No da crédito a lo que le está pasando. Su marido, su hija, su trabajo —o, más bien, sus trabajos—: lo ha perdido todo. Y ahora esta tarta, que es como una tomadura de pelo. Después de todo lo que se ha esforzado, es lo que le faltaba. La guinda del puto pastel.

---

* En español en el original. (*N. de la T.*).

Cuatro meses antes

B en, ¿qué coño...?

—Buenos días a ti también, Cate. —Ben se incorpora hasta apoyarse en un codo y mira el reloj en la mesilla de noche: las seis de la mañana—. Sabes qué hora es aquí, ¿verdad?

Es como si no hubiera abierto la boca.

—Me prometí a mí misma que no te iba a llamar, que no me metería... —La voz de Cate, que se parece mucho a la de su hermana aunque no tanto como para no distinguirlas, es un hilo. Suena alterada, como si se hubiera tomado algo, claro que Ben creía que ya no hacía esas cosas—. Pero es que vamos a ver, por el amor de Dios.

—Con eso quieres decir que Sara te dijo que no llamaras, que no te metieras.

Ben se frota un ojo con el puño. Necesita hacer pis.

—Mira, Grace está haciendo como si no le importara, pero no es así. Por supuesto que le importa, joder. Le has mandado los papeles del divorcio sin ni siquiera hablarlo antes con ella. Sin decirle una palabra...

—Espera, ¿qué? —Ben se sienta en la cama. De pronto está espabiladísimo.

—¿Se puede saber en qué estabas pensando? ¿Por qué lo has hecho? ¿Para echarte unas putas risas?

La luz empieza a colarse por los bordes del estor y hay un fino rectángulo brillante que parpadea en la pared del dormitorio.

—¿Ya le han llegado?

La pregunta va dirigida a él tanto como a Cate.

—Ya sé que estás enfadado con ella.

—No estoy enfadado.

Cate no dice nada. Ben quiere esconder la cabeza debajo de la almohada, volver a dormir, huir de todo esto. Cuando Cate vuelve hablar, su tono es más suave.

—Sé que estás enfadado, Ben, por todo lo que ha pasado…

A Ben se le hace un nudo en el estómago. Y ruega mentalmente a Cate que no siga por ahí, porque es un terreno en el que nunca entran. Al menos no desde aquella única vez. Estando borrachos en un bar del centro de Los Ángeles. Qué lejano le parece ahora ese momento. ¿Cuántos años han pasado? ¿Cuánto tiempo ha trascurrido desde aquel momento que es un borrón de palabras y sonidos, de olores e imágenes?

—Pero Grace es… —Ben oye un ruidito, como si Cate se estuviera subiendo la cremallera. La imagina en Los Ángeles, sentada junto a la piscina iluminada por la luna. El aire caliente oliendo a polvo y a cítricos, el chirrido y zumbido de las chicharras, los árboles cargados de aguacates—. Y Lotte —añade por fin—. ¿Qué me dices de Lotte?

—Estoy en ello, Cate. Grace no…

—No te pongas en ese plan, Ben. No seas esa clase de padre.

—Eso no es justo. —Ben saca las piernas de la cama y se pone de pie—. Y lo sabes.

—Es mi sobrina. La quiero y quiero a mi hermana. Tú también la quisiste una vez, ¿te acuerdas? No sé, igual estoy diciendo una locura, pero quizá todavía la quieres. Sea como sea, te necesita. No puede con esto sola.

—No está sola.

—Lotte finge que no pasa nada. Que es una adulta. Pero no lo es. Tiene quince años, es una niña. Y ha pasado por mucho.

Las palabras se quedan flotando. Ben no quiere tocarlas.

—Tu hija está intentando llamar la atención. Eso lo sabes, ¿no? Complacencia equivale a complicidad. Hacer algo siempre es mejor que no hacer nada.

¿Me vas a dar consejos tú?, piensa Ben, aunque no lo dice. Como si lo suyo con Dylan hubiera ido bien. Cate está hablando como uno de esos panfletos que trae a casa de vuelta de sus sesiones de coaching de vida y, en circunstancias normales, Ben se reiría —de ella, con ella—, pero el caso es que sabe que tiene razón. «Has entrado y cerrado la puerta, cariño», es lo que habría dicho su madre de estar viva. Parte de él sabe que está jodiéndolo todo poco a poco, y solo porque no quiere pensar en ello, en nada de ello. Le duele demasiado.

—He intentado hablar con Grace…

—Y no ha querido escucharte. Menuda novedad. Esfuérzate más. Entra en Alcatraz. Tengo fe en ti.

Cate odiaría saberlo, pero empieza a hablar ya con el acento gangoso de Los Ángeles. Ben se imagina la expresión de su cara si se lo dijera: con los ojos totalmente en blanco. Cae en la cuenta de que eso es precisamente lo que distingue su voz de la de Grace y un recuerdo lo asalta. De Grace con un vestido amarillo de verano en un bar de Los Feliz. Está embarazada y le pone un dedo acusador en el pecho mientras ríe: «Si mi hermana no fuera lesbiana, pensaría que estáis liados…».

Cate se ha puesto a hablar de lo que significa ser padre y de Sara y Dylan y Ben se sume aún más en sus recuerdos. Está pensando en las cajas del destino —las cajas del destino de Lotte— y le parece que fue ayer. Su hija está en el patio junto al arenero, haciendo pompas de jabón. Tiene una varita mágica de juguete y está muy concentrada, con los labios formando una pequeña «o» cada vez que sopla. A continuación mira cómo el viento se lleva las pompas y las sigue con los ojos hasta que estallan. «Papá —dice sin quitar la vista de las pompas de jabón—. Papá, son cajitas que salen de tu cabeza y yo las llamo cajas de la vida porque van desapareciendo cada vez que haces esa cosa en la vida. Nosotros no las vemos, pero son transparentes para que puedas ver las fotografías de tu vida que tienen dentro y la fila de cajas te controla. Y entonces, cuando llegas arriba del todo y solo te queda una caja —que es la que te dice cuándo vas a morir—, subes flotando hasta ella y luego te subes a una nube y la nube es el cielo».

Tenía siete años. Ben lo sabe porque por las puertas acristaladas le parece ver los globos de su cumpleaños de la semana anterior todavía flotando en la cocina. Y también porque, puesto que era asombroso que una niña tan pequeña hablara así —que esbozara los fundamentos del determinismo—, lo había apuntado. «¿De verdad piensas eso?», había preguntado él. «No —había contestado Lotte negando con la cabeza—. No es más que una de mis historias raras. Me gusta inventármelas». Era como una brujita blanca. Dolorosamente sincera, con su pelo rubio esponjoso y los ojos oscurísimos de Grace, y Ben se había quedado sin respiración.

—Ben.

—Sí, claro —murmura a pesar de que no tiene ni idea de lo que acaba de decir Cate.

—Vale, pues muy bien.

—¿Y qué tal está Sara? —se apresura a preguntar Ben, porque quiere cambiar de tema. Siente opresión en el pecho y necesita levantarse de la cama, beber agua, hacer estiramientos, salir a correr. Sabe que ya no va a dormir más.

—¿Sara? —Ben oye la vibración de los labios de Cate contra el micrófono del teléfono—. Pues trabajando demasiado, tocándome las narices. Ya sabes, lo que llaman felicidad doméstica...

—Qué bonito. —Ben ríe y olfatea el aire. Le huele mal el aliento—. ¿Y Dylan?

—Pues casi sin trabajar, tocándome las narices... Lo que llaman infeli..., perdón, felicidad doméstica.

Ahora ríen los dos y Ben siente una repentina necesidad de ver a Cate, de subirse a un avión, de viajar hasta su hermosa casa bordeando Griffith Park, bajo el Observatorio. De regresar volando a como eran antes las cosas.

2003

Cuando llega, ella ya está sentada a una mesa del Russian Tea Rooms. La ve por el cristal ahumado de la ventana y es como si un campo de fuerzas lo paralizara, es incapaz de moverse. Grace lleva un jersey color hierba y el pelo recogido a un lado en un moño bajo. Tiene la vista baja, fija en algo que hay en la mesa, y Ben sabe que está totalmente aislada de lo que la rodea.

A su lado alguien tose y entonces repara en una pareja de mediana edad con pinta de ser clientes habituales, sentada en las mesas de fuera. Llevan gorro y abrigo y de sus bocas y de sus tazas de café sale vapor y Ben piensa que quizá la tosecilla era intencionada, que lleva demasiado tiempo demasiado cerca de ellos. Esto basta para sacarlo de su parálisis y apoya la palma en la puerta y empuja.

Dentro está oscuro, con las paredes y el techo pintados de intenso carmesí. Grace tarda un momento en levantar la vista del libro que está leyendo y ve a Ben vacilando en la puerta. Con el corazón desbocado, este levanta una mano un poco en un medio saludo y echa a andar por entre las mesas en dirección a ella.

Grace tiene delante un plato de blinis y pide disculpas.

—Estoy muerta de hambre —dice—. No podía esperar, lo siento.

No parece sentirlo en absoluto y a Ben el corazón le da un brinco porque en estas circunstancias solo ella sería así de sincera.

—Salmón ahumado y *smetana*. —Grace se mete un bocado en la boca.

Ben no está seguro de si debería comer eso —la mujer de su hermano, Amelia, está embarazada por cuarta vez y en las reuniones familiares no se cansa de enumerar todo lo que no puede comer. Está intentando no mirarle la barriga —sabe de manera instintiva que no debe hacerlo— y los ojos le duelen por el esfuerzo.

—Coge uno, están buenísimos.

Ben vacila antes de inclinarse y besarla en la mejilla. Lleva demasiado tiempo de pie, así que el gesto no le sale natural y no atina, solo le roza la oreja con la boca. Grace huele distinto de como la recordaba, como a coco o a loción solar, y eso que fuera hace un frío glacial. También huele ligeramente a salmón y eso lo desconcierta un poco.

—¿Qué lees? —pregunta mientras se sienta frente a ella y señala con la cabeza el libro que está al revés encima de la mesa.

Las palabras no dichas tensan el aire alrededor de ellos.

Grace le da la vuelta al libro y Ben ve que es una edición gastada de *La peste*. Lo está leyendo en el francés original.

—Es de la librería de viejo que hay enfrente. —Grace señala con el dedo la calle detrás de Ben—. He llegado pronto. Y también pensé que así tendría algo que hacer si me dabas plantón. Me ahorraría estar aquí sentada como una tonta —dice encogiéndose de hombros.

Cuando le da la luz en la cara, Ben repara por primera vez en lo pálida que está. Tiene ojeras oscuras y la piel de las comisuras de la boca arrugada, casi flácida. Parece agotada, piensa. Pobre.

—Me alegro de que hayas venido.

Grace lo dice sin mirar a Ben y este casi no lo oye.

Ben coge aire y lo suelta.

—¿Cómo estás?

Grace se limpia la boca con una servilleta y la deja otra vez en la mesa antes de contestar.

—Pues... embarazada de cinco meses. Inesperadamente. —Ladea la cabeza y hace una mueca—. Pero, aparte de eso, como una rosa... y supongo que intentando saber lo que significa que hayas venido.

Su tono de voz no casa con la expresión de sus ojos. Ben se da cuenta de que está asustada. Tanto como él.

—No lo sé —dice por fin—. No sé qué significa. Lo siento...

—No deberíamos haber sido tan despreocupados con la anticoncepción —murmura Grace.

—Pues no. —Ben asiente despacio—. Eso sin duda.

—Poco después sangré algo y luego otra vez a los dos meses. —Grace se está mirando las manos—. Así que no resultó obvio, ¿entiendes? —Sus ojos encuentran los de Ben—. Sangrar es muy normal en el primer trimestre, al parecer, y... —Le falla la voz.

Emana un extraño magnetismo. Ben está seguro de que no podría apartar la vista de ella aunque quisiera.

—Me pareció... No me... No atamos cabos. —Las palabras se le enredan en la garganta—. Me refiero a después, así que...

La mirada de Grace es como el oscuro mar de aquel día en Cornualles.

—Entonces ¿ahora sí lo vamos a hacer?

—Pues algo parecido, sí.

Una mujer de pelo negro rizado se acerca a su mesa y pasa de página en su libreta. Grace le habla en ruso y a Ben le resulta extraño no entenderla, el ruso es una de las pocas lenguas de las que solo conoce palabras sueltas. Le dice a la mujer que ya ha comido porque no tiene hambre, pero Grace lo urge a elegir una tarta de la barra y Ben cruza el café detrás de la mujer. Debajo de la caja registradora hay un cuadro de la Plaza Roja, estantes con matrioskas exquisitamente pintadas que lo miran desde una pared oscura. Ben señala una tarta milhojas de miel y, mientras la mujer corta una porción, piensa en las muñecas dentro de las muñecas dentro de las muñecas e imagina las más pequeñas de todas —las recién nacidas— escondidas dentro del corazón de madera de sus madres.

Se está sentando otra vez cuando Grace saca una fotografía llena de grano de entre las páginas de su libro.

—No sabía si querrías verla, pero es la foto de... la ecografía...

El papel está curvado por las esquinas. Cuando se lo tiende a Ben, este se fija en que le tiemblan un poco los dedos. Coge la fotografía y distingue algo que parece un apóstrofe.

—Esa es la cabeza —explica Grace señalando con el dedo—. Eso una oreja. Los pies...

Ben tiene la sensación de estar tirándose desde un altísimo acantilado a unas aguas color esmeralda brillante. Le parece imposible que eso sea el hijo de los dos, que lo hayan hecho juntos. Es como un truco de magia y tiene algo de muy frágil. Frente a él, Grace se ha llevado la mano al vientre. Ben se pregunta si es consciente de su gesto y se sorprende imaginando lo que diría si..., cuando..., porque esta mujer es extraordinaria. No ha conocido a nadie como ella; le deja sin respiración.

«La primera vez que la vi hablaba en lenguas —piensa—. La segunda salvó a una mujer. La tercera vez que la vi era una estrella de la televisión. La cuarta, te hizo a ti».

—A veces te veo en la tele —dice—. Esas tardes de estar tirado mojando galletas en el té, ¿sabes? —Pero sigue mirando la fotografía y de pronto, sin venir a cuento, nota una presión detrás de los ojos que no puede contener. Tiene que dejar de hablar. Cuando mira a Grace, ve que se ha dado cuenta. Tiene las mejillas rojas, como si acabara de llegar de la calle. Es el único detalle que la traiciona, la única manera para que él sepa.

—Podríamos compartir el premio —dice Grace con voz queda. Sigue ruborizada, pero ha torcido los labios y hay humor en sus ojos entornados—. ¿Quieres venir conmigo?

Y Ben la mira sonriendo mientras recuerda la convención políglota, que tan lejana resulta ahora. El trofeo plateado en la barra, los inteligentes ojos de Grace ebrios de triunfo y de alcohol. Y después la risa ferozmente alocada, el brillo de sus ojos en cuanto Ben le dijo que la acompañaría, que irían juntos.

—¿Qué? —está diciendo Grace—. ¿Ben?

La tensión en la frente y las sienes de Ben cede.

—Sí —dice—. Quiero ir contigo.

Ahora

Lotte:

~~Te he escrito muchas cartas mentalmente y ninguna es la adecuada...~~

Querida Lotte:

Dice papá que no quieres verme. Sé que estás pasándolo mal y sufro por ti. Ser madre no significa tener todas las respuestas. Hay millones de manuales y, al mismo tiempo, no hay ninguno. ~~Lo cierto es que todas improvisamos sobre la marcha todo el tiempo y...~~

Lotte:

¿Te acuerdas de «Incluso los monos caen de los árboles»? ~~Te lo decíamos siempre cuando eras pequeña, era nuestra expresión japonesa preferida.~~ Que todos metemos la pata alguna vez...

Mi querida Lotte:

~~Quería desesperadamente ser perfecta para ti, una madre diosa, pero...~~

Lotte, cariño, te quiero. Perdóname. Vuelve a casa. Bss

Grace ha dejado por fin atrás la avenida principal y camina deprisa por la estrecha acera hacia el Puente de los Suicidas de Islington. Todas las palabras de todas las cartas que empezó pero nunca terminó —nunca envió— desfilan por su cabeza al ritmo de sus pisadas. Hay bolas de papel rayado —sus intentos arrugados, arruinados— repartidas por el suelo próximo a su cama junto con una alta pila de libros, pelusas, un tubo de pomada con hidrocortisona, aplicadores de óvulos vaginales usados, tubos estrujados de crema de manos, un cepillo lleno de pelos, espray de aceite de magnesio que promete bienestar pero escuece como un demonio, varios blísteres medio vacíos de paracetamol, tiras adhesivas de compresas con los bordes curvados, un fajo de catálogos antiguos de interiorismo, un bote grasiento de bálsamo para dormir de lavanda que no sirve para nada, bragas sucias, trozos de uñas de los pies...

Podría seguir. Es como una creación de Tracey Emin sobre terapia hormonal sustitutiva. Ben solía meterse con ella al respecto. «Eres asquerosa —le decía riendo—, una auténtica cerda. ¿Qué fue de aquella mujer que alineaba sus Bics como si fueran un bonito escuadrón de papelería? ¿Dónde se ha metido?». A continuación la tumbaba en la cama y... Grace ahuyenta el pensamiento. Porque eso era antes. Eso fue hace mucho mucho tiempo.

El sol está en el punto más alto del cielo. La quema, la atraviesa mientras camina por la calle. Es como si le cauterizaran la cabeza, los hombros, el escote cubierto ahora de manchas seniles.

La sensación de que la están cocinando viva. Lleva la caja de la tarta debajo de un brazo en un intento —fallido— de proteger del sol su contenido; no quiere pensar en las tartas derretidas del escaparate de la pastelería, aquel zoo de chocolate fundido.

Grace sabe que debe apretar el paso para compensar el tiempo que ha perdido, pero empieza a notar una rozadura en la piel del tobillo, el comienzo de una ampolla que le provoca muecas de dolor al caminar. Lleva «calzado poco apropiado», como le ha dicho ella a Lotte mil veces. Zapatillas sin estrenar —las estrena hoy— porque está convencida de que son demasiado juveniles para ella. Unas Nike de un blanco reluciente con toques de color en los laterales y un sistema de intricados cordones que la sedujo; con ellas puestas, tiene la sensación de aparentar dieciocho, catorce años incluso, que Dios la ayude. «¡Pero bueno, *boomer*! Te veo muy generación Z», había sentenciado Lotte con su voz de TikTok, cuando entró en el dormitorio y sorprendió a Grace posando delante de su espejo de cuerpo entero. Grace se había encogido y sostenido la mirada reflejada de su hija. «Dime la verdad, ¿soy demasiado mayor?». Y Lotte había levantado los hombros, después los había bajado. A continuación había empezado a bailar por la habitación agitando las extremidades al son de un ritmo que solo ella oía. «Pues... sí, no, puede ser. Pero no te las pongas cuando estén mis amigos, ¿vale?». Entonces salió y su voz llegó desde el rellano: «Pero, si te las quedas, ¿me las dejas?».

Al llegar al puente, Grace ve a la mujer sin hogar. La acera es estrecha y está sentada con las piernas cruzadas y la espalda pegada a la barandilla de acero que han puesto encima de la piedra para impedir que la gente se tire. Grace se palpa el bolsillo en un gesto reflejo, inútil, porque ya sabe que solo lleva encima un billete de veinte libras. Es lo que cogió cuando abandonó el coche y no puede darle a esta mujer todo el efectivo que lleva. No puede darle un billete de veinte libras.

Solo hay dos personas más en el puente y Grace no sabe dónde mirar. Si mira a la mujer, esta pensará que va a darle dinero. Si no la mira, parecerá una bruja desalmada. Pasea la vista de un lado a otro, extraña, rígidamente, como si fuera un muñeco articulado Action Man de los años ochenta. Le baja sudor por la nuca. Esboza una sonrisa de disculpa, una sonrisa que espera transmita solidaridad, y baja a la calzada para esquivar a la mujer. «Colaboro todos los meses con Shelter, la organización benéfica», quiere decirle.

«Mami…», la voz de Lotte en su oído, un susurro teatral inesperado. Es por la noche y caminan por el túnel de Finsbury Park, de vuelta de ver *El rey León* en el centro, un regalo de cumpleaños. La delgada mano de su hija cogida de la suya, Ben va delante. La acera está atestada y han pasado delante de varias personas sin hogar. Lotte las mira a todas porque tiene diez años y da tirones al brazo de Grace. «Mami, creo que alguien tiene que fijarse». Grace le aprieta la mano y, avergonzada, sigue caminando. Odia que su hija vea esto, no quiere que sepa aún que esto es una realidad de la sociedad moderna y no algo del negro pasado, como Jack el Destripador o la pena de muerte, porque ¿cómo coño se lo va a explicar? ¿Cómo explicar que los adultos, incluida ella, permiten que suceda? Mientras piensa esto, Lotte levanta la cabeza. Las luces de los coches del túnel colorean su carita de rojo, después de verde, de rojo otra vez. Su expresión es interrogante, perpleja. «Porque si yo fuera esas personas —dice con su bonita voz aguda— me enfadaría mucho que nadie se fijara en que estamos ahí».

Grace se detiene en mitad del puente. La mujer sentada en la acera la ha llamado al pasar y ella ha vuelto la cabeza un poco, no lo bastante para mirarla. Ahora mira por entre los barrotes terminados en punta el tráfico en la calle, abajo. ¿En qué estaba pensando? Esta mujer es la hija de alguien. Es la hija de alguien vestida con demasiada ropa, teniendo en cuenta el sol de justicia. Con un nudo en la garganta, da media vuelta, le ofrece el billete a la mujer, quien se lo agradece, y le desea un buen día.

Ahora ya puede mirarla a los ojos. Son negros, del mismo color de su pelo, y con cejas tan largas y finas que parecen dibujadas a lápiz. Lleva un pañuelo rojo holgado en la cabeza y cuando Grace se aleja tiene la sensación de estar alucinando, porque el rostro de la mujer que conserva en la retina empieza a transmutarse en el de la matrioska. Hasta que de repente está ahí, a tamaño natural, en la acera delante de ella, toda madera barnizada, ojos abiertos y un mohín rojo a modo de boca. Entonces, con la misma velocidad, la visión desaparece y Grace ve la muñeca de madera hecha pedazos en el suelo del cuarto de Lotte. Siente la oscura presión en el pecho, oye la voz de su hija en su cabeza, gritando: «Todos sabemos lo que has hecho».

Cuatro meses antes

Al final dejó los papeles del divorcio en casa. Llevarlos le parecía demasiado hostil (aunque una parte de ella estuvo tentada). Tirárselos a la cara, como en la escena de una película. «¿Ves? Esto es lo que has conseguido». Tiene la mano casi tocando el telefonillo del apartamento de Ben. El apartamento de Ben. Qué raras le resultan esas tres palabras. Ha accedido a reunirse con él aquí, en este edificio desconocido, moderno y blanquísimo, encajado en un hueco entre dos casas victorianas. Lleva meses sin verlo y más aún sin tener a Lotte de amortiguador, pero Ben ha insistido mucho en sus mensajes y Grace siente curiosidad: quiere ver cómo vive ahora, sin ella. Ver dónde pasa Lotte los fines de semana alternos.

Pulsa el botón y, casi de inmediato, la voz de Ben suena por el intercomunicador.

—Espera un segundo —dice y su voz está ligeramente distorsionada—: Bajo.

Tiene el apartamento del piso de arriba, que es un dúplex, y también la mitad del jardín. Grace lo sabe porque ha interrogado a Lotte. Ha intentado hacerlo como quien no quiere la cosa, pero Lotte no es tonta: siempre la pilla. «¿Por qué no se lo preguntas tú?».

Cuando Ben abre la puerta, de inmediato lo siente. Un pellizco en el estómago que la deja fuera de combate. Va descalzo, viste camiseta gris y vaqueros y luego está esa sonrisa vacilante, los ojos que ríen a medias. Pero su postura es lo que la desarma. La mano apoyada en el marco de la puerta, ese cuerpo flaco y desgarbado que le resulta a la vez familiar y ajeno y Grace se acuerda del jersey negro con los rotos en los puños. El que tanto le gustaba pero fingía odiar. Y ¿estará ovulando? Porque de pronto es como si tuviera veintiocho años y lo estuviera viendo por primera vez.

—Hola —dice Ben—. Gracias por venir, Grace.

Lo dice con un tono extrañamente solemne y acto seguido se echa atrás para dejarla pasar.

—No, ve tú primero. —Grace señala el vestíbulo con la mano extendida y la palma hacia arriba—. Yo no sé por dónde es.

El piso de arriba es un espacio amplio pagado con dinero de los padres de Ben. Con la fortuna familiar escocesa, dividida en cuatro entre Ben y sus tres hermanos. Bueno, no es exactamente así. Decir eso no es justo, y Grace lo sabe. Es un espacio diáfano y pintado todo de blanco: la cocina, el suelo, las estanterías, las paredes. El primer instinto de Grace es hacer una broma, algo como que no se atreve a tocar nada, o «Pásame las gafas de sol», pero se sentiría incómoda, quedaría demasiado forzado o demasiado informal. Se fija en las butacas de cuero, en el sofá estilo años cincuenta, en una mesa con superficie de zinc. Y piensa en los muebles de la casa familiar, en las cosas que fueron acumulando desde que él se mudó a su apartamento de la planta baja de Chalk Farm. Intenta imaginarlo comprando sus muebles nuevos y comprueba que no puede.

—¿Quieres beber algo? —Ben está en la cocina—. ¿Agua?

Grace traga saliva, repentinamente sedienta, y asiente con la cabeza.

Ben está de espaldas a ella abriendo el grifo. La mirada de Grace se detiene en la protuberancia de sus escápulas, la flexión y distensión de músculos y tendones que se adivina bajo la tela de la camiseta. Está junto a la mesa con superficie de zinc y sus manos se aferran al borde.

—Entonces ¿quieres hablar del divorcio?

La palabra es como una esquirla de cristal en la boca.

—Sí, no… —Ben deja el vaso de agua y se pasa las manos por el pelo—. Grace, no pensé que los papeles te fueran a llegar tan rápido. No sé lo que pensé. No pensaba…

Grace se muerde el labio como si así fuera a reprimir una emoción que no quiere que Ben vea.

—¿Estás bien?

Ben se está acercando a ella y la expresión de su cara es tan seria que Grace casi tiene que apartar la vista. Nota un pitido en los oídos, como si tuviera tinnitus, aunque quizá es real y procede de una obra lejana y es el chirrido agudo de un taladro. Claro que también es posible que esté en su cabeza.

—Grace —dice Ben—. Perdona, me…

Entonces le coge la cara con las dos manos y Grace se entrega. La boca de Ben está en la carne de su mandíbula, su cuello, su clavícula, y cada roce es una descarga eléctrica como si Grace tuviera los nervios a flor de piel. Algo sucumbe en su interior y sabe que podría rechazarle —sabe que debería rechazarle—, pero no lo va a hacer porque es lo último que quiere hacer ahora mismo.

Ben tiene las manos debajo de su camisa, de su sujetador y Grace está intentando quitarle el cinturón cuando Ben se detiene y le coge la mano.

—Aquí no —dice y señala los tres ventanales que ocupan casi toda la pared del fondo y que dan a la calle.

La adrenalina recorre a Grace mientras Ben la conduce por unas pequeñas escaleras a su dormitorio porque no quiere que cambie de idea; no quiere cambiar ella de idea. Ben la tiene cogida por la cintura y cuando traspasan la puerta Grace pega su cuerpo a la espalda de él como un sello. Y comprende que ambos tienen miedo de dejar de tocarse porque, si se sueltan, podría romperse el hechizo.

En la habitación huele a sueño y la cama es ancha, baja y está deshecha. Ben la coloca delante de él y la hace girar despacio. A continuación le clava los pulgares a los lados de la columna y se acercan tanto que sus frentes se tocan, tienen las caras tan pegadas que a Grace se le nubla la vista.

¿Cuánto tiempo llevan sin hacer algo así? Están los nueve meses desde que Ben se fue de casa y antes de eso un año, dieciocho meses, dos años… Abandona el pensamiento cuando Ben retira los dedos y acerca su boca a la suya.

—Eres preciosa. —Lo dice como un soplido y Grace nota las palabras en los dientes, la lengua—. Eres una preciosidad, me encanta follarte…

«Me encanta follarte eres preciosa…».

Hay una pausa, un segundo larguísimo que sigue a sus palabras antes de que algo dentro de Grace se haga añicos. Se levanta y aparta a Ben, se ajusta la camisa, el sujetador, se sube las bragas que tenía retorcidas alrededor de los muslos.

—Grace. —Ben está incorporado y apoyado sobre un codo. Sigue teniendo mirada somnolienta, como si estuviera bebido o colocado—. ¿Qué pasa? ¿Te he hecho daño?

Y Grace niega con la cabeza porque es incapaz de hablar. ¿Qué puede decir? Tiene el cuerpo cubierto de un sudor frío y de pronto está llena de una ira tan profunda que necesita hacer verdaderos esfuerzos para no pegarle puñetazos, para no golpearlo, romperlo. «Me encanta follarte eres preciosa…». Las palabras giran y giran dentro de su cabeza y todo le recuerda a un tiempo anterior, un tiempo desaparecido. Tiene el pensamiento lleno de imágenes que no consigue ahuyentar: imágenes del sexo urgente, trascendente, pretérito, que se volvió furioso, tóxico. Como si los dos buscaran aplacar su furia insondable.

—No soporto lo que nos ha pasado —dice Ben entonces y es como si le hubiera leído el pensamiento.

Grace sigue de rodillas en la cama y vuelve la cabeza para no mirar a Ben porque sabe que, si lo hace, se echará a llorar. Al otro lado de la habitación hay una puerta entreabierta por la que ve un baño en suite, toallas verde botella en un toallero, de una marca que ella nunca compraría.

—¿Estás saliendo con alguien?

La pregunta sale de su boca sin que pueda impedirlo, a pesar de que una parte de ella no quiere saber. De pronto tiene mucho calor y casi no se atreve a moverse mientras espera a que Ben conteste.

—¡No! —La respuesta es un acto reflejo y Ben ríe un poco, como si Grace hubiera dicho un disparate. Pero entonces su expresión se suaviza y empieza a menear la cabeza despacio, en un gesto de perplejidad—. No, Grace. No hay nadie más.

—La demanda de divorcio —suelta Grace—. Pensé que igual estabas…, que quizá era la razón…

Se siente tonta, vulnerable, otra persona. ¿Me lo contarías?, quiere preguntar. ¿Me lo contarás cuando pase?

Ben está sentado en el borde de la cama con la cabeza en las manos.

—Dios, qué mal lo hemos hecho —murmura.

—Pues sí. —Grace se pone de pie y va hacia el cuarto de baño—. La hemos jodido pero bien.

Hasta que no sale del apartamento de Ben y baja por la calle camino de la estación del metro, no se permite el pensamiento. El olor de Ben se le ha quedado en la piel, ese olor a limpio y a invierno que tan bien conoce. Se lleva las muñecas a la cara, lo inhala. Recuerda los ojos de Ben fijos en ella y, al mismo tiempo, en un lugar al que ella no tiene acceso, siente sus manos en el arranque de la espalda y quiere fingir que no es verdad, pero no puede. El hecho es que sigue enamorada; sigue queriendo a su marido. Nunca ha dejado de hacerlo.

2003

Va con retraso. La niña no quiere nacer. Ya han pasado diez
días desde que salió de cuentas, y es como un ultraje para
Grace, quien ahora se enfrenta al temido espanto de que le induz-
can el parto. Después de todo, esta niña —este amasijo resuelto
y tenaz de células— tardó muy poco en instalarse en el útero de
Grace. ¿A qué viene ahora tanto remilgo? Es domingo y deberían
estar en el Lansdowne con los periódicos y un asado, pero, en
lugar de eso, Ben, ella y una matrona-acupuntora poco dada a los
miramientos están en algún punto de las profundidades del Uni-
versity College Hospital. Hay unos electrodos unidos a unas
agujas clavadas en su barriga, sus pies y su cara, y la matrona
envía pequeñas descargas, las cuales crean una vibración en aumento que está produciéndole náuseas a Grace. Llevan allí horas
intentando provocar las contracciones, activando, meneando y
sacudiendo estas finísimas agujas, y Grace decide que, de seguir
así mucho tiempo, va a vomitar.

La matrona levanta la vista para comprobar cómo va la paciente. Su melena oscura y corta, que antes caía hacia los hincha-

dos tobillos de Grace, se le recoloca a la perfección hasta enmarcarle la cara.

—Estás grande —dice chasqueando la lengua.

Y, aunque no se expresa bien en inglés, Grace la entiende perfectamente. Porque es verdad que está inmensa. Enorme. Como alguien más le pregunte si está embarazada de gemelos, le dará una torta. Bastante humillante fue que, meses antes de cogerse la baja por maternidad, los productores de su programa montaran una pantalla en el plató —simulando estanterías— para que los telespectadores no vieran la aparatosa obscenidad de su creciente barriga. El hecho de que hubiera dejado de usar una talla cuarenta. La prueba escandalosa de que había ¡mantenido relaciones sexuales! Toda una ironía, dado lo procaz de la información publicada sobre ella en los tabloides.

—Este bebé dice no.

La matrona agita un dedo y pone los ojos en blanco, como si el hecho de que el bebé no coopere fuera hasta cierto punto culpa de Grace la Gorda.

Ben está en la cabecera de Grace y esta lo mira.

—Tengo ganas de vomitar —susurra.

Ben entra en acción. Grace lo ve ponerse físicamente en marcha: por fin tiene algo que hacer.

—Perdone. —Ben se acerca a la matrona—. Tiene ganas de vomitar.

Ilustra la situación mediante gestos y a Grace le sube bilis por la garganta.

Sin dejar las agujas, la matrona señala la ventana. Ben se pelea con el cierre, empuja el cristal y una pizca de aire entra en la habitación. Pero no es suficiente, y Grace no aguanta más. Una fuerte arcada le sube por la garganta y las glándulas.

—Voy a vomitar —le dice a Ben.

—Me parece que hay que parar —dice Ben en voz alta.

La matrona levanta la cabeza y mira a Grace. Con gesto ágil se pone de pie, saca una aguja del paquete que tiene a su lado y se la clava a Grace en la coronilla.

La mejoría es instantánea. Desaparecen las náuseas, la arcada que notaba en la mandíbula, en la lengua se ha esfumado. Ya no le duele la cabeza. Grace se encuentra perfectamente y no da crédito; parece cosa de brujería.

—¿Mejor? —pregunta la matrona.

—Mejor. —Grace parpadea, sonríe.

—Magia... —susurra Ben.

Y quizá se debe al extraño milagro que está haciendo la matrona, pero de repente Grace se llena de amor por él. La inunda, igual que esta extraña energía que le fluye por los chacras. Este hombre guapísimo que habla su mismo idioma, que la comprende. Que la comprende en tres lenguas distintas, nada menos. «Eres mi media naranja», está a punto de decir en español. «Mi alma gemela». Se imagina al adolescente empollón que le ha descrito, el que empapelaba su dormitorio con listas de vocabulario escritas en A-4 y, por un instante, se pregunta cómo será la hija que están a punto de tener. Grace desconoce muchas cosas de Ben y es consciente de lo rápido que ha ido todo —hace solo cuatro meses que se reencontraron—, pero no alberga la más mínima duda. Está enamorada de él.

Mientras atraviesan Regent's Park se hacen el firme propósito de que en cuanto estén en casa, de vuelta en Chalk Farm, harán todo lo posible para que la niña salga. A Grace ya le han hecho la maniobra de Hamilton —solo de recordarlo se muere de grima— y lleva semanas atracándose de infusiones de frambuesa para relajar la cérvix o fortalecer el útero, no está muy segura de cuál de las dos cosas pero el caso es que las está tomando. Poniéndolo todo de su parte. Y ahora tendrán relaciones sexuales, comerán curri picante, se atiborrarán de piña, beberán aceite de ricino... Un auténtico bufé de remedios alternativos, de cuentos de la vieja. Lo probarán todo.

En cuanto llegan, Ben la conduce directamente hasta su dormitorio en el bajo.

—Hay que ponerse a trabajar, Grace —dice—. Vamos a ello.

Huele un poco a humedad y el moisés del rincón le produce a Grace un pinchazo en el estómago cada vez que lo ve, con las mantas de hilo lavadas y dobladas, esos pijamas enteros imposiblemente pequeños. Todo listo. Debajo de la ventana están las cajas de embalar de casa de Ben —llevan allí semanas, sin abrir— y Grace pasa junto a ellas y se sienta en el borde de la cama. Le duele todo, desde los dientes hasta las estúpidamente grandes tetas. Está exhausta.

Ben quita los cojines de la cama y los deja en el suelo; se sienta a su lado.

—¿A cuatro patas?

Ladea la cabeza, arquea las cejas y los dos se echan a reír.

—Qué sexy.

Grace tensa la mejilla con la lengua y aparta a Ben.

—Pues lo estás —dice este.

Ben le coge la mano y se la pone en el regazo y Grace comprueba que tiene una erección. Resopla.

—No me lo puede creer —dice.

—¿Qué quieres que te diga? —Ben se encoge de hombros—. Conjugaría tus verbos cualquier día de la semana. Lo cierto, Grace Adams, es que eres demasiado follable.

—Y tú, Ben Kerr, eres demasiado *jayus*. —Grace intenta no reírse y, cuando Ben pone cara de perplejidad, se explica—: Es indonesio. Se usa para alguien que cuenta chistes que son tan malos que no tienes más remedio que reírte con ellos.

Ben cierra los ojos y pone cara de profunda felicidad.

—Dios, cómo me gusta que me digas palabras intraducibles.

—Chis. —Grace le tapa la boca con una mano—. Cuida esa lengua, forastero. La niña puede oírte...

Ben se ha ido a la ducha y Grace está tumbada de costado en la cama sobre las sábanas cuando tiene la primera contracción. Es como si alguien se hubiera metido en su abdomen y se lo retorciera. De detrás de los ojos sale un calor que la engulle. Ha llegado el momento, piensa. Lo sabe. Cuando la contracción cede, coloca las manos en la enorme cúpula que es su barriga, este espacio nuevo y compartido en su cuerpo que pronto recuperará. «¿Estás bien ahí dentro?», susurra y nota a la niña moverse un poco bajo sus dedos. Al otro lado de la ventana la luz empieza a cambiar, por lo que la habitación está bañada de un resplandor color mandarina. En este momento Grace no entiende cómo pudo pensar alguna vez que esto era algo que no quería hacer. Sabe que debería estar asustada, pero no lo está porque siente que todo está bien. Que es inevitable.

Oye el ruido sordo del calentador cuando se cierra la ducha y entra Ben. Lleva el pelo mojado, una toalla enrollada alrededor de la cintura y huele a manzanas, a nuevo.

—Me parece que ya viene —le dice Grace con un pequeño vuelco al corazón.

Ben va hasta ella y a continuación recula, como si no supiera qué hacer.

—Espera —dice—. Un momento. Tengo algo para ti...

Grace oye el sonido de una puerta de armario que se abre y se cierra, en el cuarto de estar o quizá en la cocina, no lo sabe, y entonces vuelve Ben con una bolsa de papel.

—Es una matrioska —le dice al dársela—. Símbolo de la familia y la fertilidad, de madres e hijas y todo eso, aunque seguro que ya lo sabes. Se me ocurrió por lo del salón de té ruso... Quería...

Deja la frase sin terminar, se seca el agua que le ha caído del pelo en los hombros. En la bolsa hay algo recubierto con papel tisú, Grace lo quita y saca la muñeca rusa. Está pintada en tonos azul marino y escarlata, esmeralda y oro, decorada con flores, frutas y hojas de parra y su rostro hermoso y solemne tiene pintadas mejillas sonrosadas y pestañas oscuras y rizadas. La madera barnizada tiene un tacto duro y fresco y a Grace la asalta de pronto el presentimiento de que esta matrioska puede gafarles.

—Gracias —dice y sonríe a Ben mientras ahuyenta el pensamiento hasta que desaparece.

Le viene una segunda contracción y se queda quieta, cierra los ojos, espera a que pase.

—¿Estás bien? —Ben le coge la mano, le acaricia la palma con el pulgar—. Esto es bueno, ¿no? Era el plan.

Grace levanta las cejas.

—Bueno, el plan exactamente...

Ben ríe.

Grace se acaricia el estómago.

—Será mejor que lleves la bolsa al recibidor. Solo necesitamos una botella de agua de la nevera. Todo lo demás está preparado —dice.

Espera a que Ben salga de la habitación antes de abrir la matrioska. A continuación saca la muñeca que hay dentro, cierra la primera y la deja encima de la sábana. Repite la operación varias veces hasta que encuentra el bebé diminuto en el centro, el que no puede partirse en dos.

Ahora

En el Heath hay árboles hasta donde alcanza la vista. Copas verdes que parecen nubes bajas y troncos gruesos y centenarios que requerirían diez personas —con los brazos abiertos— para rodearlos. El cielo arde con un azul despiadado, pero Grace camina por la sombra. La hierba le llega a las rodillas, vadea entre veza, hierba sanjuanera, margaritas y geranios silvestres intentando no pensar en posibles garrapatas al acecho. Se ha acolchado el talón de su deportiva con una servilleta de papel birlada de la terraza de uno de los cafés que hay en Swain's Lane, y, ahora que lleva la ampolla protegida, experimenta una libertad gozosa a cada paso que da. Es como si hubiera pequeños bolsillos de oxígeno bajo sus pies que la elevaran, la impulsaran hacia delante.

El sol ha hecho salir a los amantes. Están en los parques, en las laderas herbosas y en las ramas bajas de los árboles. También en el camino de Grace. Esta aparta la vista cuando tropieza con la esquina de una manta de pícnic y está a punto de dejar caer la caja con la tarta encima de una pareja camuflada entre la vegetación. Murmura una disculpa, pero el hombre está tumbado encima de su novia y, si reparan en la presencia de Grace, no dan muestras. Sigue caminando, ahora más deprisa, a pesar de la maraña silvestre que le golpea los tobillos, las pantorrillas, porque está intentando desembarazarse de un recuerdo que no hace más que asaltarla. Por un momento visualiza el feo chupetón en el cuello de su hija, mal tapado con maquillaje barato que vuelve naranja la piel, las palabras brillantemente iluminadas en la pantalla: «Voy a llevar a una amiga a conocerlo pe… eres guapa de cojones te voy a echar de menos… Esta publicación no está disponible…». Lotte caminando por una lúgubre calle lateral, con el pelo rosa cayéndole en la cara… «Te veo Te veo Te veo». De la garganta de Grace sale un sonido —parte sollozo parte rugido— y tiene que menear la cabeza para ahuyentar el pensamiento.

Algo brilla a un lado del camino polvoriento. Un destello turquesa —una distracción— que le hace pensar en martines pescadores y en vidrios marinos. Se acerca y en el suelo de tierra encuentra una pistola de agua de plástico, de buen tamaño. Cogerla le proporciona por un instante un absurdo placer. El plástico se le pega a la palma sudorosa y le viene a la cabeza el poema de Walt Whitman —ya sucio de grasa y con palabras medio borradas— que pegó Ben en la nevera cuando Lotte tenía cuatro o cinco años: «¿Por qué habrá quien da mucha importancia a los milagros? Por mi parte no conozco otra cosa…». Hay un estanque justo al otro lado del sendero y Grace casi echa a correr hasta él. Se agacha, deja la caja con la tarta en un trozo de hierba marrón, llena la pistola de plástico y mira el agua burbujear y volverse color azul turquesa. El vívido cielo sobre su cabeza, el sol como yema de huevo, la luz que cae sobre el estanque como cristales lanzados al aire, todo representa la esperanza que hay dentro de ella cuando aprieta el gatillo de goma y se moja la nuca, la cara, los brazos, la parte delantera de la camisa, la coronilla. El placer que le produce la fresca rociada es pornográfico. El alivio y la sensación de libertad son una brillante revelación.

Está rellenando la pistola cuando oye a alguien decir: «¡Mamá, mira!», y tarda un segundo en darse cuenta de que las palabras han sido dichas en japonés. Cuando se gira ve a una niñita al otro lado del camino. Lleva un flequillo negro demasiado corto y está mirando fijamente a Grace con esa candidez propia de los niños. Su madre está algo más lejos, enfrascada en una conversación con una amiga.

—*Konnichiwa* —dice Grace.

La niñita sigue mirándola. Debe de tener unos tres años, los mismos que Grace cuando su padre aceptó una oferta de trabajo en Tokio con Unilever y vivieron dieciocho meses en Japón. Es rarísimo, pero Grace no conserva recuerdos de esa época. O quizá sí los conserva, pero no está segura de si no los construyó más tarde a partir de un puñado de fotografías borrosas. Recuerdos falsos de edificios altísimos de brillo fluorescente, templos con tejados verdigrís, scalextrics que parecen salidos del futuro. Pero es el motivo por el que se enamoró del lenguaje. A pesar de que fue un amor nacido de un miedo confuso, de una crisis existencial.

Las fotografías estaban en la caja del altillo que encontraron en Navidad cuando Grace tenía once años, la que su padre bajó al salón creyendo que eran adornos navideños. Dentro había un puñado de recuerdos polvorientos, un viejo casete con el nombre de Grace escrito a bolígrafo y en mayúsculas en uno de los lados. Cuando lo pusieron, oyó una voz infantil parlotear en un idioma que no reconoció. Era ella, conversando en japonés con la niñera, y no identificó ni una sola palabra. «¿Qué estoy diciendo?», preguntó a sus padres y estos rieron y se encogieron de hombros. Por su parte, Cate escuchó la grabación asintiendo con la cabeza y con expresión de falsa solemnidad, como si entendiera. Grace también sonrió, pero no le resultó gracioso. Después se llevó la cinta a su cuarto y la escuchó una y otra vez, la rebobinó hasta que empezó a chirriar porque no se hacía a la idea de no entenderse a sí misma. Pensó que, si la escuchaba las veces suficientes y con la concentración necesaria, quizá lograría descifrar el código, desentrañar el misterio, el significado de las palabras. Habría dado cualquier cosa por succionar las extrañas frases del radiocasete y devolverlas a su lengua porque ¿quién era esa persona de la grabación? Aquella versión de ella en lengua japonesa que se había desvanecido. Y, si ella había sido esa persona, ¿quién era ahora? ¿Cuál de las dos era la verdadera Grace?

Fue el primer idioma que quiso aprender. En cuanto decidió que nunca más quería sentirse así. Fuera de sintonía consigo misma. Claro que no había contado con la maternidad, con Lotte. Con la brecha de significantes y significados que se había abierto entre las dos. Esa ruptura de las comunicaciones que la hace sentirse de nuevo como si tuviera once años y tuviera que rebobinar la cinta una y otra vez.

Grace carraspea, sonríe a la niñita.

—Cuando era como tú, vivía en Japón —le dice. Primero en inglés y después, cuando la niña no contesta, en japonés.

La niña sigue mirándola cuando su madre la llama por su nombre: Ume. Flor de ciruelo, un nombre precioso. Y cuando la niña no se mueve, la madre se acerca y la coge de la mano. Mientras lo hace no le quita ojo a Grace. No es una mirada amistosa y, sentada en el borde del estanque, Grace se siente de pronto avergonzada, vulnerable, ridícula. Una mujer adulta remojándose con una pistola de agua de juguete en pleno Hampstead Heath. La niñita aferra la mano de su madre, pero no deja de volver la cabeza, de girar su cuerpecillo para mirar a la mujer trastornada con el juguete infantil.

Grace espera a que se haya ido antes de apuntarse a la frente con la pistola. Se la pega a la piel hasta que le hace daño. A continuación la deja caer al suelo y clava las uñas en el suelo de tierra en un intento por sobreponerse. Echa de menos a su hija. El pensamiento la asalta, la reclama, y se acerca las rodillas al pecho y apoya la cabeza en ellas. Echa de menos a su hijita. A continuación, muy quieta, para que nadie se dé cuenta, empieza a llorar.

Tres meses antes

leyla.nicol_ joder tia estas radiante

jivan.s Tiktok tik tok tik tok. wapa te voy a echar de menos

    lotteadamskerr_ @jivan.s no voy a ninguna parte tonto

    jivan.s cuando seas famosa

    lotteadamskerr_ @jivan.s ya lo soy ja ja

tbone.vegan Esa minifalda. Esas piernas. Vas pidiendo guerra

    lotteadamskerr_ @ tbone.vegan lol

    tbone.vegan Nos vemos luego donde siempre?

    lotteadamskerr_ @ tbone.vegan siiiii

    tbone.vegan Esta publicación no está disponible

parisxnc ke asco iros a un hotel kien es este tio

leyla.nicol_ @lotteadamskerr_ te das cuenta de que esta es tu cuenta publica?

parisxnc oof uf

Lotte y ella están apretujadas en las sillas del centro de una fila en el salón de actos del colegio. Hay un olor grasiento de las comidas del día y el jefe de estudios adjunto está subido a la tarima explicando diapositivas sobre técnica de revisión de exámenes con su habitual estilo catatónico. Grace no tiene ni idea de lo que está diciendo: tiene los sentidos agudizados y estudia subrepticiamente a los chicos que hay en la sala. A todos los han obligado a asistir y están despatarrados en sillas junto a sus padres y con cara de preferir estar en cualquier otro sitio. ¿Cuál de vosotros?, piensa Grace. ¿Cuál? «Nos vemos luego donde siempre… joder quiero que me lo hagas ahora mismo cariño… iros a un hotel… y cuando hablo de correr ya sabes a qué me refiero… por qué no estás en clase…». Las palabras del Instagram de Lotte, esas palabras que Grace no puede fingir no haber visto, le envenenan los pensamientos.

A muchos de estos chicos los conoce desde la escuela infantil y primaria —desde que tenían tres, cuatro años—, solo que ahora son más altos que ella, tienen piernas larguiruchas, voces demasiado graves, pelusa facial y miradas huidizas y llevan una dieta a base de pornografía a la carta. A pesar de ello, no le parece plausible que uno de ellos haya escrito esas palabras. Dos filas por delante está Louis. Grace recuerda una fiesta de cumpleaños en la que merendó sentado debajo de la mesa de la cocina y ahora ahí está, pelo rubio oscurecido y un largo flequillo ladeado que le tapa la mitad de la cara. ¿Puede ser él? Al otro lado del pasillo está Kwame, el cómico de la clase durante primaria. Grace ha necesitado mirarlo dos veces para identificarlo. Su en otro tiempo cara regordeta es ahora alargada y tiene las mejillas cubiertas de acné. ¿Será él? A su lado está Luca, que siempre fue un niño guapo y sigue siéndolo. ¿Él quizá?

Tiene un reconcome. Palabras que no la dejan tranquila, una desazón… ¿Quién será ese tío? Sea quien sea, Grace no entiende por qué las amigas de Lotte no lo conocen. *tbone.vegan*. Chuletón vegano. Solo el nombre le da ganas de gritar. Cuando pinchó sobre él, llegó una cuenta privada y fue como si bajaran unas persianas de hierro, como si le prohibieran la entrada a la vida secreta de su hija. Sus pensamientos viajan desde los chicos del colegio —estos extraños niños-hombres— a las cuentas de Instagram de amigos de Lotte que ha rastreado en busca de no sabe qué y odiándose a sí misma mientras lo hacía. A cuando leyó entre líneas de lo que había escrito en ellas, palabras, acrónimos que le costaba descifrar pero quería comprender. Después de todo es lenguaje, su herramienta de trabajo: «... tienes más preguntas... jajaja claro... pero me voy a llevar a una amiga cuando quede con él... es muy *edgy... edgy* de cojones...». El hecho es que este chico —este hombre— podría ser cualquiera que anda por internet. Un sórdido depredador sexual que se dedica a explotar a su hija. Ahuyenta el pensamiento: le resulta insoportable. Lotte no puede ser tan tonta. A pesar de todas las tonterías que ha hecho, Grace está segura de haberle inculcado al menos esto.

A su lado, Lotte levanta la mano y Grace la mira. Su hija tiene el brazo en alto y los dedos separados como diciendo: mírame. Pero el jefe de estudios adjunto está absorto en su gris presentación, señalando con un puntero láser la pantalla a su espalda y, si ve a Lotte, no da muestras de ello. Pasa un segundo, dos, tres y a continuación Lotte carraspea, un sonido exagerado, agresivo, que dice: «Perdona, ¿hola?». ¿Qué estás haciendo?, piensa Grace.

En la tarima, el jefe de estudios adjunto pasa a la siguiente diapositiva.

—Contestaré las preguntas al final —dice sin mirar hacia donde están ellas.

—Pero ¿qué sentido tiene?

La voz de su hija se oye en todo el salón. Las personas de las primeras filas vuelven la cabeza.

Grace nota calor en la nuca, la cara.

—Lotte —dice bajito con tono de advertencia.

—¿Perdón?

El jefe de estudios adjunto las está mirando. Mantiene la voz tranquila, pero en sus labios se dibuja una sonrisa pequeña, condescendiente, y sus ojos son como dos canicas.

—¿Qué sentido tiene, señor? —repite Lotte—. Revisión de exámenes, el certificado de secundaria, todo este estrés. —Señala la presentación en PowerPoint—. ¿Para qué sirve? ¿Para que nos endeudemos hasta las orejas para ir a una universidad y luego no podamos pagar la deuda? ¿Para que vivamos con nuestros padres hasta los treinta años? ¿Para trabajar de becarios sin sueldo, o por un sueldo tan pequeño que no podamos permitirnos una casa y luego...?

—Y luego te mueres.

Una voz ahogada sale de algún punto del fondo de la sala y se oyen risas.

Dos filas delante de ellas, Freja se ha vuelto a mirarlas. Grace intenta evitar su mirada, pero es demasiado tarde: la ha cazado. Grace mira al frente impávida, como si no la hubiera visto, adopta una expresión neutral. Déjame en paz, joder, piensa.

El jefe de estudios adjunto ha vuelto a su presentación.

—Seguimos —dice—. Al terminar contestaré a preguntas sensatas.

De la fila de atrás llega una tos teatral. Grace se gira y ve a su amiga Nisha formando un corazón con los dedos índices y pulgares en muestra de solidaridad. Al lado de Nisha, su amiga común, Judith, mueve sus labios pintados de color cereza para formar las palabras: «Que les den». Por un brevísimo segundo, Grace desea que Ben estuviera allí, pero han acordado repartirse este tipo de actos. A Grace no le apetece tener público para su matrimonio fallido, aguantar que otros padres se feliciten con aire de superioridad porque sus matrimonios van mejor. De hecho, hoy le tocaba a Ben, pero le ha mandado un mensaje de disculpa diciendo que le habían puesto una reunión urgente de trabajo y pidiendo a Grace que lo sustituya, que él irá a la próxima. En realidad casi siempre es Grace la que acude a estas cosas; es un cliché al que se han acomodado rápidamente. Vive a diez minutos del colegio y su horario es más flexible; le resulta más fácil. Se pregunta cómo es posible que, en una época en la que unas mujeres científicas han encontrado la manera de editar el genoma humano, asistir a las reuniones escolares, tratar con la administración del centro educativo, en suma, siga considerándose responsabilidad de las madres.

Grace oye el ruido que hace la silla de Lotte cuando la empuja para ponerse en pie. Y es como si su hija hubiera crecido, como si fuera más alta que cualquiera de los presentes, una presencia gigante. Lotte echa a andar por la fila, rozando las rodillas de las personas que siguen sentadas. Grace se siente aturdida, humillada, abandonada, el corazón le atruena en los oídos. Contempla la posibilidad de salir detrás de ella, pero la descarta enseguida. No debería importarle tanto lo que piense la gente —habían querido venderle la idea de que a partir de los cuarenta sería así, que habría una línea mágica en la arena—, pero no puede evitarlo, le importa. Desea que el suelo se abra y la engulla. Tal cual. Como un sumidero, o un terremoto inesperado. Lo que sea.

Cuando llega al final de la fila, Lotte echa andar hacia la salida trasera del salón. Sus pisadas resuenan mientras recorre el pasillo central y hacen pensar a Grace en bodas y funerales. El público se revuelve en sus asientos para ver mejor. Lotte lleva una falda a la que a Grace le encantaría dar un tirón para que le cubra algo más que las nalgas, un top que se detiene bastante antes de llegar a su imposiblemente delgada cintura. El tinte rosa se le está yendo y lleva el pelo recogido en una coleta alta que se balancea con cada paso. Es un pelo que transmite indiferencia. Sus pisadas son deliberadas. No pide perdón con sus andares, como alguien que, por ejemplo, estuviera intentando ir al cuarto de baño sin ser visto. Todo en ella dice: «Esto es una patraña. Ya me he cansado. Me largo de aquí». En la tarima, el jefe de estudios adjunto sigue hablando después de un instante de titubeo. Grace nota la mirada crítica de Freja desde dos filas por delante en uno de los lados de la cara y de pronto se muere de ganas de levantarse y vitorear a su hija.

—Perdón…, disculpe…

El jefe de estudios adjunto ha abierto la ronda de preguntas y Grace está abandonando el salón de actos encorvada y disculpándose exageradamente con sus compañeros de fila a base de susurros teatrales, como si eso fuera a recomponer su reputación y la de su hija. Han pasado cinco, tal vez diez minutos desde que Lotte salió. Cuando Grace llega a las puertas batientes, un profesor se separa de la pared y le sostiene una para que salga. Fuera está el área de recepción del colegio y Grace enseguida ve a su hija, sentada con las piernas cruzadas y la cabeza inclinada, tecleando en su móvil con los pulgares. Cuando oye el sonido del aire que desplaza la puerta, Lotte levanta la vista, se pone de pie y hace ademán de marcharse.

—Lotte —susurra Grace intentando no hacer demasiado ruido porque la puerta del salón de actos no se ha cerrado del todo.

—¿Es usted la madre de Lotte?

El profesor ha salido detrás ella y ya no hay remedio: está atrapada.

Grace se detiene delante de un maniquí sin rostro vestido con el uniforme de Northmere Park.

—¡Sí!

Se da la vuelta y se prepara para recibir un sermón sobre su horrible hija y lo rematadamente mal que la ha educado. El profesor le resulta vagamente familiar: lo ha visto en reuniones, noches de padres, pero no de cerca y nunca ha hablado con él. Es alto, con pelo claro y ojos también claros y luminosos, y viste traje, pero de corte moderno, ajustado, y con el nudo de la corbata flojo. Lo lleva como quien lleva unos vaqueros ajustados y una camiseta negra, y Grace se fija en lo atractivo que es, en lo bueno que está. Acto seguido arruga este pensamiento y lo tira. Como madre que es, ahora mismo debería estar pensando en otras cosas. «Cómo te pasas», oye decir a Lotte en su cabeza.

El profesor se presenta como el señor Karlsson.

—Soy el profesor de tecnología musical —le dice—. Lotte es alumna mía. ¿Tienes un minuto?

Hay algo en su manera de hablar. Una ligera curvatura ascendente en sus labios, algo en su forma de mirar a Grace, como si la traspasara.

Grace es consciente de no ser capaz de controlar la expresión de su cara. Fija la vista en la puerta por la que ha salido Lotte. Está descolocada y no quiere que el profesor se dé cuenta. Mientras mira las puertas de cristal que la oscuridad ha vuelto negras, se pregunta si no serán todo imaginaciones suyas.

—Perdón, sí —dice distraída. Y a continuación—: Escuche, por favor, no haga caso de mi hija. Puede ser un poco... —Iba a decir «gilipollas», pero se contiene. Después de todo, es un profesor—. Idiota.

Cuando se vuelve a mirarlo, comprueba que parece levemente divertido. Le recuerda a alguien que conoció en la universidad. O alguien a quien le habría gustado conocer. Un estudiante de psicología de un curso por encima. No es su apariencia, sino más bien su actitud. Una arrogancia relajada que no debería resultarle atractiva, pero —que Dios ayude a la feminista culpable que hay en su interior— así es. Y cae en la cuenta de que es joven, no ha debido de cumplir todavía los treinta. Es probable que sea profesor en prácticas. Lo encuentra joven, tanto como los agentes de policía, conductores, médicos que ve últimamente. Claro que lo que ocurre es que ella es mayor. Es muy mayor. Menuda ridiculez pensar que este hombre podía estar... ¿qué? ¿Ligando con ella?

El profesor levanta la vista hacia un tubo fluorescente que ha empezado a parpadear sobre sus cabezas, proyectando un resplandor severo y nervioso.

—Ah, bueno, no te preocupes. A Lotte no le falta razón —dice—. Esta cultura de exámenes y objetivos se nos ha ido de las manos. La han instaurado unas personas que no han puesto un pie en un aula en los últimos treinta años. —Hace una mueca—. Los alumnos están sometidos a demasiada presión, no es de extrañar que estemos en plena crisis de salud mental.

No es lo que Grace esperaba oír. No le está soltando el discurso oficial, como hacen algunos profesores, y Grace siente respeto. Este hombre la ha desarmado. A pesar de que debería irritarla, porque tiene la mitad de años que ella y le está hablando como si ella no supiera ya esas cosas, como si de verdad necesitara que le den consejos sobre su hija.

—Lotte tiene mucho talento para la música y estoy seguro de que en otras asignaturas va bien, pero ahora mismo está siendo demasiado autocrítica. Lo veo en las clases. Hay quienes no estarán de acuerdo. —Levanta las cejas y mira con gesto deliberado hacia el salón de actos y a continuación al maniquí sin rostro y ambos ríen—. Así que..., pues eso.

Se reclina en la pared a su espalda.

Emana una naturalidad, una suave autoridad impropia de alguien tan joven. Una irreverencia no del todo sutil, como si formara parte del aparato del colegio, pero al mismo tiempo no. Un ser humano de carne y hueso. Y es posible que Grace sí necesite consejo. Ahora mismo, en lo referido a Lotte tiene la sensación de ir improvisando sobre la marcha. Está el pensamiento pertinaz, siempre presente, de que no posee las destrezas necesarias, que ahora mismo no sabe cómo ser madre de su propia hija.

—Es verdad.

Grace asiente con la cabeza y por un momento considera la posibilidad de desahogarse con este hombre, de contarle sus preocupaciones, sus temores, porque el instinto le dice que él la tranquilizaría. Le restaría importancia y haría desaparecer su inquietud, diciendo algo del tipo «No te agobies. Los adolescentes son así». Después de todo, no hace tanto tiempo que él lo fue, debería acordarse.

Pero, en lugar de eso, cierra la boca.

—Gracias —le dice y arruga la nariz—. Seguramente no debería haberla llamado gilipollas.

—No lo has hecho.

Entonces ríe, echa la cabeza atrás y Grace siente que un deseo extraño y nervioso se apodera de ella. Se echa a reír también y hace una mueca. ¿Se puede saber qué le pasa? Han intercambiado un puñado de frases, no lleva allí más de unos pocos minutos y sin embargo está sintiendo algo que ya no recuerda cuándo sintió por última vez.

Grace mira de nuevo la puerta. Debería ir detrás de Lotte, averiguar qué le pasa, arreglar las cosas. Pero al mismo tiempo quiere quedarse donde está. Sea lo que sea esto, la hace sentir bien, como si hubiera apretado la pausa en su frenética cabeza. Vuelve a mirar al profesor. La luz que parpadea en el techo la está mareando un poco y es posible que sea una ilusa, que sean todo imaginaciones suyas, pero hay electricidad en el aire entre los dos, de eso está segura. Piensa que, de seguir allí un momento más, es posible que le coja la cara con las dos manos, pegue la boca a la preciosa boca de él y le deslice las manos por debajo de la camisa a medio meter.

—Tengo que irme.

La voz le sale con un gallo y da un paso atrás y tropieza. Al momento se siente estúpida, como si hubiera dado a entender que él está intentando retenerla.

—Vale, ya nos veremos, madre de Lotte —dice por fin él mirándola con ojos francos—. Un placer conocerte.

A continuación se separa de la pared y cruza la recepción de vuelta al salón de actos.

2004

Grace deambula por los pasillos de la Casa Grande. Es la primera vez que viene a este extraordinario lugar en el que creció Ben, en el que aún vive su madre. Ha dormido, como mucho, cuatro horas porque a la niña le están saliendo los dientes, y es como un fantasma que sube y baja escaleras, entra y sale flotando de las habitaciones de este edificio laberíntico, igual que la Dama Gris. La niña sigue agarrada a su pecho porque se ha quedado dormida. Precisamente ahora. Cómo no. Y Grace está buscando a Ben. No tiene ni idea de dónde se ha metido. Oye martillazos, el motor lejano de un taladro procedente de algún lugar de la propiedad. Están montando la carpa al otro lado de los cuidados jardines, más allá de las pistas de tenis y la piscina rectangular de piedra, en la pradera que llega hasta el río, en preparación de la cena de ensayo del día siguiente. Cuando recorre los pasillos de la mansión familiar —el castillo escocés, lo llaman Ben y sus tres hermanos—, se siente como una invitada a su propia vida, una intrusa que se ha colado en los preparativos de su propia boda.

Está en el pasillo junto a las cocinas, cuando oye voces exaltadas. Un poco más adelante está la puerta al zaguán y, a continuación, el huerto, y Grace camina sin hacer ruido por el suelo de baldosas con la esperanza de poder salir al frescor matutino sin que la oigan.

—¿No suelta nunca a la niña, cariño? ¿Ni para ir al baño?

La voz procede de las cocinas y es la de la madre de Ben: Grace la conoce de un día y ya la identificaría en cualquier parte. Grave y ronca, como si fumara dos cajetillas al día y uniendo unas palabras con otras como si estuviera algo bebida, cuando en realidad lo que hace es rezumar indolente superioridad.

—Ya sé que es madre primeriza, pero ayer cuando por fin pude coger a Charlotte en brazos ¡pensé que me la iba a arrancar! Hay que dejarla gatear, explorar su libertad. Esa niña es demasiado mayor ya para estar todo el día en brazos.

—Lotte —oye decir a Ben—. Se llama Lotte, no Charlotte.

—No me quitó la vista de encima en ningún momento. Tengo bastante experiencia en ese campo, Ben. Por aquello de haber tenido cuatro hijos.

Grace nota un nudo en la garganta. Es incapaz de moverse de donde está. Imagina a Helena, con los pies soberbiamente plantados delante del enorme fregadero y las sartenes de Le Creuset colgadas de las vigas del techo sobre su cabeza. Visualiza su pelo marcado y teñido del color de la miel rancia y peinado con tanta laca que cada vez que gira la cabeza se mueve en bloque. Lleva chaqueta de tweed entallada combinada con pantalón azul marino y mocasines destalonados. Brillo de uñas rosa nacarado.

—Es guapa, cariño. Bastante guapa. Pero sería agradable que tuviera un poco de personalidad.

—Pero ¿tú te oyes? —La voz de Ben llega hasta el pasillo—. Ha salido en televisión, Helena. ¿No te parece suficiente?

Grace se pregunta si esto es real. Si está aquí de verdad o se ha quedado dormida con la niña en brazos. Quizá está en proceso de despertarse, a punto de abrir los ojos en cualquier momento en la habitación con paredes revestidas de madera de roble que parece salida de una novela de Agatha Christie y que huele a cera de velas y a líquido limpiahogar. Cambia de postura, cuidadosa, silenciosamente, porque se le empieza a acalambrar la cadera. Pegada a su pecho, la niña suspira en sueños.

—Te das cuenta de que es la madre de tu nieta, ¿verdad? —dice Ben y por su tono de voz Grace sabe que está exasperado. Nunca le ha oído hablar así—. De la mujer con la que voy a casarme dentro de dos días.

El frío de las baldosas atraviesa las suelas de sus zapatillas de lona. Quiere marcharse, no quiere seguir escuchando, pero al mismo tiempo no quiere moverse para no alertar de su presencia. «Ah, por cierto, ¿te he dicho que mi madre es tóxica? Tú haz como si no la oyeras», le había comentado Ben con un guiño desde el asiento del conductor cuando atravesaban la periferia de Glasgow el día anterior. «Recuerda: los mayas del sur de México y Honduras usan la misma palabra para "familia política" que para "estupidez"». *Bol*, piensa ahora Grace. Suegra estúpida. Pero, incluso visto así, esta mujer es como una caricatura de sí misma. Grace no había ni traspasado el umbral el día anterior cuando Helena le había soltado, volviendo la cabeza: «Cariño, hay que ver lo deprisa que has recuperado la figura después del embarazo. Si es que casi ni se te nota. Buen trabajo. ¡Límpiate los pies! Carol ha tenido a todo el equipo sacando lustre a todo».

En la cocina, la voz de Ben suena más alta y airada y Grace está sorprendidísima porque este no es el hombre que conoce. El hombre que apenas conoce, en realidad. Empieza a echar cuentas, consciente de que lo que quiere es pensar en otra cosa. Están los cinco meses que no cuentan, luego otros cuatro y ahora la niña tiene diez meses, así que catorce en total. Conoce a Ben desde hace catorce meses. Eso es todo. Es solo una fracción de su vida y, sin embargo, la mayor parte del tiempo tiene la sensación de conocerlo de siempre.

—Y te tiene correteando detrás de ella como un corderito. Lo que es el colmo, habida cuenta de que prácticamente no tuviste elección en todo esto.

«Tú como si no la oyeras», se dice Grace.

Ahora Ben se ha puesto a gritar y Grace le tapa con cuidado los oídos a la niña. Y casi no respira porque, por fea que se ponga la situación, no quiere que la niña se despierte. Eso sería peor aún: echará a perder el día; no conseguirán encarrilarla. Grace tiene una obsesión enfermiza con el sueño o la falta de él, eso lo sabe. Es el lastre gris y amorfo que acecha en los contornos de sus días siempre, la bestia que merodea preparada para succionarla.

«… toda mi vida —oye—, mira que eres esnob… me avergüenza ser familia tuya… todo el daño que haces… la quiero… no tienes ni idea…».

Y justo cuando está pensando que no puede quedarse más tiempo porque van a salir y a sorprenderla allí y entonces qué, Ben aparece en el pasillo hecho un basilisco. Ambos dan un respingo.

—Ay, Dios —dice Ben.

Y Grace está segura, por la expresión de Ben, de que debe de parecer consternada. Y sabe que parece fuera de lugar allí, porque de pronto se siente extraña, bidimensional, como si en realidad no estuviera presente en absoluto. Solo el peso de la niña en sus brazos le resulta real.

—Lo siento. —Ben va hacia ella y parece abatido. Le pone las manos en los hombros, las quita, se pasa los dedos por el pelo. Es como si no supiera qué hacer consigo mismo, y esta inseguridad es impropia de él—. Escucha, Grace.— Coloca una palma con cuidado en la espalda de la niña y habla en voz baja porque está dormida, o quizá por su madre, que se ha quedado en la cocina—. Coge a Lotte —mete la mano en el bolsillo y saca las llaves— y esperadme en el coche, ¿vale?

En el camino de entrada hay enormes camiones de catering. El coche de Grace —de los dos— está aparcado en la cuneta, pegado a un rosal espinoso que forma un muro de al menos tres metros de altura. Mientras abre la portezuela del coche y coloca a la niña en su sillita, no deja de recordar todas las palabras que ha oído. Hay un momento en que los ojos de Lotte se abren pero, acto seguido, milagro, vuelven a cerrarse. Grace se sienta al volante y nota una flojera, como si estuviera a punto de llorar, cuando por el espejo retrovisor ve a Ben salir por la puerta principal y empujar dos maletas escaleras abajo entre los dos leones de piedra, dejando atrás los pinos esculpidos con sus enormes macetas de terracota. En cualquier momento espera ver aparecer a su madre detrás de él con los brazos levantados y las uñas puntiagudas como de bruja de Disney. Grace se agarra al volante en un intento por serenarse. ¿Qué están haciendo?

El coche da una sacudida y rebota cuando Ben abre el maletero y mete las maletas. Abre la puerta del pasajero y se sienta al lado de Grace.

—¿Y si nos fugamos? —dice con una sonrisa.

Pero hay fuego en su mirada. Furia. Lleva el pelo más alborotado que de costumbre, como si se hubiera pasado las manos por él desde todos los ángulos posibles. Como si se hubiera peleado con su gel fijador en lugar de con su madre.

Grace quiere preguntar: «¿Qué está pasando, Ben?». Pero lo que pregunta es:

—¿Por eso no vino a Londres a conocer a Lotte cuando nació? ¿Soy yo la razón?

Ben se vuelve hacia ella, le coge los brazos, la abraza con firmeza.

—La razón no eres tú —dice—. Es ella.

Grace baja la mirada, nota la presión del llanto.

—Te lo digo en serio, tesoro. —Ben le levanta la barbilla a Grace para obligarla a mirarlo—. No se lo merece. En realidad tampoco es culpa suya, creo yo. Es la séptima de siete hijas, como la hermana robada por las hadas del bosque, o algo así. Todo muy gótico. La cuestión es que cuando nació no la querían, debería haber sido un niño, y ahora todos tenemos que vivir con las consecuencias. La violencia cíclica, esas cosas.

Grace frunce el ceño.

—¿De verdad? Nunca me lo habías contado.

—Más o menos. —Ben se encoge de hombros—. Eso y una falta de inteligencia emocional que viene con el «pedigrí».

Su entonación dice que la última palabra va entre comillas.

—¿Y cómo has salido tú tan normal?

Ben levanta las cejas.

—¿Normal? Solo estoy disimulando hasta que seas legalmente mi esposa. Entonces ¿qué me dices? —Con un gesto de la mano señala los camiones del catering, el camino de grava, la casa—. Lo digo en serio, Grace. A la mierda todo esto. No nos representa. Vamos a hacerlo a nuestra manera. A casarnos, tú y yo solos. ¿Qué nos lo impide?

Por primera vez Grace recuerda a su hermana, a Sara y a Dylan, que están recuperándose del desfase horario en alguna habitación del ala de invitados.

—No puedo dejar aquí a Cate —dice.

Es una locura, pero, si no fuera por eso, consideraría la idea. De hecho, ¿es posible que la esté considerando?

—Claro que puedes —dice Ben—. Es la contrincante perfecta para mi madre. Creo que hasta disfrutaría con la batalla.

—¿Y qué pasa con mis padres? —Grace mira el espejo retrovisor como si sus padres fueran a aparecer por el camino de entrada, como si pudieran sorprenderlos así, a pesar de que no los esperan hasta el día siguiente—. Llevan tres meses sin ver a Lotte y está cambiadísima. Mamá se ha tomado muchísimas molestias con lo de la pulsera de ámbar para la dentición, por lo menos nos hemos intercambiado diez correos al respecto. «Las cuentas de la más cara que se vende por internet llevan doble nudo de seguridad, Grace» y «Quedarán muy elegantes con su vestidito de dama de honor» y...

—Me da igual —dice Ben y tira de su cinturón de seguridad y se lo abrocha—. ¿Sabes qué? Me importa un bledo. Ya se las apañarán. Les darán una cena opípara, con champán vintage..., igual hasta mantienen al micromago, ¿quién sabe? —Coge la cara de Grace con las dos manos y tiene las palmas calientes a pesar de que fuera hace frío—. Yo te quiero a ti. Solo a ti. A nadie más. Bueno..., a ella también, supongo.

Señala con el pulgar a la niña que duerme en el asiento trasero. Entonces su expresión se suaviza; Grace deja de notar el nudo en el estómago. Vuelve a ser Ben.

—Te quiero, Grace. Te quiero, joder. Y ya está.

—Dímelo en mandarín —dice Grace y, mientras Ben contesta, gira la llave de contacto.

Hasta que no se incorpora a la autopista veinte minutos después, no comprende que no van a dar la vuelta. Piensa en su vestido colgado en el vestidor de caoba de la habitación en la que duerme su hermana. Para que Ben no lo viera. Perchas vacías y una llave dorada antigua que cascabelea en la cerradura. Tul color marfil que explota desde un suave corpiño de satén que la dejaba sin respiración pero habría hecho llorar de emoción a sus padres.

Nota una punzada de culpabilidad en el estómago, pero ahuyenta el pensamiento. El vestido podrá venderlo en eBay.

Mira por el espejo retrovisor a su hija dormida en el asiento trasero. Felizmente dormida, con la cara imposiblemente pálida y etérea, como si solo fuera humana a medias. A continuación sus ojos se detienen en el asiento del pasajero, en el hombre que está a punto de ser su marido, el padre de su hija. Está tamborileando con los dedos en las rodillas distraído, en un gesto muy suyo. Esos largos y bonitos dedos. Qué leal es, piensa. Qué honrado, qué fiel y qué franco. No lo escogió, no exactamente, pero lo habría hecho. Le quiere. La asusta pensar que estuvo a punto de alejarlo de su lado.

En la radio suena Northern Soul y Grace sube el volumen solo un poco, lo suficiente para ahogar sus pensamientos. A su lado Ben silba —en voz baja, para no despertar a la niña— y los dos se echan a reír pensando en su muda rebelión. Una risa nerviosa y trémula que resulta liberadora y peligrosa al mismo tiempo.

Grace pisa el acelerador y mira la aguja del velocímetro subir.

—Entonces ¿nos fugamos? —pregunta.

Ben le pone una mano en el muslo, bien arriba, de manera intencionada. Grace siente el efecto de su tacto en todo el cuerpo.

—Ya te digo, cariño —dice Ben.

Ahora

B en se ha quitado la camiseta y está medio desnudo en la cocina, repartiendo patatas fritas en cuencos. Le preocupa que sea demasiado pronto para hacer esto, que con el calor las patatas se ablanden y se humedezcan, que se echen a perder —que estén chiclosas— antes de que lleguen los invitados de Lotte. Pero quiere estar preparado, no puede dejarlo todo para el último minuto. Además tiene el portátil en la encimera, porque está intercambiando correos con uno de sus alumnos de posgrado, que atraviesa una pequeña crisis. Y está a punto de teclear los datos bibliográficos de un par de obras de referencia y de despedirse con palabras tranquilizadoras, cuando su teléfono hace ping con un mensaje de un número que no reconoce.

No es alguien de sus contactos, pero tampoco parece spam —por ejemplo de alguien ofreciéndole una indemnización por un accidente que no ha tenido— y de inmediato piensa en Grace. Se le encoge el estómago. Ha intentado bloquearla temporalmente, pero, en medio de todo con lo que está lidiando ahora mismo, está Grace. Algo le ha pasado a Grace. O, mejor dicho, a algo le ha pasado Grace. Ben ha intentado devolverle la llamada, pero lleva sin coger el teléfono desde que hablaron hace alrededor de una hora. Ben lee la notificación. Allí de pie, sin camiseta, se siente de pronto vulnerable y, mientras pincha en el mensaje, se prepara. La pantalla se llena de palabras. El mensaje tiene más de ensayo breve que de mensaje de texto. Lotte lo llamaría texto «de madre en estado puro».

Hola, Ben. ¡Soy Freja Harris, la madre de Olivia! Igual no te acuerdas de mí, pero participo mucho en la Asociación de Padres de Northmere Park (¡para expiar mis pecados!). Me dio tu teléfono Nisha Kaur, espero que no te importe. No estaba segura de si escribirte y no quiero entrometerme —sé que Grace y tú habéis pasado por una época muy complicada—, pero también sé que eres un padre muy implicado y que por eso debes saberlo.

Ben, que lleva todo el día pasando calor, tiene la nuca con piel de gallina. Pasa la vista rápido por el resto del mensaje:

... preocupadísima porque me he encontrado con Grace hace un rato y no parecía ella. Su manera de comportarse era de lo más errática. La he visto distinta, despistada, un poco ida, pero también —y no es fácil escribir esto— bastante maleducada. Si te digo la verdad, su comportamiento me ha parecido alarmante. (He de decir aquí que llevo estudiando seis meses para ser orientadora [¡una segunda carrera profesional!]. Y, si quieres que te dé mi opinión [profesional], creo que necesita ayuda).

Con la mano que tiene libre, Ben empieza a arrugar las bolsas de patatas vacías y a tirarlas una a una a la basura. No tiene ni idea de por qué lo hace. Solo sabe que necesita hacer algo, tener las manos ocupadas, la cabeza... «... y, vamos a ver, tampoco debería ser tan difícil llevar una tarta de un punto a otro. Tengo que ir andando porque... Ben, me parece que he hecho una tontería...». Hay mil preguntas que le gustaría hacer a la mujer que le ha enviado este mensaje. Pero siente el impulso urgente de proteger a Grace, de proteger a Lotte, de protegerlos a los tres. Teclea una respuesta con todo el cuerpo tenso.

Hola, Freja, pues claro que me acuerdo de ti. Gracias por el mensaje. Acabo de hablar ahora mismo con Grace y te aseguro que está perfectamente. ¿Puede ser que te hayas confundido? Ben

En cuanto le da a Enviar, abre el último mensaje de Grace; necesita contactar con ella. «Errática», piensa cuando empieza a teclear y trata de imaginar dónde puede estar, qué ha hecho. «Alarmante...». «Un poco ida...».

Grace, estoy intentando hablar contigo. ¿Por qué no coges el teléfono? ¿Dónde estás? ¿Qué pasa? Me ha llegado un mensaje de una de tus amigas. Cree que necesitas ayuda (¿?).

Ben borra la última frase, sus manos vacilan sobre el teclado; nota presión detrás de los ojos. ¿Está Grace de camino o ya no? ¿Trae esa tarta disparatada que con tanto detalle le ha descrito por teléfono? Quiere decirle que no venga, que echará a perder la fiesta de su hija, de la hija de ambos. Pero ¿cómo va a hacer algo así? Está nervioso y asustado, y también enfadado. Es el día de Lotte y no quiere tener que pensar en estas cosas.

—¡Papá!

Ben da un respingo como si hubiera hecho algo mal.

—Puaj. —Su hija entra en la cocina tapándose los ojos con una mano—. ¿Qué haces? Ponte una camiseta.

Ella se ha vuelto a cambiar de ropa y se ha anudado un pañuelo de seda en el pelo, uno con un estampado en espiral muy de los años setenta, rosa, ámbar y negro, que Ben conoce al dedillo, como si fuera el adorno favorito de su hogar de infancia, y ver a Lotte con él puesto, incluso con la cara tapada, le provoca una descarga eléctrica. Su hija tiene dos dedos levantados como el signo de la paz.

—¿Puedo invitar a dos personas más? —dice—. Por favor. Dos y se acabó, lo prometo.

Es un pañuelo de Grace, el que se puso el día que por fin se casaron. Dos años después de lo planeado, porque resultó que para fugarse espontáneamente a Gretna Green era necesario reservar con quince días de antelación. A Ben le parece verla en los anchísimos escalones del registro civil de Marylebone, con un vestido verde y botines dorados, un blazer masculino extragrande sobre los hombros. Riendo en compañía de la desconcertada pareja (unos turistas de Hong Kong), a la que reclutaron en la calle para que hicieran de testigos. Ve a Lotte, que por entonces ya caminaba, corriendo en círculos alrededor de una gruesa columna corintia y sujetándose una gorra de policía que llevaba a todas partes y con la que dormía cada noche. Siente de nuevo la repentina electricidad en la sala de paredes revestidas de madera cuando intercambiaron los votos y, para sorpresa de los dos, Grace rompió a llorar. Ben recuerda sentirse a punto de explotar de tan henchido de amor. Esta es la Grace que recuerda de antes. La que se ha esfumado. Había tenido esperanza y esperado, y de tanto en tanto había habido fragmentos de ella, destellos, pero nunca llegó a regresar, no del todo.

—¿Papá?

Ben menea la cabeza y se obliga a volver al presente. Lotte está en la puerta. Su hija que es ya, a todos los efectos, una mujer. Está resplandeciente. Ben ya no se acuerda de la última vez que la vio tan feliz. Se retrotrae al día —¿cuántas semanas hace ya?— en que abrió la puerta y se la encontró desconsolada. Ojos rojos, churretes de maquillaje en las mejillas, la bolsa de fin de semana llena de ropa a sus pies. Cómo se le había encogido el corazón. Y después se había tenido que conformar con verla deambular por la casa durante días que se convirtieron en semanas, como si alguien le hubiera hecho jirones el corazón, el alma, y sin poder hacer nada.

—¿Me dejas? —pregunta Lotte.

Ben sigue medio ausente y asiente con la cabeza a su hija. «Sí». A pesar de que no está muy seguro de a qué ha accedido.

Al momento, Lotte empieza a teclear en su teléfono, pero se detiene en el rellano de la escalera, se vuelve y lo mira con sus ojos negros como petróleo.

—Por favor, no te pongas en plan friki cuando lleguen mis amigos, ¿vale?

Ben levanta las cejas, pero está sonriendo. Lotte se da una patada en el culo a sí misma, pega un saltito.

En cuanto sale, los dedos de Ben vuelven al teclado, escriben una última frase.

Estoy preocupado por ti. Llámame, escríbeme, mándame un correo, lo que sea. Solo quiero saber que estás bien. Si no por mí, hazlo por Lotte. B

Cuando le da a Enviar, siente el zarpazo del miedo en el cuero cabelludo. Deja el teléfono boca abajo en la encimera y apoya la cabeza en el frío mármol. «¿Dónde coño estás, Grace?», murmura, como si las palabras pudieran viajar por el éter hasta llegar a ella. Como si de esa forma pudiera por fin invocar su presencia.

Tres meses antes

Está doblando la esquina de su calle cuando lo ve acercarse. Lleva una funda de guitarra a la espalda y camina por el centro de la calzada como marcando territorio. Desafiando a que aparezca un coche, sea el que sea. En un gesto instintivo, Grace se lleva la mano al pelo que se ha recogido en una coleta tirante al salir del gimnasio; cuando se da cuenta de lo que ha hecho, se siente ridícula. Es prácticamente un niño, ¿qué le importa lo que piense de ella? Lo más probable es que ni siquiera se acuerde de quién es o de que se han visto antes. Y justo está pensando en bajar la vista y pasar de largo, cuando él la mira y levanta una mano a modo de saludo.

—Hola, madre de Lotte —dice y en su cara está esa expresión de ligera diversión, como si compartieran una broma privada, solo que Grace no está segura de cuál. Entonces él cruza a la acera como si tuviera intención de pararse y hablar con ella. Los coches aparcados en línea están pegados los unos a los otros y, al llevar la guitarra a la espalda, tiene que ponerse de lado para pasar por un hueco. Mientras lo mira, Grace se maravilla otra vez de lo guapo que es. De la esbeltez perfecta de su cuello, de la naturalidad con la que se mueve a pesar del incómodo peso que lleva a la espalda. Es casi ridículo. Como si fuera un modelo de catálogo o un galán de dibujos animados vuelto de carne y hueso, pero con unos toques de aspereza que lo hacen parecer real, plausible, en lugar de insoportablemente perfecto. Se pregunta si él será consciente de esto.

—Soy Grace —lo corrige cuando se sitúa en la acera, frente a ella.

Él sonríe con los ojos y se lleva una mano al pecho.

—Nate.

El nombre da vueltas en la cabeza de Grace. Le gusta. Es un nombre agradable. Mejor que señor Karlsson. Le pega.

—En realidad es como me llama la mayoría de mis alumnos —dice—. Lo de «señor» no va mucho conmigo.

Grace asiente con la cabeza y lo imagina delante de un aula llena de alumnos de secundaria. Afinando instrumentos, ayudándolos a manejar un programa informático, conectando equipos de sonido. Desgarbado y a sus anchas con ellos. Y quizá es esa imagen de él rodeado de todos esos cuerpos desafiantes de la gravedad mientras ella lleva ropa deportiva de licra, pero de pronto Grace siente la necesidad de taparse. Se coloca la bolsa delante del cuerpo, porque no va a ser capaz de meter la tripa y respirar con normalidad el tiempo que dure la conversación. Últimamente le cuesta mucho meter tripa y disimular el cordón de grasa que tiene alrededor de la cintura. Si es que se le puede llamar «cintura», piensa, y encierra la palabra en comillas mentalmente. El ataque a traición de la mediana edad. Ahora se arrepiente de no haber sacado sus bragas moldeadoras del atestado cesto de la ropa sucia por la mañana, algo que contempló hacer. Las podría haber rociado de perfume y habérselas puesto. Como si eso fuera a cambiar algo. Como si así él no fuera a fijarse en el pelo entreverado de gris que tiene encima de las orejas. Sabe que se le nota más cuando lo lleva recogido: el pelo de debajo es oscuro y el contraste es mayor. Lo cierto es que necesita organizarse de una vez y coger cita en la peluquería para teñirse. Siempre, pero es que siempre, lo deja para cuando es demasiado tarde, a pesar de que las canas le ponen años. Pero es que últimamente, cuando está en la peluquería, no soporta mirarse en esos espejos tan iluminados. Por mucho rímel que se ponga, por mucho que se pinte los labios de Chanel. Es imposible disfrazar el hecho de que todas las facciones de su cara se están descolgando, como si se dieran por vencidas.

Grace inclina la cabeza hacia el lugar del que el señor Karlsson —Nate— venía.

—¿No deberías estar en clase? —pregunta.

Lo ha dicho en broma, como si estuviera hablando con un niño en lugar de con un profesor, y no era su intención —pues claro que no—, pero se da cuenta demasiado tarde de que algo en su entonación ha dado a entender que está coqueteando. Se pone colorada; nota la sangre circular en los capilares justo debajo de su piel. Nota la cabeza, todo el cuerpo, de hecho, caliente.

—Trabajo a tiempo parcial. —Nate pasa los pulgares por las asas de la funda de guitarra y se la recoloca en la espalda. Grace se fija en cómo mueve las manos, en sus dedos delgados y seguros. Si se ha dado cuenta de que está colorada, no lo demuestra—. Y, además, yo tengo otro horario. Técnicamente soy técnico, no profesor, así que dispongo de horas libres.

—Técnicamente eres técnico. —Grace ríe—. Me encanta.

Nate la mira como si estuviera hablando en lenguas exóticas. Por un momento Grace siente la tentación de hacerlo. De soltar algo en ruso, japonés o neerlandés. ¿Por qué no? Al fin y al cabo, el encuentro está resultando un tanto surrealista.

Puesto que han empezado a hablar de trabajo, Grace considera la posibilidad de mencionar que ha salido en televisión. Se pregunta si encontrará una manera sutil de sacar el tema. Se odia por ello, pero quiere que Nate sepa que es una persona interesante que una vez tuvo un trabajo interesante. Un trabajo que valoraba —que le encantaba, incluso—, tal y como comprendió después de perderlo. Un trabajo que todavía echa de menos.

Entonces aparece alguien detrás de ellos, una mujer de pelo corto empujando una bicicleta, y el momento se pasa. Es la oportunidad perfecta para que Grace se disculpe y siga su camino, pero en lugar de ello se hace a un lado, lo mismo que Nate. Guardan silencio hasta que la mujer se aleja. Como en un acuerdo tácito de que su conversación es privada, un secreto entre los dos. Grace empieza a tener piel de gallina, su temperatura corporal está descendiendo después de haber sudado en la cinta de correr, y se pregunta por qué sigue allí. Necesita irse a casa y darse una ducha.

—Entonces ¿vives en esta calle?

Aunque Nate ha formulado la frase como una pregunta, a Grace se le ocurre que quizá conoce la respuesta, que se las ha arreglado para averiguar su dirección. Y cuando le dice que sí y señala su casa, algo más arriba de la calle, no puede evitar pensar que la presencia de Nate allí no es ninguna coincidencia. No es una calle precisamente de paso, sobre todo si vienes del colegio en dirección a la zona comercial o a coger el autobús. E inmediatamente después se desprecia a sí misma. Se abraza y se da un fuerte pellizco en la carne colgante de los tríceps, el «ala de murciélago». Menuda ilusa está hecha. Gracias a Dios —¡gracias a Dios!— que nadie puede ver lo que pasa dentro de su cabeza.

En esto está pensando, cuando Nate le roza la sien con el dedo pulgar.

¿Qué hace? A Grace se le acelera el corazón y está segura de notar la sangre bombear justo ahí, en ese suave hueco en el que no hay hueso, ese que si aprietas demasiado fuerte puede causarte la muerte.

—Tienes un...

Nate no termina la frase y la mira otra vez igual que la miró en la luz parpadeante de la recepción del colegio, de esa manera en la que Grace no ha dejado de pensar. Como si quisiera ver lo que hay detrás de sus ojos, como si buscara algo. A la luz del día, Grace ve que tiene una pequeña cicatriz en el pómulo, blanca y brillante, en forma de circunferencia. Grace piensa en Lotte, en el hecho de que este hombre es su profesor. Debería apartarse de él, pero descubre que es incapaz de moverse. Revive una sensación olvidada hace mucho tiempo, ese haz brillante de atención iluminándola, y le resulta embriagador. Nate sigue sin retirar el pulgar. Está sobrepasando un límite —los dos lo están haciendo— y eso la hipnotiza y la desasosiega a la vez.

—Ya está.

Nate le quita el dedo de la cara y se lo enseña: hay una hojita pegada a la piel acolchada. Se ha inclinado hacia ella para enseñársela y Grace se da cuenta de que huele a tabaco, un olor que la devuelve a una vida anterior. Tiene ganas de enterrar la nariz en el cuello de su abrigo de lana, de inhalar su aroma. El aroma de su propia juventud.

A su espalda, un coche toca el claxon y Grace da un respingo y se gira con sensación de culpa.

—¡Grace!

Reconoce a Nisha al momento. Su amiga ha parado el coche en mitad de la calle. Ha bajado la ventanilla y grita para hacerse oír por encima del ruido de motor.

—¡Hola! Estoy buscando sitio para aparcar, pero ¿tienes un minuto?

—Por supuesto. —Grace asiente con entusiasmo, sonríe exageradamente.

—Bueno, yo me voy.

¿Ha notado su aliento en la nuca cuando ha dicho eso o son imaginaciones suyas?

Cuando se vuelve a mirarlo, él baja la cabeza. Lo que fuera que ardía antes en sus ojos ha desaparecido.

—Me alegro de volver a verte —dice y se marcha calle abajo con la guitarra balanceándose un poco contra su espalda.

Grace va hasta el coche de Nisha.

—Es profesor de Lotte.

Mueve una mano como para restarle importancia. Y se pregunta, mientras su amiga para el motor del coche, si esta habrá visto algo, si había algo que ver. Sigue notando el roce del tacto de Nate en la piel, de eso está segura. También de que algo ha pasado entre los dos. Su cuerpo entero quiere dar media vuelta y mirarlo irse, comprobar si se gira. Pero lo que hace es mirar a Nisha, a ese punto de su frente donde estaría el tercer ojo, en caso de que lo tuviera. Solo así se siente capaz de no delatarse.

—El de música, ya lo he visto. —Nisha levanta las cejas con gesto cómplice, como diciendo: «Por supuesto somos demasiado mayores, pero ¿a que no le harías un feo?», y Grace se siente depredadora, barata, avergonzada. Se obliga a reír.

Nisha examina la calle por el espejo retrovisor.

—Tengo que hacer un montón de recados, pero te he visto y justo te iba a mandar un mensaje. Escucha, ¿Lotte tiene una sudadera de estampado *tie-dye*?

Es una pregunta extraña y hay algo en la manera de formularla que hace a Grace titubear.

—Pues sí —dice frunciendo un poco el ceño.

—Vale, entonces sí era ella.

Grace menea la cabeza, confusa.

—Ay, Dios. Tendría que haberte llamado, Grace. Lo siento —dice Nisha—. Anoche Lotte estaba enfrente de nuestra casa a las dos de la madrugada.

—¿Qué? ¿Cómo dices? No te entiendo.

—¿Sabes el parque que hay enfrente? Ese al que lleva la gente a sus perros a cagar. Pues estaba allí. Se oían voces y yo tengo el sueño ligero y me pareció que era ella, pero era plena noche y no estaba totalmente segura, no lo bastante como para llamarte por teléfono...

—Pero si estaba en casa —dice Grace—. Acostada.

Nisha hace una mueca.

—Estoy segura. Era su voz, su pelo. —Hace una pausa—. Su sudadera.

Los pensamientos de Grace retroceden a la noche anterior. ¿Dos de la madrugada? ¿A qué hora le había gritado buenas noches a Lotte? ¿A las once y media? Y su hija le había contestado con su voz de Instagram. De haber salido después de eso, Grace sin duda la habría oído.

—Y estaba con un chico —dice ahora Nisha—. Con lo de «estar» ya sabes a qué me refiero.

A Grace se le acelera un poco el corazón.

—¿Qué chico? —Intenta parecer serena—. ¿Luca? ¿Kwame...?

—No lo vi. Cuando me quise dar cuenta, se habían ido. —Nisha vuelve a comprobar su espejo retrovisor. Un coche ha entrado en la calle y se acerca. Hay coches estacionados a ambos lados y la calzada es demasiado estrecha para dos vehículos—. El chico me daba la espalda. Llevaba gorra, una cazadora oscura. No reconocí la voz.

Arranca el coche y Grace no puede remediar sentir un atisbo de exasperación. ¿Le habría mandado un mensaje su amiga de no haberse encontrado por la calle?

—Escucha, me tengo que ir —Nisha no aparta la vista del retrovisor—, pero llámame luego, anda. Quiero ayudar.

Le manda un beso volado y se va.

Mientras vuelve a casa, Grace empieza a notar un temblor en el centro de su ser. Esa no podía ser Lotte, piensa. Lotte no hace esas cosas. Entonces ¿por qué se lo cree? ¿Por qué sabe que Nisha no se ha confundido de persona? Sabe que su hija estaba en la calle en plena noche haciendo Dios sabe qué con Dios sabe quién. ¿Por qué hace eso? ¿Ha perdido el juicio? Podría haberle pasado cualquier cosa.

Cuando cruza la cancela, recuerda el trozo de papel que encontró en la blazer de Lotte. «Hoy casi me corro mirándote...». El chat secreto y tóxico de Instagram que no logra borrar de sus pensamientos... «Esa minifalda. Esas piernas. Vas pidiendo guerra...».

Las palabras gritan en su cabeza y por fin comprende que ha perdido el control. Que se está aferrando a su niña del alma, pero es una batalla perdida. Lotte tiene casi dieciséis años. Grace no puede mandarla a su cuarto o ponerla cara a la pared. Lo cierto es que no hay castigo capaz de evitar que haga lo que le venga en gana. Esta constatación la ha cogido por sorpresa y se ha apoderado de ella. Y es aterradora.

2006

Oye, no dejemos pasar tanto tiempo la próxima vez.
Vuelvo a Londres a finales de enero.
Deberíamos tomarnos otro café, ¿o algo más fuerte...?
Besos. L

Son casi las once y media de la noche y acaban de sentarse en un banco a la izquierda de la nave central: la madre de Grace, Anne; su padre, Michael; Grace y, por último, él. Lotte se ha vuelto a casa de los Adams con Cate y Sara, quienes se han negado a venir por «lo de la religión», tal y como expresó Cate con una mueca. Grace ha caminado delante de él por la nieve de postal navideña cogida del brazo de Michael y sin dirigir la palabra a Ben. Ostensiblemente, opina este, mientras los sigue con Anne. No es propio de Grace actuar así y Ben no sabe si tiene que ver con él o no, si es que Grace está reviviendo mentalmente un psicodrama familiar de alguna clase y él no es más que un daño colateral.

Ben coge el programa del servicio del banco y toma asiento en la dura madera. Agradece no tener que seguir esforzándose por dar conversación a Anne. Su suegra siempre se pone nerviosa en ocasiones como esta, que impliquen llegar a tiempo a un determinado lugar. En la iglesia huele a polvo, a cera de suelos y a carmín de señora mayor y Ben está reprimiendo las ganas de estornudar, cuando Grace se gira hacia él y le suelta un folleto plegado en el regazo, como si fuera una granada encendida.

—Te olvidaste de vaciar los bolsillos —le dice con frialdad.

Lleva puesto su chaquetón marinero azul, el que usa Ben para ir a trabajar y que Grace ha sacado del maletero del coche porque se olvidó su abrigo en Londres junto con los regalos para sus padres y un relleno de castañas.

—Pues gracias, supongo.

Ben frunce el ceño e intenta que Grace lo mire, pero esta aparta la vista.

Anne se ajusta el pañuelo y los observa. Por encima del murmullo de la congregación, ha detectado el tono de voz de Grace.

—Tenéis que poner los móviles en silencio durante la misa —les dice al cabo de un momento.

Podrían haber celebrado las Navidades en casa, los tres solos. En la nueva casa, que no es tan céntrica pero tiene bañera en lugar de solo ducha y una puerta a la calle. Lotte tiene ya tres años y empieza a entender la magia de algo así. Mientras despliega el folleto de su regazo, Ben recuerda a su adorable hija delante del árbol unas horas antes, con la suave cara iluminada por el resplandor acaramelado de las luces navideñas. Recuerda lo quieto que se ha quedado para observarla desde la puerta, cómo se ha dado cuenta de que es el hombre más afortunado del mundo. Distraído, alisa el programa del simposio de lingüística al que asistió la semana anterior. Le da la vuelta en un gesto automático y ve las palabras escritas en oblicuo en la última página, a bolígrafo sobre el texto impreso. « Oye, no dejemos pasar tanto tiempo la próxima vez … Deberíamos tomarnos otro café, ¿o algo más fuerte…?». A pesar del frío que hace fuera, también en la iglesia, Ben siente de pronto un calor insoportable. «Besos. L», lee. Mierda, piensa. Joder. No.

De repente un revuelo de expectación se extiende por la iglesia igual que una ola en un estadio deportivo, toses potentes, demasiadas gargantas que carraspean. Es como si se hubiera dado una señal invisible. Ben también quiere aclararse la garganta. Quiere gritar, quiere oír su voz rebotar en las paredes de piedra. «Esto no es lo que parece, Grace».

—Grace —susurra.

Pero Grace tiene la vista al frente y solo levanta un poco un hombro en gesto de rechazo.

—Grace —intenta Ben de nuevo.

Anne se gira y frunce el ceño. Fuera, el reloj de la iglesia empieza a dar la media hora. Ben cada vez nota más calor en la cabeza mientras el sacerdote cruza solemne el transepto, sube las escaleras al púlpito.

Ben recuerda la semana anterior. El congreso en el Instituto de Estudios Ingleses. No había consultado la lista de conferenciantes, de manera que, cuando ella subió al estrado a presentar su ponencia, lo cogió por sorpresa. Había buscado en el orden del día y encontrado su nombre: «Lina Bell, profesora de Sociolingüística en la Universidad de Newcastle». Llevaba el pelo oscuro más corto pero, por lo demás, no había cambiado casi: los mismos ojos grandes con pupilas siempre dilatadas, la misma constelación de lunares en el cuello y las clavículas. Y, cuando lo miró en mitad de su ponencia, Ben le sonrió.

«Desapareciste sin más», le había dicho ella cuando fue a su encuentro más tarde. Acto seguido había chasqueado los dedos, como si Ben le hubiera hecho un truco de magia. Y era cierto, había desaparecido. No la había visto desde que ella se fue a Milán —habían cenado juntos en un restaurante chino, hecho el amor en el apartamento de ella y, a la mañana siguiente, ella había cogido un avión— y no se había puesto en contacto con ella desde Grace. «No contestaste a ni un solo correo —Arqueó las cejas—. Menudo cerdo. Pero, a pesar de todo, te voy a invitar a tomar café en un sitio que hay en la esquina. El de aquí es horrible».

Se ponen de pie para cantar el primer villancico y Ben hace otro intento protegido por la música de órgano, esas notas fúnebres que en circunstancias normales le darían unas ganas irresistibles de reír.

—¡Grace!

Pero, cuando prueba a tocarla, Grace da un respingo y se aparta.

Ben piensa en la noche en que Lotte se despertaba chillando cada hora… Más de una noche en realidad. Parecían cien. La daban de comer, la acunaban, la tranquilizaban, la dejaban en la cuna como expertos artificieros. Contenían la respiración hasta que abría los ojos y vuelta a empezar. Llegó un momento en que no podían más, estaban delirantes, destrozados. *Secretos del susurrador de bebés* no funcionó. Gina Ford fue aún peor. La primera noche de entrenamiento de sueño, Ben se había situado en la puerta con expresión inescrutable e intentó no oír los gritos. Pero no habían transcurrido ni tres minutos cuando Grace, también chillando, lo había empujado, entrado en la habitación y consolado a la niña. Y el alivio que sintió Ben le llenó los pulmones de todo lo que había estado conteniendo hasta temer explotar.

Después de aquello, Lotte empezó a dormir en la cama con ellos. Con los bracitos fuera, el cuerpecito blando como un punto y seguido entre los dos. Y aún dormía en su cama. Trazando una línea divisoria cada vez más larga entre los dos. En una ocasión hicieron furtivamente el amor en el aseo de la planta baja mientras Lotte veía el canal infantil de la BBC en el cuarto de estar. Follaron desesperadamente apoyados contra el diminuto lavabo con banda sonora de los Teletubbies de fondo porque Grace insistió en dejar la puerta un poco abierta de modo que pudieran oírla en caso necesario. En otra, lo hicieron en el cuartito que usaban de despacho —la cosa duró exactamente cuatro minutos— con Lotte en su hamaquita y parloteando más alto a cada segundo que pasaba. Pero últimamente estaban demasiado cansados para intentarlo siquiera.

Fue a tomar un café con Lina porque le pareció descortés no hacerlo. Fue porque quiso. El café era italiano y estaba atestado y poco iluminado. Se sentaron en una mesa junto a la ventana y hablaron de la ponencia de ella, de sus universidades respectivas, amigos comunes, recuerdos estudiantiles, ambiciones. Pasó una hora, otra y, cuando fuera oscureció y decidieron pedir una botella de vino tinto «para brindar por los viejos tiempos», Ben supo que no asistiría al resto del congreso. «¿Eres feliz?», le había preguntado Lina en un momento determinado, a bocajarro. Y él había vacilado. Solo por una fracción de segundo, pero Lina lo había visto. «Los hijos —había dicho él—. Son increíbles, maravillosos, pero… ser padre te chupa la sangre. Quien diga otra cosa miente».

Estaban ya en la calle, soplándose los dedos y a punto de irse cada uno por su lado, cuando Lina le metió una mano en el bolsillo y lo besó. Ben olió el aroma a chocolate de su perfume, probó el tanino amargo en sus labios pintados del color del pecado. ¿Está siendo sincero al decirse que no le devolvió el beso? ¿Hubo acaso un momento de vacilación? ¿Una duda? ¿Una intención?

De pronto ve que Grace se ha levantado y salido al pasillo. Demasiado tarde, Ben hace ademán de detenerla y se vuelve y la ve dirigirse a la puerta de atrás. Se gira otra vez hacia el altar y mueve los labios para formar las palabras del villancico *A Coventry Carol*, como si así nadie fuera a darse cuenta. Delante de él hay un reclinatorio y tiene ganas de darle un puñetazo. Joder, ¿qué ha hecho? ¿Por qué no se lo contó sin más? No tiene nada que ocultar. ¿O sí? Necesita hablar con ella, explicarse. Ben nota las miradas de los padres de Grace en él cuando sale del banco para ir en su busca.

Fuera hay más claridad que dentro de la iglesia debido a la nieve. Hay una luz plateada e irreal y enseguida ve a Grace un poco más adelante envuelta en su enorme abrigo y subiendo por el camino de entrada a la iglesia.

—Grace, no es lo que parece. ¡Te lo puedo explicar!

En la calma total del paisaje nevado su voz vuelve a él como un trueno.

—Pero ¿tú te estás oyendo? —Grace se gira, resbala un poco y está a punto de caerse al suelo—. Por Dios, si es que es un cliché detrás de otro. Tú mismo eres un cliché.

Le enseña el dedo corazón para dar más énfasis.

—Lina es una vieja amiga, ¿vale?

Ben es consciente de estar gritando, pero necesita que Grace lo escuche. Esta hace una mueca y sus ojos parecen ir a salírsele de las órbitas.

—Bueno… Lo que me faltaba por oír.

Ben está lo bastante cerca de ella para oler el alcohol en su aliento. Ambos llevan todo el día bebiendo, pero ahora mismo él se siente completamente sobrio.

—No te hablé de ella porque fue justo antes de Lotte y cuando me…, cuando tú… Entonces me pareció algo sin importancia. —Se pasa una mano por la frente—. Y no te conté que la había visto en el congreso porque… —Se interrumpe. ¿Por qué no lo hizo? ¿Porque Lina intentó besarlo? ¿Porque se siente culpable? ¿Porque quizá por un momento el deseo de Lina le hizo sentir bien? ¿Porque quizá durante una fracción de segundo, más incluso, quiso corresponder aquel beso...?—. Porque en realidad no había nada que contar.

Grace se agarra un mechón de pelo en un grito silencioso, se inclina hacia delante para poder proyectar mejor la voz.

—¡Vete a tomar por culo! —ruge.

Ben se detiene, conmocionado. Grace nunca le ha hablado así. No es que no diga palabrotas: le encanta decirlas. Se las dice a todo el mundo y sobre cualquier cosa: sus amigas, la televisión, los gatos de los vecinos... Pero no así. No como si lo sintiera de verdad. Ve que está temblando, furiosa.

—Dejé mi trabajo por esto —grita Grace—. Por nosotros. ¿Te crees que lo voy a recuperar? ¿Que voy a poder entrar otra vez en ese estúpido club solo para hombres? Y ahora qué, ¿para ti ni existo? ¿Qué soy? ¿La puta niñera? ¿Una «mamá a tiempo completo»?

Escupe las palabras como si fueran veneno.

Hay un ruido detrás de ellos, el chirrido de la puerta de la iglesia al abrirse y cerrarse. Ben da media vuelta con el corazón desbocado y ve a Michael subiendo las escaleras y recorriendo el corto sendero hacia ellos. Lleva un gorro de lana rojo que se le ha levantado, dejando ver pelo blanco en las sienes, y mira a Ben fijamente con ojos idénticos a los de Grace y Lotte. Ya casi ha llegado hasta ellos cuando resbala en la nieve. De forma instintiva, Ben y Grace se adelantan y le tienden la mano para sujetarlo.

—¿Estás bien, papá? —pregunta Grace.

—Se os oía todo desde dentro —dice en un susurro—. Tu madre está muerta de vergüenza.

Ben se imagina a Anne en la iglesia tocándose el colgante de ónice que lleva al cuello, dándose tirones a la chaqueta entallada rosa oscuro.

—Idos a casa —dice Michael y Ben detecta en sus palabras un rastro de acento de Cheshire que no suele aparecer—, antes de que alguien llame a la policía. Idos a casa y solucionad esto. Estáis dando un espectáculo.

Da media vuelta y se aleja por el camino de regreso a la iglesia.

Por un momento los dos se miran, frente a frente. Grace tiene las mejillas muy rojas, como si la hubieran abofeteado. Acto seguido, echa a andar. Ha empezado a nevar otra vez y copos húmedos le motean la cara mientras Ben resbala por la nieve, intentando seguirle el ritmo.

Grace ha llegado a la acera y Ben la ve mirar el reloj de la iglesia.

—Feliz Navidad —murmura Grace.

—No pasó nada. —Le ha puesto una mano en el hombro en un intento por lograr que lo mire—. Nada en absoluto.

—Suéltame. —La voz de Grace es de advertencia.

—¿Qué quieres que haga? —Ben vuelve las palmas hacia el cielo como si apelara a una fuerza superior—. Dime, Grace. Dímelo y lo hago. ¿Quieres que la llame ahora mismo? —Se saca el teléfono del bolsillo y empieza a marcar números—. Mira, estoy marcando su número… ¿Lo ves?… La estoy llamando… —Cuando Grace no hace ademán de detenerlo, tira el teléfono a la nieve y se sitúa delante de ella, cerrándole el paso—. Por Dios, Grace, ¿no has entendido aún lo mucho que te quiero? Si es que te adoro, joder. ¿No salta a la vista?

—No —dice Grace girándose—. La verdad es que no.

—¿Qué quieres que te diga? Dímelo y lo digo, Grace, te lo juro por la vida de Lotte. —Está caminando a su lado y se siente ridículo haciendo esta propuesta, como si fuera un niño pequeño ofreciéndose a hacerse un corte en el brazo y firmar un pacto de sangre. Pero, incluso así, hay un instante antes de hacerla, una fracción de segundo, en la que se le pasa por la cabeza que quizá esto les traiga mala suerte. Porque lo que pasó ¿acaso cuenta? ¿Ha sobrepasado un límite? Se lleva una mano al corazón, presiona con fuerza el músculo y el hueso a través de la ropa—. Te juro por la vida de Lotte que no...

—A veces me preocupa que pienses que te hice una encerrona.

Grace habla en voz tan queda que Ben no está seguro de haber oído bien. Tiene la cabeza gacha y necesita aguzar el oído para captar las palabras.

—Que sientas que no has tenido libertad de elegir.

Grace se detiene junto a un murete y pasa los dedos por la nieve acumulada encima.

—¿Cómo? —pregunta Ben, perplejo—. ¿De qué hablas?

—Te conocía de cinco minutos —dice Grace— y ¡pum! —Clava el puño en la nieve del muro. Cuando levanta el brazo, tiene cristales blancos pegados a la manga hasta la altura del codo.

Ben niega con la cabeza. A continuación se ríe. No sabe qué otra cosa hacer. Creía tener cartografiada a Grace. Creía tener la topografía de su cabeza, de su cuerpo, centímetro a centímetro. Pero ¿esto? Esto no sabe a qué viene. Lo han hecho todo juntos. Han tenido infinitas conversaciones sobre televisión, sobre libros, política, las personas, el lenguaje y el amor, y jamás ha expresado Grace nada parecido. Nunca. Algo arde dentro de él, como el efecto de un chupito de whisky bebido de un trago.

—¿Se puede saber de qué hablas? —pregunta, a sí mismo tanto como a ella—. Lotte y tú sois lo mejor que me ha pasado en la vida. —Se interrumpe y traga saliva—. Pero a ti te habría querido con o sin ella.

La nieve ha dado paso a aguanieve. Empieza a fundirse en el suelo, la superficie prístina se oscurece, se ensucia. De la iglesia llegan música, cánticos. Hay una pausa entre dos himnos y el aliento de los dos forma nubes en el aire.

—Te juro que te dejo, Ben, si vuelves a... —Grace no termina la frase. Tiene los ojos brillantes, iluminados por la nieve—. Que sepas que me iré —repite—. Y no digo más.

Ahora

Grace no tiene ni idea de dónde está. Ni idea. Es como si se hubiera vuelto sonámbula y se hubiera colado, dormida, en una urbanización con verjas de caoba y oro, pulcros céspedes y puertas blindadas. En las esquinas de cada casa hay cámaras de seguridad. En los caminos de grava hay aparcados Porches, Lexus, Teslas. Ha caminado con el piloto automático, absorta en sus pensamientos —a años de distancia—, y ahora se encuentra en una calle sin salida donde hay verjas altas, carteles de prohibido el paso y, al otro lado de las verjas, un campo de golf.

Grace saca el teléfono y teclea el nombre de la calle en Google Maps. A continuación expande la imagen con los dedos. Enseguida se da cuenta de que está lejísimos de donde tenía intención de ir y siente ganas de tirarse al suelo allí mismo. Se ha equivocado de calle, varias veces, se ha desviado casi dos kilómetros y debe de haber perdido una hora. Nada menos. Quizá más, para cuando regrese al camino correcto. Se acabó, piensa. Se acabó. Ríndete, Grace. Vete a casa.

Deja la tarta en la acera y se sienta junto a ella. Le duele el talón, se le han dormido dos dedos del pie y tiene calambres en la pantorrilla. Nota un dolor pulsátil en la espalda que le sube por la columna vertebral desde el coxis; se siente incapaz de ponerse de pie. Sigue con el teléfono en la mano y cierra Google Maps. A continuación posa el pulgar en iCloud y, cuando quiere darse cuenta, ha abierto la aplicación. El vídeo aparece enseguida y se reproduce de manera automática.

«¡Mami! —dice su hijita—. Una mariposa...». Con los ojos fijos en la pantalla, Grace forma las palabras con los labios antes de que su hija las pronuncie, como si necesitara darle ánimos, como si de lo contrario no fuera a decir lo que Grace sabe que dirá. «¡Me encanta, mami!... Y te quiero, mami». A continuación la cámara se acerca a la cara de su hija. Ahí está su perfecta piel de melocotón, sus ojos oscuros tan serios, esas largas pestañas que parecen haber sido sumergidas en tinta negra. La cámara no se acerca todo lo que le gustaría a Grace.

Por el mapa, comprende que el camino más rápido hasta donde quiere ir es cruzando el campo de golf. No se lo piensa dos veces. Con la tarta en una mano, usa la otra para levantarse y camina hasta las puertas de entrada y, después de apoyar el pie en el letrero de «Propiedad privada», toma impulso y cruza al otro lado. Resbala y tiene que agarrarse a una de las puntas de lanza que rematan la verja y entonces la caja de la tarta se queda encajada, aplastada entre su pecho y los barrotes de metal. Examina los daños con los dos pies en el suelo. La caja tiene una esquina arrugada, nada que no se pueda alisar y disimular con un lazo.

Ha llegado al final del campo cuando se encuentra un conjunto de palos de golf en la mitad de una calle. Abandonados, piensa, y, mientras lo piensa, mete una mano en la bolsa y saca un palo. Prueba a apoyarlo en el suelo y se anima. El metal está fresco al tacto y es resistente. Lo necesita: lo usará de bastón para llegar antes y mejor hasta Lotte.

Ahora que está dentro, puede salir por la puerta en lugar de saltarla, y ya tiene la mano en el cerrojo cuando oye el grito. Llevada por el instinto, se gira. Demasiado tarde. A unos cien metros de ella hay tres golfistas. Deben de tener unos setenta años y visten los tonos pastel, los pantalones planchados y las viseras blanco Persil características de su tribu.

—¡Ese palo es mío! —grita uno de los hombres. A pesar de su edad, tiene una voz que atruena igual que el motor de un cuatro por cuatro acelerando en un semáforo—. Se lleva usted mi palo.

Hay un momento, un segundo eterno, durante el cual Grace mira a los hombres en el green, antes de colocarse la caja abollada de la tarta debajo del brazo y apoyarse el palo de golf en el hombro. Acto seguido y con el pulso acelerado, cruza la verja sin mirar atrás.

Tres meses antes

Grace Adams   Ayer a las 7.04   **GA**
¡ESTOY HARTA!

A: Ben Kerr

Ben, no puedo más, me estoy volviendo loca.
Al parecer volver a casa a las dos de la madrugada en día lectivo
es totalmente razonable. En cambio, preguntar con quién estaba,
totalmente irrazonable y una invasión de su intimidad, y resulta
que soy una obsesa sobreprotectora. La peor de las madres
posibles. Lo dicen TODOS sus amigos. Porque tienen quince años
y, por tanto, la última palabra en este asunto.

Te toca a ti hablar con ella. Yo no puedo más.

Ben la ha llevado al restaurante indio que está al final de Kilburn.
El que tanto le gusta a Grace —a los dos—, con las paredes color

esmeralda, sillas de mimbre estilo maharajá y holograma de unas cataratas que, vistas desde determinado ángulo, parecen fluir. Terreno neutral. Sentada frente a él, Lotte estudia la carta, aunque Ben sabe que pedirá lo de siempre, el *pasanda* de cordero con arroz pilaf, *naan* de ajo y *raita* de menta. Y Ben está pensando en el miedo que hay detrás de la furia del correo de Grace. Sabe que, de permitírselo, él también lo sentiría. Ha llegado otra carta del colegio, y su hija ha entrado en la «zona roja», sea eso lo que sea, pero a Ben le cuesta trabajo creer que esto está pasando. Le cuesta trabajo reconocer en la Lotte sentada al otro lado de la mesa a esa otra Lotte que no se parece a su hija.

El camarero deja una Coca-Cola y una botella de Cobra en la mesa, se coloca la bandeja de las bebidas debajo del brazo y apunta lo que van a comer. La mano de Ben resbala por el vidrio frío cuando coge el vaso y da un trago de cerveza.

—No está bien, Lotte —dice cuando se va el camarero.

Lotte está chupando el limón de su Coca-Cola y, por un momento, levanta la vista con expresión perpleja. Pero enseguida parpadea despacio e hincha las aletas de la nariz, como si quisiera reunir fuerzas.

—Sé que lo sabes. —Ben se arrellana en su silla y el mimbre cruje—. Hablo de salir hasta tan tarde.

—Sí, gracias. Mamá ya me soltó el sermón sobre los peligros de que me violen. Que por supuesto fue interesantísimo.

Ben se sobresalta al oír la palabra «violen». También por el tono de voz de su hija, teñido de sarcasmo, de desdén.

—No sé con quién estabas, pero Facebook, Instagram y todos esos sitios... —dice—, la mitad de las veces no sabes quiénes son en realidad esas personas e incluso si crees saberlo...

—Vamos a ver, papá, por favor, que nadie usa Facebook. Solo los viejos. —Lotte le rebate con su deslumbrante lógica adolescente—. Comprendo mucho mejor cómo funciona internet que vosotros. Todo esto viene porque mamá leyó un artículo en *The Guardian* sobre acoso sexual online a menores. Que no me chupo el dedo.

Estas palabras descolocan a Ben. ¿Cómo sabe Lotte que Grace está detrás de esto? ¿Que prácticamente le ha dado una lista de temas a tratar?

—Papá —Lotte se inclina sobre la mesa y su tono es de condescendencia, de lástima casi—, llevamos dando esas cosas en clases de educación para la salud física y social desde séptimo.

—Vale —dice Ben porque seguramente es cierto que Lotte entiende más que ellos de estos temas. Sabe que lo ve todo, lo aterra pensar lo que se habrá encontrado en las plataformas de esas redes a las que vive pegada, a las que todos viven pegados. «Pero aun así, no tienes ni idea —quiere decir—. El problema, Lotte...».

—Mira, no era más que un chico del colegio —dice Lotte—. ¿Contento? ¿Hemos terminado? ¿Podemos cambiar ya de tema?

Un chico del colegio. Es más de lo que le ha contado a Grace. De pronto Ben siente ganas de gritar, de exigir saber quién es ese chico. Y la violencia de estos sentimientos repentinos lo sobresalta. Aprieta los puños debajo de la mesa.

—Lotte...

—Por favor, no me preguntes quién, papá, porque no es asunto tuyo y, por favor, no me hables de consentimiento —murmura—. Que ya no tengo diez años.

Hay algo raro en el tono en que habla. Crispado. Está evitando mirarle a los ojos y su tono es tan tenso que Ben tiene la impresión de que podría coger sus palabras y quebrarlas en dos.

Agarra su cerveza, cambia de opinión y vuelve a dejarla en la mesa.

—Si hay algo que te preocupa, que te asusta…, me lo dirías, ¿verdad? ¿Sin que te lo preguntara?

Lotte le mira como si pensara que está loco. Sus ojos dicen: «Es una pregunta tan ridícula que no pienso ni contestar», pero Ben se da cuenta de que está apretando los dientes y tensando la mandíbula.

—Y luego están la maría, la ketamina… —Ben insiste en el tema de las drogas porque, según la red de padres, según Radio 4, a esta edad ya son un problema, no son demasiado jóvenes. Algunos las consumen—. Sabes que son psicoactivas… La ketamina se usa para sedar caballos, eso lo sabes, ¿verdad? Sabes que, si no estás en tu sano juicio, puedes tomar decisiones equivocadas.

—Por Dios. —Lotte pone los codos encima de la mesa y apoya la cabeza en las manos.

Ben lo está haciendo fatal y lo sabe. «¿En tu sano juicio»? Está hablando como su madre. Odia tener esta conversación.

—Es mi obligación decírtelo, Lotte.

—¿Todo bien? —El camarero ha llegado con la comida.

Lotte levanta la cabeza y asiente, pero sin sonreír. En la frente tiene unas marcas blancas de la presión que ha hecho con los dedos. Ambos miran en silencio al camarero dejar los platitos metálicos que queman. Los colores, las especias, las intensas fragancias. Son obras de arte comestibles y Ben cae en la cuenta del hambre que tiene.

Espera a que se hayan servido los dos antes de volver al ataque.

—Si no nos cuentas nada, no podemos saber lo que pasa. Eso lo entiendes, ¿verdad? Y si no podemos confiar en ti…

No termina la frase. Lotte coge arroz y carne con el tenedor y mastica.

—Pareces mamá. —Lo dice como si hubiera esperado algo más de él, como si lo creyera capaz de algo mejor.

«No me respeta —le ha dicho Grace por teléfono—. Me habla como si me considerara idiota. Como si no pudiera decirle nada que no sepa ya. Resulta de lo más arrogante, pero, tal y como lo dice, a veces tengo la sensación de que no le falta razón. Y esta actitud solo la tiene conmigo. Contigo no. La oigo cuando hacéis FaceTime. Contigo es todo complicidad, todo hablar de Tessa Violet y de Tumblr o de lo que sea. ¡De memes! Yo en cambio soy la vieja cacatúa que no se entera de nada...».

—¿Qué tal está mamá? —pregunta Ben.

Lotte menea la cabeza, se encoge de hombros.

«Y ha sacado a relucir el hecho de que me marchara, Ben. Antes nunca lo había mencionado». El lenguaje que había usado Grace era críptico y Ben había tardado un momento, más incluso, en entender a qué se refería. Y, cuando por fin lo hizo, no supo qué responder. «Muy bien...», había dicho por fin. «De bien nada», había contestado Grace.

Ahora, cuando mira a Lotte con el pelo en la mejilla, el hoyuelo que se le dibuja debajo de un ojo cuando está concentrada, Ben recuerda cómo casi ni se dio por enterada cuando ocurrió. O quizá es que Grace y él estaban demasiado pendientes de otras cosas para darse cuenta. Tenía solo ocho años, pero demostró esa resiliencia propia de los niños y, para cuando se pararon a pensar en ella —semanas, meses más tarde—, Lotte seguía con su vida, parecía estar gestionándolo tan bien que no quisieron sacar con ella el tema. ¿Para qué, si parecía estar perfectamente? En su fuero interno, Ben sabe que aquello fue un error. Quizá siendo sincero, lo haya sabido siempre. Que es posible que no quiso hacer lo mejor para su hija porque no le convenía a él. ¿Son estos los efectos colaterales de aquello? ¿Los daños? ¿Lo que está pasando ahora con Lotte? ¿Es esto el principio?

Ben toma aire y lo expulsa despacio.

—Lotte, hay una cosa de la que quería hablarte… —empieza a decir.

Pero entonces Lotte suelta el tenedor y se lleva la mano a la boca. Por la expresión de su cara, Ben sabe que está a punto de llorar. La actitud desafiante, el desdén han desaparecido. Sus ojos son un grito mudo.

—Ojalá no os hubierais separado. —Las palabras le salen de golpe y empieza a llorar—. Te echo de menos, papi. —Está intentando secarse las lágrimas, pero no dejan de brotar, tiene las mejillas brillantes—. Sin ti se me hace todo muy raro. No parece mi casa.

Ben siente que se le astilla el corazón cuando se quita la servilleta del regazo, empuja su silla y se acerca a su hija.

—No pasa nada —murmura y le coge la cabeza caliente y se la acerca al pecho—. No pasa nada, cariño.

Como si fuera pequeña otra vez. Como si hubiera tropezado y se hubiera hecho una herida en la rodilla, o un niño la hubiera empujado en el arenero. Ben no recuerda cuándo fue la última vez que Lotte le llamó «papi» y al abrazarla siente el dolor de la pérdida —la pérdida de su niña— en lo más hondo. Pero también entiende, con repentina claridad, algo que ya sabía: que a pesar de lo que dice, Lotte le necesita. Y al verla así, con la guardia bajada, abandonada a sus brazos, no puede evitar pensar que están exagerando en su reacción. Grace y él. Que el pánico que les provoca la vida secreta online de su hija, su aparente desconexión, no es más que eso, pánico. Porque basta mirarla, tan joven aún, tan inocente, medio niña, medio mujer. La besa en la coronilla y le acaricia el pelo.

—Tesoro, lo que pasa es que tu madre y yo…

Pero Lotte menea la cabeza para hacerle callar.

—Da igual —dice y se pone recta, escapa de su abrazo, de él. Se seca la nariz con el dorso de la mano—. De verdad, estoy perfectamente. No pasa nada. Lo entiendo.

—Lotte…

El momento se desvanece y Ben quiere recuperarlo.

—No —dice Lotte—. Déjalo, por favor.

Tiene maquillaje alrededor de los ojos, manchándole los pómulos igual que moratones. Como si alguien le hubiera dado un puñetazo, piensa Ben.

—Tienes… El rímel…

Se dibuja medias lunas bajo los ojos con los dedos.

Lotte evita mirarlo cuando se levanta de la mesa para ir al baño. Y Ben está volviendo a su silla cuando el teléfono de Lotte emite un ping junto a su plato, se ilumina con una notificación nueva. Tiene derecho a su intimidad, piensa Ben tamborileando con los dedos en la mesa. Pero entonces algo se apodera de él. Comprueba que nadie mira, alarga el brazo y gira el teléfono para poder leer el mensaje.

leyla.nicol_ OMG siiiii *hplskjd* LOTTE eres famosa! Eres tendencia loki a la mierda los exámenes lol quien losss necesita con un cuerpo como el tuyo y el mazo de followers? 70 mil visualizaciones y subiendo!!! Hashtaginfluencerrrrrrrr!*!*!

Ben retira la mano como si hubiera tocado un objeto cortante. Su codo tropieza con el vaso de cerveza y lo vuelca. El líquido color ámbar empapa el mantel. Antes de que le dé tiempo a reaccionar, ha llegado el camarero con servilletas de papel y Ben se disculpa, pero tiene la cabeza en otra parte. No sabe muy bien qué acaba de leer. Un lenguaje medio en código, un cifrado que le es ajeno.

En cuanto se va el camarero, mira de nuevo el teléfono. La pantalla se ha apagado, pero las palabras siguen vivas, estampadas en algún lugar detrás de sus ojos, como si les hubiera hecho una

fotografía... «con un cuerpo como el tuyo... y el mazo de followers... 70 mil visualizaciones... influencerrrrrrr!!!». De
pronto el olor acre de la comida que sigue en la mesa le resulta
demasiado fuerte. Y es como si alguien hubiera subido el volumen de la música de fondo.

2008

Al cruzar la puerta de Soho House en Greek Street, Grace se siente una impostora. Y puede que sean imaginaciones suyas, pero la mujer de la recepción la mira como si apestara a palitos de pescado y a paracetamol infantil, como si pensara que debería estar tomando el café de la tarde en el parque de bolas del polideportivo de Kentish Town y no allí.

La acompañan a su mesa en el piso de arriba. Parece de noche, todo está pintado en tonos oscuros y la invade la desconcertante sensación de estar dentro de la etapa azul de Picasso. Cuando se sienta en el asiento corrido y tapizado, ve a Marie en la otra punta del comedor. Han pasado cinco años desde que trabajaron juntas, cinco años sin verla en persona, y tiene buen aspecto o, lo que es casi lo mismo, parece joven. Lleva una blusa de seda azul marino y pantalón *palazzo*, el pelo rubio teñido con su corte pixie de siempre, y está sentada a una mesa hablando con tres mujeres. Mira a Grace y la saluda con una inclinación de cabeza. Grace hace ademán de levantarse e ir hasta ella, pero Marie levanta un dedo. Tal cual. Como diciendo: quédate ahí. No te acerques; estoy ocupada en algo importante, vas a tener que esperar. A Grace se le cae el alma a los pies.

Fue el recuerdo de las palabras de la madre de Ben atravesando la gruesa pared de piedra de la casa escocesa lo que la empujó a marcar el número de teléfono de Marie: «Es guapa, cariño… Pero sería agradable que tuviera un poco de personalidad…». Básicamente fue el despecho lo que la impulsó. El ansia de venganza. Así que Grace intenta tenerlo presente mientras espera, incómoda, sin saber qué hacer con las manos, con la cabeza, con su cuerpo en general. Tiene treinta y cuatro años pero se siente otra vez como si tuviera veintiuno, como si fuera alguien con cero experiencia esperando para hacer su primera entrevista de trabajo. En este sentido, se da cuenta de que es la antítesis de Marie, quien, durante el tiempo que Grace ha estado fuera, ha pasado de asistente a productora ejecutiva. Estas dos palabras fueron como dos pequeñas puñaladas en los ojos de Grace cuando buscó a su excolega en internet y encontró un retrato de estudio con el cargo de Marie en letras negritas y un párrafo de lo más intimidatorio detallando sus logros en la parte de abajo. Grace pasea la vista por el local y simula fijarse en los cuadros de las paredes como si estuviera relajadísima sentada allí sola. Como si estuviera disfrutando de un poco de tiempo para ella.

«Perdón», le dice Marie moviendo los labios mientras cruza por fin el comedor. Pone los ojos en blanco y agita un dedo en el aire. Está bebiendo champán, a pesar de que son las cuatro de la tarde. Grace recuerda un tiempo en que algo así no le habría resultado transgresor.

—Es mi comida —le dice a Grace mientras se sienta frente a ella y se lleva la copa a los labios—. ¿Te apetece?

—¿Por qué no? —Grace sonríe, a pesar de que la idea de beber champán le inspira cierto pánico, cierto vértigo. Ya está preocupada por cómo va a aguantar después hasta la hora de acostarse.

—Bueno, ¿y se puede saber dónde te has metido, forastera? —pregunta Marie mientras hace un gesto a la camarera, señala su copa y levanta dos dedos.

¿Dónde se ha metido? Le suena a pregunta existencial. No lo sé, quiere decir. La verdad es que no tengo ni idea. Fue prorrogando su baja de maternidad hasta que, directamente, dejó de trabajar. Y ahora Lotte tiene cinco años, ha empezado el colegio. Por fin —¡por fin!— Grace vuelve a dormir por las noches. Ben y ella han recuperado su cama. Todos los viernes sin falta tienen relaciones sexuales. O al menos casi sin falta. No es un sexo demasiado espontáneo, pero es sexo, y siempre bueno. Las cosas marchan bien. Pero recientemente tiene la sensación de que le falta algo, que hay un agujero, un vacío en su interior. Y también ha empezado a experimentar cierto resentimiento hacia Ben. Hacia su continuo ascenso profesional, en su caso libre de los obstáculos que acarrea tener un hijo. Los congresos internacionales de lingüística a los que le invitan. Las escapadas a universidades extranjeras como profesor visitante.

—Hasta ahora me he centrado en la traducción —dice. No añade que es un trabajo desalentador que saca adelante como puede en la mesa de la cocina. Tampoco que se contentaría con una fracción de la cantidad que le pagaban antes solo por sentir el subidón adrenalínico de la televisión. Qué coño, hasta estaría dispuesta a hacerlo gratis. Porque, a pesar del artificio, de los egos, aquel era el trabajo de sus sueños, por mucho que en su momento es posible que no lo supiera. Ser objeto de tanta atención no la había disgustado en absoluto. Bueno, quizá las partes más tóxicas sí. Pero luego estaban las palabras. Palabras curiosas, fascinantes, raras, y, si es sincera, lo cierto es que está dispuesta a casi cualquier cosa a cambio de una excusa para pasar tiempo otra vez exclusivamente en compañía de personas adultas.

La camarera llega con las bebidas en su auxilio. La copa que tiene delante Grace es alta, fina y está helada y de pronto no hay nada que le apetezca más que sentir el chute del alcohol detrás de los ojos.

—Salud —murmura antes de dar un trago.

—Y entonces ¿qué? —Marie levanta las cejas y su cara entera se estira hacia arriba—. ¿Quieres volver a la televisión?

Por la forma en que lo dice, Grace se siente como si estuviera presentando una audaz candidatura para participar en la próxima misión espacial.

—Me encantaría.

Sonríe demasiado, nota los incisivos chirriar en contacto con su boca, que tiene completamente seca.

—Qué interesante —dice Marie dando golpecitos en su copa con los dedos—. ¿Y estás pensando en tener más hijos?

—¡Pero si ni siquiera quería la que tengo! —Sus palabras forman un escudo cómico. Es la respuesta que siempre usa y resulta divertida porque es sincera y, al mismo tiempo, resulta obvio que no lo es. Por lo menos a ella le parece divertida. A algunas personas no. Pero, sea como sea, es de gran utilidad para desviar las muchas —muchísimas— preguntas que recibe últimamente al respecto, esos interrogatorios tan indiscretos de que es objeto desde que Lotte cumplió los tres años. Lo cierto es que no sabe qué contestar. Ben y ella no hablan del tema. Grace no sabe realmente por qué. Quizá tiene que ver con el hecho de que la llegada de Lotte fue como una especie de secuestro brutal. Eso y que todavía no han superado el síndrome de estrés postraumático de todos los años en que su hija se negó a dormir.

—Vale, Grace, te voy a ser sincera. —Marie calla un momento—. Se te ha pasado la oportunidad.

Arruga la cara como si se hubiera tragado algo con mal sabor. Grace pestañea, traga saliva.

—Pero ¿y el programa? La prensa sensacionalista no hacía más que sacarme. Caía muy bien —se oye decir a sí misma.

—Es agua pasada. —Marie se encoge de hombros.

Grace asiente con la cabeza, se obliga a sonreír. Nota la nuca colorada. No es que esperara que le hubieran guardado el puesto, por supuesto que no. Pero ¿esta negativa tajante? Eso tampoco se lo había esperado. Presiona con el pulgar las puntas del tenedor de la mesa delante de ella y nota cómo se le clavan en la carne. Se pregunta si, de presionar lo bastante, la atravesarían. Decide que el dolor le resultaría agradable.

—Y además te chuparía la sangre —dice ahora Marie—. Los horarios, la intensidad. Seguramente se te ha olvidado, pero no es un trabajo compatible con una vida familiar.

No debería haber ido. Es una Norma Desmond, joder, una vieja gloria con delirios de grandeza. Se ha puesto en una situación humillante. Marie le irá con el cuento a media televisión. Que la no tan extraordinaria Grace Adams no ha entendido que se le había pasado el arroz. Se pregunta cuánto tiene que esperar para levantarse e irse. Necesita salir de esta situación.

Resiste el impulso de mirar la hora mientras charlan brevemente sobre antiguos colegas, quién ha dejado el sector, quién trabaja ahora dónde, y, en cuanto decide que puede irse, apura su copa y se disculpa.

Cuando se levanta, Marie hace lo mismo. Está atrapada entre la silla y la mesa, de manera que tiene el cuerpo un poco inclinado y de pronto toda ella transmite una incomodidad que Grace nunca le ha visto.

—El otro día mi hija se cayó y fue llorando a la niñera, en vez de a mí. —Marie se retuerce el botón del cuello de su camisa mientras habla—. Y eso que yo estaba mucho más cerca de ella cuando pasó.

Eso es todo. No da más contexto sobre dónde estaban, cómo se cayó la niña, si hubo o no sangre. Son palabras sencillas dichas deprisa, pero con las mejillas coloradas.

¿Tienes una hija?, quiere preguntar Grace, porque no lo sabía. Pero comprende que eso no es lo importante.

Cuando se encuentran sus miradas, transmiten un mensaje silencioso.

—No hay solución buena. —Marie tuerce la boca.

Grace es consciente de que le está regalando algo que le supone un esfuerzo. Y quizá es por haber bebido, pero, cuando quiere darse cuenta, está abrazando a Marie, a pesar de que es algo que nunca han hecho antes. Marie es más de besos al aire. Y tarda un instante en reaccionar, pero, cuando lo hace, Grace nota los dedos de Marie presionándole ligeramente las costillas. Le huele la piel a bergamota y a humo.

—Pues sí, es un nudo gordiano —murmura Grace pegada al hombro de Marie.

Marie la suelta, la mira como diciendo: «¿De qué hablas?».

—Es de la leyenda de Alejandro Magno —aclara Grace—. Un nudo imposible de deshacer.

Y acto seguido da media vuelta y sale de allí sin mirar atrás.

Ahora

A medida que avanza el día, el calor se solidifica y nunca en la vida ha tenido tanta sed. Tiene la garganta seca, la boca y los labios pastosos por la deshidratación, hinchados. Para cuando llega a una tienda de prensa, le resulta difícil reprimir el pánico, dominada como está por la necesidad de beber. No puede pensar en otra cosa y nada más entrar por la puerta elige una botella de agua de la nevera y la deja en el mostrador con una concentración obstinada y tan intensa como la carcinogénica luz del sol de la calle. Está sacando la tarjeta de crédito para pagar, cuando el hombre detrás del mostrador le señala un letrero escrito en bolígrafo y pegado con celo a la caja registradora:

Pago mínimo con tarjeta: 10 £

—No llevo suelto —le dice Grace.

Quiere explicarle que le ha dado todo el dinero que tenía a la mujer del Puente de los Suicidas. Pero, si le quedan palabras, están perdidas en el desierto que es su boca.

El hombre se encoge de hombros y niega con la cabeza. Tiene una poblada barba negra que parece moverse más despacio que su mentón.

Grace se acuerda de que lleva en el bolsillo la pistola de agua que rellenó en el cuenco de agua para perros a la puerta de la Spaniards Inn. Se pregunta si será capaz de no pensar en la tierra y la baba de perro y los insectos muertos y bebérsela. Le entran náuseas y deja caer la cabeza sobre las manos allí mismo, en el mostrador.

Entonces alguien se le acerca. Nota el movimiento en el aire y cree que el hombre de barba se ha puesto a atender a otro cliente. La tocan con suavidad en el hombro y, cuando no reacciona, el gesto se repite. Cuando levanta la vista, ve a una mujer a su lado. Es mayor, con pelo castaño teñido que deja ver raíces grises, ojos grandes muy separados. Con un solo movimiento, la mujer pone una moneda de libra en la palma del hombre de barba y le da a Grace la botella de agua que estaba intentando comprar.

—Toma, cielo —dice—. Tienes cara de necesitar un trago.

Y a continuación se ríe del doble sentido de lo que acaba de decir.

Grace se dispone a decirle que no, pero la mujer ya se ha dado la vuelta y está guardando su compra en una bolsa de Sainsbury's arrugada, como si lo que acaba de hacer no fuera un inusual gesto de amabilidad. Cuando Grace le da las gracias, la mujer sonríe distraída sin volverse.

Grace está sentada en un murete que hay en la puerta de la tienda, bebiendo el agua a grandes tragos y haciéndose el propósito de dejar algo para el resto del viaje cuando sale la mujer. La caja con la tarta está junto a Grace y ha apoyado el palo de golf contra la pared.

—Déjame ver ese pie —dice la mujer señalado el talón de Grace.

Esta tarda un momento en comprender lo que dice. Pero cuando gira el tobillo, comprueba que la sangre ha traspasado la servilleta de papel que encajó en el zapato. Se extiende por el calcetín con forma de mariposa.

La mujer chasquea un poco los labios.

—¿Y eso? —pregunta indicando el brazo de Grace.

Grace lo gira para verlo. Tiene el codo despellejado. La carne viva está ensangrentada y moteada de tierra. ¿Qué debe de estar pensando esta mujer?

—Parece que vienes de la guerra. —La mujer rebusca en su bolso y saca un paquete de pañuelos de papel. Una tirita de gran tamaño.

Tiene la piel oscura y habla con algo de acento, es posible que sea turca y usa expresiones que Grace asociaría a su abuela, lo que la reconforta.

—Una vez se ha sido madre, se es para siempre.

La mujer agita la tirita mirando a Grace. A continuación y sin pedir permiso, se sienta en el murete a su lado. A Grace se le ocurre, cuando la mujer le coge el pie, que quizá esté loca. Eso, o es una especie de hada madrina del siglo XXI que se ha colado en su vida.

—¿Puedo? —pregunta la mujer. Pero, sin esperar respuesta, le saca el zapato a Grace, le quita el calcetín y retira la servilleta de papel color carmesí.

Grace no opone resistencia. Porque está demasiado cansada, demasiado aliviada para hacerlo. Y también porque se ha puesto a pensar en unos zapatitos rojos del número veintiuno. Le parece sentir el piececito de su hija en las manos, moviendo los dedos mientras ella le ata las hebillas plateadas, le parece oler el suave cuero. Es entonces cuando empieza a tiritar. Es una vibración que le comienza en la planta del pie y le sube por el talón, el tobillo, la pantorrilla, la rodilla, el muslo. Está segura de que la mujer se está dando cuenta.

—Tengo una hija de tu edad —dice la mujer mientras moja el pañuelo y limpia la herida—. Ahora vive en Canadá. Y también un hijo enfermero. Precisamente ahora vengo del hospital, de verlo.

Es extraño sentir el tacto de esta mujer. Pero su ternura un poco brusca, su compasión sincera liberan una sensación dentro de Grace y se abandona a ella. Deja que las amables palabras de la mujer floten y la envuelvan. «Una vez se ha sido madre...». La frase forma un bucle y Grace vuelve a ella y la sopesa mentalmente.

Entonces, como si hubiera abandonado su propio cuerpo, se encuentra otra vez en la vieja casa junto a la estación, la de la puerta color verde pálido. Su madre está en el cuarto de estar hablando con una amiga. Ha estado tres días sin levantarse de la cama, algo que hace de vez en cuando. Algo aterrador y mudo, no dicho. «Está muy cansada. No la molestes», le dijo su padre la primera mañana que su madre no bajó a desayunar. Sin mirarlas ni a ella ni a Cate mientras ponía pan a tostar y echaba granos de café instantáneo en una taza. Es lo que decía siempre que ocurría. Siempre las misma palabras y ninguna explicación.

La puerta al salón está ligeramente entreabierta, lo suficiente para que Grace, de doce años, vea un trozo de su madre. Está sentada en el sofá grande con su chaqueta de punto, la azul celeste que es suave como las nubes, bien cerrada, y está hablando con Jill, la vecina de enfrente. Grace lo sabe porque le abrió antes la puerta, pero no puede verla, la rendija no es lo bastante ancha. Grace casi no respira porque su madre habla con voz queda y si respira le suena demasiado fuerte. Le pica la garganta de no respirar y sabe que en cualquier momento tendrá que toser y se delatará. Se dispone a alejarse de la puerta cuando oye decir a su madre: «No debí tener hijos». Por un momento Grace piensa que ha oído mal. Pero entonces su madre lo repite. «No debería haberlas tenido. Es demasiado duro. No me siento capaz, les estoy fallando. Todo esto las va a marcar para siempre, estarían mejor sin mí. De haberlo sabido no las habría tenido, Jill, de verdad te lo digo».

La amiga de su madre contesta en un suave murmullo, pero Grace no oye lo que dice porque ha salido corriendo. Una fuerza propulsa su cuerpo, sus piernas. Por un instante piensa en ir en busca de Cate, quien estará en su dormitorio oyendo música en su walkman. Pero en lugar de ello sigue corriendo, corre por el pasillo, atraviesa la cocina y sale por la puerta trasera al jardín. Y no se detiene, ni siquiera al llegar al final del callejón que hay detrás de las casas de su calle, porque las palabras siguen resonando dentro de su cabeza y necesita dejarlas atrás.

Este es el motivo por el que Grace no quería tener hijos, esta conversación oída por accidente. Fue entonces cuando tomó la decisión: no sería como su madre. Le daba miedo, como ella, no ser capaz, temía haber heredado alguna cosa, un defecto familiar. Temía ser culpable en parte del sufrimiento de su madre, de la infelicidad. Y más tarde no se había cuestionado esta vieja convicción tan firmemente instalada en ella. Hasta que llegó Lotte.

Grace se sentía triste cada vez que su madre se encerraba en aquella habitación a oscuras. Triste, asustada e inútil. Quería mucho a su madre, pero recuerda haber pensado que otras madres no eran así y era como un secreto sucio, del que no podía hablar ni siquiera con su hermana. Más tarde, cuando comprendió que su madre no podía evitarlo, que se trataba de un problema químico, en teoría se sintió mejor, pero no en el momento. En el momento nunca.

¿Y ahora? Sentada en el murete junto a esta mujer —esta madre de todas las madres con manos de ángel—, entiende que la maldición también terminó por alcanzarla a ella.

—Soy una madre horrible.

Al principio Grace no está segura de haber hablado en voz alta. Pero entonces la mujer deja de curarle la herida y asiente despacio con la cabeza.

—¿Qué edad tienen tus hijos?

Hay un momento detenido en el tiempo y Grace vacila.

—Dieciséis —dice por fin—. Mi hija cumple hoy dieciséis años. Es su cumpleaños. —Coloca bien la caja de la tarta que tiene junto a ella. La parte de arriba está sucia de barro y se lame los dedos, intenta limpiarla—. Está viviendo con su padre.

La frase sale de su boca como una rociada de grava. Es incapaz de mirar a la mujer mientras la dice.

—Es la peor edad. —La mujer coloca la tirita y le da una palmadita en el pie para indicar que ha terminado—. Te lo dice alguien con experiencia. Pero siempre vuelven, que lo sepas.

—Pero es que es mi culpa. —Grace coge su calcetín, intenta ponérselo, pero le faltan fuerzas—. No sé cuándo fue la última vez que no estuve cansada, me paso el día muerta de miedo porque no tengo ni idea de lo que hago. —Cierra los ojos y enseguida los abre. No dice que tiene el corazón roto, que se encuentra sola, que lo único que quiere es dejar de sentirse así—. El caso es que me paso la vida intentando leer entre líneas y es agotador. Todas esas tecnologías: Instagram, Snapchat, lo que sea. Esa vida secreta que llevan y de la que no sabemos nada. —Levanta la vista, se encoge de hombros—. Y a veces siento tanta rabia que me asusto.

La mujer sonríe y menea la cabeza.

—Eso no es rabia, cariño. Es tu miedo, tu dolor que explota. —Junta los dedos y a continuación los separa y sus manos parecen estrellas—. Haces lo que puedes. Como todos. —Lo dice como si fuera un mero dato. Como si fuera así de fácil. A continuación, tuerce un poco el gesto y añade—: No siempre vas a ser una esclava del Cambio, que lo sepas. Deduzco que ya estás camino de ser libre, ¿o no? —Habla con palabras exageradas, como una telepredicadora—. Ahora mismo es una pesadilla, sí, pero hay esperanza al final del camino y es un alivio maravilloso. Créeme.

Pero es que no lo entiendes, quiere decirle Grace a la mujer mientras la mira guardarse los pañuelos de papel en el bolso. Repara en la torpeza de sus gestos, en cómo se agarra la cadera para levantarse del murete.

—Límpiatelos cuando llegues a casa. —Señala el tobillo de Grace, el codo. Sus maneras ahora son bruscas, como si tuviera prisa.

—Gracias —murmura Grace.

Quiere añadir alguna cosa, pero no puede. La amabilidad de la mujer la ha desarmado sin remedio.

Entonces la mujer se aproxima y le coge la cara con las dos manos. Con firmeza, estrujándole un poco las mejillas. Vistos de cerca, sus ojos tienen un brillo color ámbar precioso.

—Sé que tienes la sensación de ser invisible —dice la mujer y su aliento es dulce, huele a lilas—. Pero que sepas que yo sí te veo.

Tres meses antes

Fideicomiso del Servicio Público de Salud Británico

Terapia hormonal sustitutiva (THS)

Este folleto está pensado para dar respuesta a las preguntas que puedas tener sobre la terapia hormonal sustitutiva como tratamiento para los síntomas de la menopausia. La THS sustituye la hormona (estrógeno) que tu cuerpo deja de producir cuando entras en la menopausia.

Usada a largo plazo, la THS puede ayudar a reducir el riesgo de osteoporosis (adelgazamiento de los huesos) y cáncer colorrectal. Sin embargo, también comporta ciertos riesgos, incluido un aumento del riesgo de contraer determinados tipos de cáncer.

Sentada en una silla de plástico de la sala de espera, Grace está nerviosa. Lleva allí veinte minutos, esperando a que aparezca su nombre en la pantalla electrónica, levantando la cabeza cada vez que pita para llamar a otro paciente. Con cada ocasión está más convencida de que su nombre se ha traspapelado, de que han olvidado incluir sus datos. Tiene en la mano el folleto que le ha dado la recepcionista y que le resulta increíble que esté dirigido a ella. Le parece que es algo que debería dar a la mujer mayor sentada enfrente de ella con un tobillo hinchado dentro de una media de compresión. Y lo está leyendo muy por encima, saltándose las partes en las que no quiere pensar: ese dilema imposible entre cáncer o cáncer, como si no fuera con ella, cuando lo ve entrar.

Grace se mete el folleto debajo de los muslos, se sienta encima de él. Tiene la mirada fija en el frente, pero nota un cosquilleo en todo el lado izquierdo del cuerpo, como si las terminaciones nerviosas de él hubieran hecho contacto con las suyas en el espacio que los separa. Y se pregunta si también él lo siente. No puede —no quiere— mirarlo; teme que su lenguaje corporal la delate. Es la primera vez que lo ve desde que se encontraron por la calle y sus pensamientos regresan a aquel día. El pulgar de él en su sien, la pequeña cicatriz del pómulo, el olor a tabaco y a lana. La forma en que estudió su cara como si buscara algo desaparecido, que la había embriagado e inquietado al mismo tiempo. De repente tiene calor.

Por el rabillo del ojo lo ve moverse en la cola de recepción y, cuando está segura de que ha avanzado lo bastante para estar de espaldas a ella, levanta la vista. Justo en ese instante él se gira. Y al momento se da cuenta de que no es él, no es Nate. El hombre de la fila ni siquiera se parece a él: para empezar tiene al menos diez años más. Su envergadura es similar, también tiene el pelo claro, pero ahí termina el parecido. Grace parpadea y aparta la vista. Ve visiones. Parece una adolescente de catorce años víctima de un enamoramiento de lo más inapropiado y vergonzoso. Excepto que, excepto que… la manera en que la tocó, la forma que tenía de mirarla… Cuando la pantalla electrónica pita, da un respingo. Esta vez es su nombre: «Grace Adams. Consulta n.º 13».

La médica está tecleando en su ordenador cuando entra. Es unos años mayor que Grace, lleva el pelo corto y tiene aspecto de alguien que hace senderismo los fines de semana.

—¿Qué puedo hacer por usted?

La mujer no deja de teclear y acompaña las palabras con un suspiro, como si la presencia de Grace le resultara un poco inoportuna.

¿Por dónde empezar?, piensa Grace mientras se sienta con torpeza junto al costado de la mesa. Parte de ella quiere decir: según mi marido —con quien ya no vivo—, mi hija es famosa en TikTok, signifique eso lo que signifique, por salir con poca ropa y cantar en playback. Al parecer se ha hecho viral por bailar ilegalmente en andamios, algo que, como podrá suponer, me tiene loca de contento. Esto lo sé porque mi marido leyó un mensaje en su teléfono en el que la llamaban «*influencer* con cuerpazo». Tiene decenas de miles de seguidores, algo que cualquiera habría pensado que yo debería saber como madre suya que soy, ¡pero resulta que no tenía ni idea! Y está viéndose con un chico del que no quiere contarme nada, un chico con el que es posible que se esté acostando. Ah, y hace dos días me masturbé pensando en un hombre que probablemente es lo bastante joven para ser mi hijo y que además da la casualidad de que es profesor de mi hija. Ahora mismo me ha parecido verlo en la sala de espera, pero resulta que eran imaginaciones mías. ¿Hay un parche hormonal para lo que me pasa?

Siempre por algo ginecológico, piensa Grace mientras se desviste de cintura para abajo detrás de la cortina. Siempre. Por una vez, ¿por qué no puede estar ahí por un problema en el brazo, el pie, el dedo? ¿Y qué hace? ¿Se deja los calcetines puestos? ¿Es lo que suele hacer? Decide que sí y se arrepiente en cuanto se sube a la camilla y se tumba en la sábana de papel arrugado. Dos delgados calcetines negros de Marks & Spencer convierten su semidesnudez en un chiste, o quizá es al revés, no está segura, solo sabe que se siente temblorosa, vulnerable, ridícula. Se le pasa por la cabeza que, de verla en este estado, Nate daría media vuelta y saldría corriendo. Eso o se echaría a reír, porque está grotesca. Está mayor.

—Bueeno —anuncia la médica con un entusiasmo nada convincente mientras descorre la cortina. Coloca las rodillas de Grace como si fueran independientes de su cuerpo, modifica el ángulo de la lámpara.

—Hace mucho frío esta mañana —dice Grace sin saber por qué.

—Relájese —dice la mujer con firmeza.

Grace siente el pánico habitual mientras la médica la examina, porque ¿qué puede encontrar? Fija la vista en la luz halógena del techo, intenta no pensar en el daño ocular que puede causarle, trata de concentrarse en otra cosa. Ni siquiera ha hablado con Lotte de todo este asunto de TikTok, aunque ha envenenado ligeramente el aire entre las dos. Y Lotte no ha vuelto a mencionar a ese chico con el que es posible que se esté acostando. Lo cierto es que Grace se ha distanciado de su hija igual que se ha distanciado en los últimos meses de las noticias. Muy poco a poco, ha dejado de ver, de leer acerca de las cosas desgarradoras que le provocan ira, miedo, tristeza. Esas cosas que subrayan su impotencia y la anulan, que le hacen sentir como si le hubieran robado la voz. Y se avergüenza, se siente culpable por haberse replegado en ambos frentes, pero lo necesita. Es su escudo, la única protección que tiene, porque, aunque sabe que debería sobreponerse, comportarse como corresponde a una mujer de su edad, carece de la fortaleza necesaria para resistir a los casi constantes embates.

Claro que luego hay momentos, pequeñas explosiones de luz de sol en que su hija vuelve a ser la de siempre. «Dice Leyla que le recuerdas a esa actriz —le había dicho Lotte el otro día acercándose a ella en la cocina mientras Grace llenaba el lavaplatos—. La pelirroja. La que salía en *Los juegos del hambre*... Así que ya sabes, mamá, todavía tienes posibilidades».

Grace percibió la sonrisa en el tono de su hija y se sintió patéticamente halagada porque sabía que la actriz era considerada atractiva pero sobre todo porque se daba cuenta de que su hija le estaba tendiendo una mano. «Bueno, por algo he sido una estrella de la televisión —había contestado, antes de ponerse de pie con un suspiro—. Luego llegaste tú y echaste a perder mi carrera».

Y Lotte había puesto los ojos en blanco al oír el mismo chiste por enésima vez. «Lol —había dicho sarcástica—. Pero, déjalo, por favor, no tenía que haberte dicho nada».

Esos momentos eran perfectos. Y Grace tenía que contenerse, sujetarse para no tocar la piel perfecta de su hija, para no acariciar su pelo perfecto, besarle la coronilla de su cabeza perfecta, las mejillas, los ojos, las palmas de sus manos. En ocasiones lo hacía a pesar de todo, escondiéndose detrás de una máscara de humor, igual que una adicta que borra su rastro. Le alborotaba un poco el pelo, le pellizcaba la mejilla con exceso de ímpetu, le daba besos exageradamente largos en la nuca. Solo para poder tocarla. Y Lotte daba un respingo teatral pero también sincero, y se apartaba. «Déjame...».

—Bueno. —La médica ha apartado la lámpara y se está quitando los guantes de goma—. Parece que tiene un trastorno autoinmune en la vulva.

¿Perdona?, piensa Grace, porque está segura de que eso no existe. Pero siente aprensión mientras se baja de la camilla y busca sus bragas, que ha escondido debajo de los vaqueros para que la médica no las vea tiradas sobre la silla, como si a pesar de la situación pudiera conservar así un ápice de dignidad.

La médica ha vuelto a su ordenador cuando Grace sale de detrás de la cortina. Farfulla una palabra en latín que Grace no oye pero supone que es su diagnóstico. Abre la boca para pedirle a la médica que la repita —sabe que entenderá el termino latino—, pero ya ha empezado a hablar.

—Básicamente es una afección en la cual su vulva está siendo absorbida por la vagina —dice la médica cerrando los dedos hasta que su mano es un puño—. A ver, no sé cuál era el aspecto de su vagina antes —esto lo dice algo enfadada, como si hasta cierto punto fuera culpa de Grace—, pero veo unas zonas con unas adherencias que no deberían estar ahí.

A Grace se le acelera un poco el pulso, pero su expresión debe de ser de perplejidad, porque la médica le da una nueva explicación.

—Es como si su vagina se comiera a sí misma.

Grace pestañea. ¿Ha sido una alucinación eso que acaba de oír?

—Y esta afección está asociada a un riesgo ligeramente más alto de cáncer, cerca de un uno por ciento…

Ya está. Ha salido la palabra maldita y Grace no oye nada más. Es ligeramente consciente de que la médica le está citando estadísticas, porcentajes, algo sobre esteroides, su edad…, pero sus pensamientos entran y salen de su pecho con cada respiración y lo único que quiere es largarse de ahí. Grace está y no está en la habitación mientras la médica imprime una receta y se la da, le sugiere pedir cita con el equipo de salud femenina a la salida para hablar de sus otros síntomas.

—Quizá quiera considerar hacer THS —le dice.

—Gracias —se oye decir Grace con estúpida voz cantarina de camino a la puerta. Como si la médica le hubiera escrito un cheque por una generosa cantidad de dinero en lugar de una receta de esteroides vaginales y la advertencia de que tiene riesgo de contraer cáncer—. Gracias —repite antes de cerrar la puerta, silenciosa, cortésmente al salir.

Sus zapatos chirrían exageradamente contra las baldosas del suelo cuando recorre el pasillo intentando asimilar lo que acaba de ocurrir. Está pensando en su cuerpo atrofiado, en todo lo que ha perdido. En esta enfermedad que al parecer tiene y que suena a algo inventado: trastorno autoinmune de la vulva. Casi siente ganas de reír, si no fuera todo tan terriblemente duro. «Ríndete, Grace», murmura al pasillo silencioso. No merece la pena. Ríndete de una vez.

2012

Grace se ha ido. Le dejó una nota en la mesa de la cocina y por eso lo sabe. Así fue como se enteró. No es una de esas notas que dicen: «Por favor, compra pasta de dientes» o «Lotte sale de kárate a las seis y cuarto». Una clase de nota que parece pertenecer a una vida pasada. A antes. Y es un idiota porque ¿cómo no lo vio venir? Podría haberle puesto freno. Pero no lo hizo y ahora no sabe cómo se supone que va a enfrentarse a ello, cómo se supone que va a disimular su angustia delante de su hija de ocho años, que bajará a desayunar en cualquier momento.

Ha debido de llamar al móvil de Grace unas veinte veces, pero no lo coge y Ben se ha sentado a leer una y otra vez sus palabras sintiéndose enfermo: «No puedo seguir aquí... No puedo respirar en esta casa... Dile a Lotte que la quiero..., que no es culpa suya..., no tengo elección...». Es lo más extenso que le ha dicho, lo máximo que se ha comunicado con él en semanas, estas pocas palabras garabateadas en un trozo de papel azul sacado del cajón de manualidades de Lotte. Porque Grace ha dejado de hablar. Excepto con Lotte. El lenguaje, la fuerza entre los dos, su superpoder común, se ha evaporado. Se ha interrumpido de un día para otro y ahora solo hay silencio.

Ben se muerde el labio hasta que nota el fuerte sabor metálico a sangre y, aturdido, intenta hacer memoria de las doce últimas horas, intenta descifrarlas y no lo consigue. Duermen en dormitorios separados y anoche él volvió a beber demasiado. Más que quedarse dormido, perdió el conocimiento, de modo que no la oyó despertarse, no la oyó salir. «Dile que volveré…». Se aferra a esas palabras. De entre todo lo que ha escrito. Porque significan que tiene intención de regresar, no puede ser de otra manera, porque nunca abandonaría a Lotte, eso Ben lo sabe. Grace podrá hacer muchas cosas, pero no esa. De eso está seguro. Está convencido de estar seguro.

Nota movimiento a sus espaldas y entra Lotte. No la ha oído bajar las escaleras, con su pisada de ninja, este nuevo sigilo que la lleva a aparecer como por ensalmo, igual que un fantasma, sobresaltándolo. Es un cambio en el que no quiere detenerse porque así es más fácil, es más fácil fingir que Lotte está bien. Que, como es una niña, lo vive todo con intensidad y no hay motivo de preocupación, en realidad no. Lleva puesto el camisón estampado con un teselado de elefantes diminutos y está tan delgada que se diría que no le dan de comer. No tiene ni un gramo de grasa en el cuerpo y sus piernas dan la impresión de ir a romperse en cualquier momento. Aún tiene el pelo rubio casi blanco —y eso que todos predijeron que se le habría oscurecido a estas alturas— y alborotado después de una noche de sueño, parecen nubes disparatadas y a Ben le duele el corazón solo de mirarla.

—¿Dónde está mami? —pregunta mientras se restriega los ojos, adormilada.

Ben coge la nota de la mesa y se la esconde en la cinturilla de sus pantalones cortos. «Ocúpate de que esté bien». La frase garabateada centellea delante de sus ojos y de pronto está furioso con Grace. La furia es tan inmensa que parece existir con independencia de él, es una entidad en sí misma. ¿Cómo?, quiere gritarle a su mujer, donde coño esté. ¿Cómo se supone que tengo que hacer que esté bien? Y sí, tenías elección. Y has elegido. Las palabras que ha escrito Grace le dan ganas de coger la silla en la que está sentado y arrojarla contra la pared. Le parece oír el ruido del choque, ver la madera astillarse. ¿Dónde estás, Grace?

—Mami tenía una cosa de trabajo —dice—. Ha tenido que salir temprano y nosotros vamos a llegar tarde, dormilona. —Intenta hablar con despreocupación, pero la entonación lo delata, las frases son algo pastoso dentro de su boca—. Tienes que estar preparada para ir al colegio en un pispás, señorita.

Lotte no deja de hacer preguntas mientras Ben le sirve Rice Crispis en un cuenco, añade leche, saca una cuchara del cajón. ¿Cuándo vuelve y con quién está y por qué no me ha dicho adiós? Una ráfaga de palabras que son como un martillo y un escoplo golpeando el cerebro de Ben. Contesta de la forma más vaga que puede: no quiere mentir; no quiere alarmarla.

—Venga, come —dice y le pone el cuenco delante y le retira el pelo de la cara.

Va hasta la encimera y abre la tapa del portátil. Tiene la habitual avalancha de correos matutinos y les echa un vistazo rápido en busca de algo —lo que sea— que pueda provenir de Grace. Se dice a sí mismo que hay muchas posibilidades de que se haya puesto ya en contacto, de que haya cambiado de opinión, de que esté de vuelta a casa. Pero no hay nada.

Está a punto de cerrar la tapa cuando repara en un mensaje en la papelera de solo unos días antes. «¿Dónde estabas?» dice el Asunto, y está a punto de borrarlo, pero entonces ve quién lo envía y una chispa prende en su interior.

¿Dónde estabas?

A: Ben Kerr

Hola, Ben. Tenía la esperanza de verte en el congreso de la semana pasada. El primero al que voy en cinco años, ¿me puedes explicar cómo narices se pasa el tiempo tan rápido? En fin, ¡el caso es que me siento estafada porque creía que eras ponente! Escríbeme y nos vemos, ¿vale? Vuelvo el mes que viene. Lina Bss

Es la primera vez en años que tiene noticias de ella. En cinco, concretamente, por lo que dice en su correo. Y sin poderlo evitar y a pesar de todo lo que tiene encima, o quizá precisamente por ello, sus pensamientos retroceden a aquella cafetería italiana mal iluminada en Bloomsbury. A las muchas horas que pasaron charlando, a la calle gélida que olía a café quemado y a diésel, al sabor a chocolate y taninos de la boca de ella en la suya. A continuación retrocede aún más y recuerda la noche en que la conoció en una fiesta de estudiantes de posgrado. Recuerda luces fluorescentes, vino blanco tibio, canapés reblandecidos. Y cómo después habían follado borrachos, desesperados contra la pared del edificio de cemento blanco de humanidades. Había escarcha en el suelo y Lina tenía los hombros desnudos de soltarse la camisa. Y Ben le había deslizado torpemente el dedo por el cuello y la clavícula, había seguido la línea de puntos que formaban sus lunares.

—Papi.

Lotte lo está mirando.

—¿Estás bien? —le pregunta.

Ha dejado la cuchara y Ben se da cuenta de que apenas ha comido. Hay un residuo beis en su cuenco que le da náuseas a

Ben. Aparta a Lina de sus pensamientos, mira el reloj de la pared. Come un poco más, quiere decir, pero sabe que negará con la cabeza. Grace insistiría. Habría insistido. Pero él carece de energías para batallar. Qué flaquita está, piensa de nuevo. ¿Demasiado? Se hace el propósito de estar pendiente de ello, de fijarse en lo que come, o más bien no come, porque sabe que últimamente no le ha prestado la atención debida.

—Bueno. —Junta las palmas y nota que está sonriendo con la boca pero no con los ojos, porque por dentro está lleno de rocas. Rocas grises y pesadas y que tiran de él—. Vamos a ponernos en marcha. Sube a vestirte y lavarte los dientes. Te voy a cronometrar. Tenemos quince minutos como máximo, ¿vale?

En cuanto sale Lotte, se saca el papel azul de la cinturilla, lo alisa. Y el gesto ha debido de liberar el perfume de Grace allí donde ha tocado el papel, porque le viene su aroma. Ese aroma a coco y a tabaco de su crema de cara que, de tan familiar, apenas percibe ya. Entonces lo asalta un recuerdo. Grace está delante de los fogones, doblada hacia delante y se está tirando del pelo. «No hagas ninguna tontería, Grace —le está suplicando él—. Por favor, Lotte te necesita». Y continuación, más alto, porque Grace no parece haber reparado en él y no se atreve a tocarla justo ahora: «Yo te necesito».

Ahora

Está cerca. De un momento a otro habrá llegado a Finchley Road. Se nota que está atardeciendo, hay una agitación en el aire cuando se cruza con un hombre enfundado en un traje entallado y echando el cierre a una inmobiliaria, una mujer con melena de efecto degradado que baja los escalones de entrada a un bajo. Al momento le viene Nate Karlsson a la cabeza. Pero la menea, ahuyenta el pensamiento.

Grace supone que acaban de dar las seis, pero ha dejado de mirar la hora porque no quiere saberla y también porque está casi sin batería. La última vez que lo comprobó tenía el dos por ciento, y necesita reservarla, por si acaso.

A estas alturas le está dando buen uso al palo de golf, apoya todo su peso en él con cada paso que da. Es como uno de esos senderistas que tanta importancia se dan, balanceando los bastones como si llevaran un motor turbo. Solo que ella más bien parece la antisenderista. Va demasiado lenta, demasiado torcida, medio desmoronada. Su cuerpo es puro dolor y su cabeza… No está segura de dónde está su cabeza; en ese momento no está segura siquiera de quién es. Solo tiene la sensación de que ha pasado por varias versiones diferentes de sí misma a medida que camina, mudando de forma igual que el paisaje urbano cambiante que la rodea.

¿Qué es lo que la ha impedido rendirse? No solo hoy, sino antes. Antes de hoy y después de… Retiene el pensamiento, lo entierra. Lotte, por supuesto. Su hija se lo ha impedido. No podría, jamás haría… Por muy feas que se pongan las cosas, siempre está Lotte.

Tuerce en la calle principal y decide que es el momento de llamar a Ben. De informarle de que sigue de camino, solo que va algo más retrasada de lo que le gustaría, y si por favor puede decirle a Lotte que no se ha olvidado de ella. Está cartografiando estas palabras en su cabeza, cuando le empieza a vibrar el teléfono. Hace malabarismos con la caja de la tarta y el palo de golf y se lo saca del bolsillo. No reconoce el número, no es de ninguno de sus contactos, pero contesta porque su pensamiento inmediato, como siempre, es que puede ser algo relacionado con su hija.

Le habla una voz de hombre, pero, ahora que va por una calle ancha, el ruido del tráfico le impide oír lo que dice.

—No le oigo. Espere.

Grace se coloca el palo de golf entre las rodillas, se encaja el teléfono contra el hombro y se tapa el otro oído.

—Vale —dice—. A ver ahora. Dígame.

—¿Es usted la señora Adams?

—Ajá —dice—. Sí.

—Soy el sargento Davis. La llamo de la Policía Metropolitana.

Grace se marea.

—¿Llama por mi hija? ¿Ha pasado algo?

Se atropella con las palabras.

—No. —El agente de policía suena desconcertado—. No, señora Adams. La llamo para preguntar si es usted la propietaria de un Peugeot modelo familiar con matrícula KV68TFK.

Grace cierra los ojos, los abre, intenta respirar con normalidad. El coche. Parece que han pasado días, semanas incluso, desde que apagó el motor, se bajó y echó a andar. Asiente con la cabeza a pesar de ser consciente de que el hombre no puede verla.

—Es mi coche, sí —dice por fin.

—Lo hemos encontrado abandonado hace unas horas, señora Adams, y la hemos localizado a través del registro de matriculación de vehículos. ¿Puede decirme si iba usted conduciendo su coche hoy alrededor de las doce del mediodía?

—No, me... —empieza a decir Grace—. Bueno, supongo que técnicamente sí iba conduciendo, pero...

—Tenemos varios testigos que afirman haber visto a una mujer de cuarenta y muchos años salir de su coche y abandonarlo en una retención de tráfico.

Hay una fracción de segundo en la que Grace solo es capaz de pensar en lo de «cuarenta y muchos». Porque sabe que no está siendo un buen día, pero, vamos a ver, tiene cuarenta y cinco años. Está en el ecuador mismo de la cuarentena, en absoluto en el tramo final. Y, en cualquier caso, está segura —segurísima— de que podría pasar por cuarenta y pocos al menos. La vergüenza le produce un sofoco. Ya solo le faltaba suspender también la asignatura de envejecer.

—Tengo que decirle, señora Adams, que se trata de una falta grave y...

—Estoy teniendo un aborto —se oye decir. Y mientras lo dice se siente consternada. No tiene ni idea de por qué ha soltado algo así—. Tuve que salir del coche porque estoy perdiendo a mi... —Grace titubea, no puede seguir. Entonces se echa a llorar, como si lo que dijera fuera verdad. Como si en ese momento, en mitad de Finchley Road, con seis carriles de tráfico delante de ella, un palo de golf entre las rodillas y una caja de tarta aplastada debajo de un brazo, se estuviera desangrando—. Perdón —murmura—. Es que... estoy perdiendo a mi bebé —le dice al agente—. He perdido a mi hija.

—De acuerdo, señora Adams —dice el agente de policía y su tono de voz es otro. Incluso con el ruido del tráfico, Grace se da cuenta. Suena un poco avergonzado, de algún modo más joven. Amable—. Oigo que está usted en la calle. ¿Puedo preguntarle si está sola? ¿Hay alguien con usted?

—No —murmura Grace—. Nadie.

—Tengo la impresión de que está usted en un apuro, señora Adams. ¿Entiende que los servicios de emergencia están a su disposición en caso de que los necesite? Si me dice dónde se encuentra, puedo enviarle ayuda.

Le entra el pánico.

—No —dice demasiado rápido—. Estoy... Mi hermana vive aquí al lado. Estoy casi... No necesito ayuda —añade.

Y cuelga el teléfono.

El agente la llama dos veces, tres. Grace mira el teléfono que centellea en la palma de su mano igual que un artefacto nuclear.

¿Qué ha hecho? La policía no es tonta. Se enterarán. Tienen cámaras de seguridad. Le ha mentido a un agente de policía. Eso es un delito. Ha visto suficientes capítulos de *Line of Duty* para saberlo. ¿La acusarán? ¿La detendrán? ¿Multarán? ¿Le quitarán el carnet de conducir? ¿Irá a la cárcel? Oye una sirena y se gira. Le tiemblan las manos y se está acordando de los hombres del campo de golf, nota el palo robado clavándosele en la rodilla. ¿Puede la policía rastrearle el móvil? Está bastante segura de que sí. Lotte lo sabría. ¿Pueden probar que no ha dicho la verdad en lo del aborto? Igual puede alegar locura temporal. ¿Está loca?

No quiere estar aquí. No se siente segura y sin venir a cuento se descubre suspirando por estar en el territorio suavemente amueblado de la casa de sus padres. Es un sentimiento cuyo origen no consigue identificar y la sorprende porque, por lo general, en casa de sus padres está un poco nerviosa, como si el peligro de que la Grace adolescente se abalance sobre ella y la muerda la acechara por todas partes. Pero también es el lugar en el que buscó refugio cuando más lo necesitó. No recuerda gran cosa de aquella época, pero ahora le viene a la cabeza una imagen. Está su padre en su butaca haciendo el crucigrama, su madre en el sofá con tapizado de rayas y Lotte recostada contra ella, con los pies descalzos doblados debajo del flaco trasero, las dos están viendo el *talent* de baile *Strictly Come Dancing*. Grace ha ido a la cocina a buscar un vaso de agua y, cuando entra en la habitación, la imagen de esta fusión de su madre y su hija la enternece; recuerda la sensación. Ese abandono nunca suficientemente valorado, el consuelo familiar del cuerpo cálido de su madre pegado al suyo.

Grace mira su móvil, que ha dejado por fin de sonar, y ve su cara reflejada en la pantalla negra. Tiene los ojos agrandados por la reciente revelación. Una conversación oída por casualidad. Un momento desesperado que vive alojado en Grace igual que la niña que lleva dentro. Por primera vez entiende por qué dijo su madre lo que dijo hace todos esos años. Fue por sentimiento de culpa. El mismo que experimenta ahora Grace. Esa culpa universal común a todas las madres que sin duda se les implanta en el paritorio con la oxitocina intravenosa. Coger aire, soltarlo. Esa delirante convicción que no consiguen quitarse de encima de que han fallado a sus hijos, de que no lo están haciendo lo bastante bien, no están a la altura de lo que el trabajo requiere. Cuando su madre dijo que le gustaría no haber tenido hijos no hablaba en serio, comprende ahora Grace. Por supuesto que no, y es una revelación que debería haber tenido muchos años antes.

Los transeúntes se la quedan mirando. Ni siquiera intentan disimular, pero ninguno le ofrece ayuda. Ya no está llorando, pero sabe que tiene la cara surcada de lágrimas y es consciente, porque tonta no es, de que su aspecto es lamentable. Le pica el cuero cabelludo y tiene el pelo pegado a la frente y a las mejillas por el sudor, como si en vez de caminar por el norte de Londres hubiera hecho la ruta del Caminito del Rey.

Se olfatea la axila. Huele mal. Se siente mal. No quiere estar aquí, pero sabe que tiene que terminar lo empezado. «He ido demasiado lejos para dar marcha atrás», piensa. Pero la voz que oye en su cabeza no es la suya, sino la de Ben.

Era miércoles, de eso sí se acuerda. De eso y del olor químico del producto antical. Está en el baño haciendo una limpieza a fondo porque tiene una entrega y es el menor de los dos males. Cuando entra Ben, se sobresalta; el baño es una de las habitaciones de la casa en la que evitan entrar cuando está el otro. Antes de que Ben abra la boca, Grace sabe que algo va mal. «He ido demasiado lejos para dar marcha atrás, Grace», dice en una voz que es demasiado contenida y evitando mirarla a los ojos. Lleva la camisa azul claro con el cuello desabotonado, así que ve las manchas rojas en el torso que lo delatan. «¿Entiendes lo que te digo? Es demasiado tarde para empezar otra vez». Y quizá son los efluvios del limpiador en espray que tiene en la mano, pero Grace tiene la sensación de ahogarse porque ¿qué hace Ben hablando así? ¿Qué es ese galimatías sin sentido, ese código abstruso? Cuando intenta decir algo, Ben la interrumpe. «No puedo seguir así. He encontrado un apartamento en Swiss Cottage, la semana que viene me dan las llaves…» y Grace apenas oye el resto.

En mitad de Finchley Road, Grace se detiene, inclina la cabeza hacia atrás, mira el cielo azul intenso. Ha ido demasiado lejos, se ha alejado demasiado como para volver al punto de partida.

Dos meses antes

Northmere Park School
Londres
N8 6TJ
nps@haringey.sch.uk

Estimado padre o tutor de Lotte Adams Kerr:

La situación respecto a la asistencia y la actitud de Lotte es ya crítica. Por desgracia, se ha negado a asistir a sus reuniones con el profesor y/o el orientador que tenía asignados. En aplicación de la política del centro, no podemos autorizar ninguna ausencia que no esté justificada por una nota de un médico u otro profesional autorizado. No se nos ha entregado ninguna.

Tal y como hemos ya hablado, nuestra obligación es informar de las faltas de asistencia repetidas o prolongadas de cualquier alumno y estamos llegando a ese punto en el que puede ser necesaria la intervención de agentes externos. Rogamos se ponga en contacto con el centro urgentemente con la esperanza de resolver la cuestión antes de que nos veamos obligados a tomar nuevas medidas.

Atentamente,

Jᴏʜɴ Pᴏᴡᴇʀ
Jefe de estudios

Arrancada del sobre, la carta del colegio está en el asiento del pasajero y Grace la lee en momentos robados de camino al trabajo: cada vez que el tráfico se para o tiene que ceder el paso a otro coche. Cada frase le provoca una sensación de estar precipitándose desde una gran altura. Primero la nota en el pecho, a continuación en el estómago y después detrás de los ojos, y entonces se da cuenta de que no está concentrándose como debería en la carretera.

—¿Qué coño queréis que haga? —le grita al espacio vacío del coche cuando termina de leer.

Le gustaría que alguien hiciera el favor de explicarle cómo conseguir que su hija deje de comportarse así. No puede llevarla a la fuerza al colegio, clavarla a una silla, obligarla a quedarse allí. ¿No entienden que no puede? ¿Que prácticamente no tiene ningún poder sobre la situación?

«Pide que la metan en el programa de prevención de la ansiedad —había sugerido Cate la última vez que hablaron por teléfono—. Así no podrán hacerle nada, les dará demasiado miedo. Te lo digo en serio, hazlo. Aprovecha toda las ventajas adicionales. La pondrán en la "habitación del pánico" para los exámenes, tendrá pases especiales para ir al baño, cosas así… Aunque estoy segura de que ahora mismo hay más niños en esas habitaciones que fuera de ellas, las estadísticas son una locura, es una puta epidemia, así que tampoco sé muy bien de qué te va a servir…». Y Grace se había reído pero había notado la fría garra del miedo porque ¿y si…? No tiene ni idea de lo que le pasa a Lotte por la cabeza últimamente. Las certezas que tuvo una vez se han esfumado; ahora ve amenazas por todas partes. El otro día sacó el viejo cinturón de kárate del dormitorio de Lotte, el verde. Solo por si acaso. Lo vio enroscado igual que una serpiente en una estantería mientras pasaba la aspiradora y una imagen la abofeteó: la gruesa tela verde alrededor del cuello de su hija, su cuerpo colgando horriblemente. Grace se había puesto a gritar por encima del ruido de la aspiradora para expulsar como fuera aquel pensamiento de su cabeza.

Acaba de pasar por delante de la vieja biblioteca, que tiene las ventanas tapadas con masilla desde que el Ayuntamiento tuvo que cerrarla el año pasado, cuando un coche se le cruza marcha atrás desde una calle perpendicular. Grace pisa el freno. Le hace un gesto con las palmas levantadas como diciendo: «¿De qué vas?», pero el conductor no se da por enterado. Obligada a esperar, coge la carta del asiento, la arruga hasta que le duelen los dedos y lanza la bola resultante al asiento trasero. Entonces la ve. Por la ventanilla del pasajero, a medio camino de la bocacalle oscurecida por las ramas crecidas de los árboles. Su cerebro tarda un momento en procesar el hecho de que es Lotte. Lotte, que debería estar en clase. Pero es ella, de eso no hay duda. Es su mochila naranja, su pelo recién teñido del color del algodón de azúcar, y no está sola. Tiene el cuerpo pegado a alguien que Grace no consigue ver, alguien recostado contra el tronco de un plátano y que tiene los brazos alrededor de la cintura de su hija y las piernas a ambos lados de las de ella.

A su espalda suena un claxon. Grace se obliga a dejar de mirar a su hija, comprueba que el coche que se le había colado se ha ido y la calzada delante de ella está desierta.

—Mierda.

Acelera, levanta el pie demasiado rápido del embrague y se le cala el coche.

El conductor del coche de detrás toca insistentemente el claxon.

Mientras arranca, se arriesga a volver la cabeza —como si así fuera a ver a su hija detrás de la esquina o después de la línea de árboles— y de nuevo se concentra en la carretera y busca desesperada dónde aparcar. No hay un solo hueco y, para cuando lo encuentra, ya se ha pasado el parque infantil y la iglesia católica y está casi a la altura del centro de salud. Baja del coche de un salto y echa a correr por la calle que acaba de recorrer en coche. El bolso le golpea la cadera, y está sin resuello.

Para cuando llega al parque, se le ha salido la blusa de la falda y se le han caído los calcetines, de manera que las botas le rozan los talones desnudos. Grace decide atajar por el parque y el prado que hay a continuación, cruzar por una abertura entre los árboles que la llevará directamente a la bocacalle. Deja atrás a una madre y su hijo pequeño en los columpios, a otra mujer que sube a su pequeño a un balancín con forma de elefante pintado de colores primarios. En el parque hay alguien paseando a un perro y una mujer con ropa de deporte corriendo por el perímetro.

Es difícil saber cuánto tiempo lleva corriendo, tal vez cinco minutos desde que aparcó, y cuando cruza por la abertura entre los árboles nota un pinchazo en el costado, como si unos dedos se le clavaran. Al otro lado de la calle hay una hilera de garajes, los árboles de la acera por la que va Grace lo oscurecen todo y no se ve un alma. Lo comprueba una y otra vez, a pesar de que lo sabe: su hija ya no está.

Se pone en jarras y se dobla hacia delante para intentar recobrar el aliento. De repente se pone a llover. Goterones muy seguidos que de inmediato le empapan la ropa, le bajan por la cara, por la nuca. El olor a alquitrán se le mete en la nariz y el agua forma nuevos charcos. Pronto la lluvia habrá limpiado todo rastro, piensa Grace mientras mira hacia donde había estado su hija. Ha llegado tarde.

«No llevaba puesto el uniforme». El pensamiento la asalta de pronto. Por lo que ha visto de él, llevaba vaqueros y brazos al aire, manga corta como de camiseta. No era Luca, ni Kwame ni Louis. No era ninguno de los chicos del colegio. Entonces ¿quién? Se le llena la cabeza de palabras, de imágenes de las redes sociales de Lotte. Desentierra y evoca cada artículo que ha leído sobre explotación y acoso sexual online. Pero hay algo más, algo que la ha llenado de desasosiego, una intensa desazón de la que no logra librarse. El interior de su cabeza es como la montaña rusa de un parque de atracciones distópico: no tiene ni idea de lo que la espera.

Se acuclilla en medio de la calle, se tira del pelo con las dos manos en un intento por sostenerse. Este es el motivo por el que Lotte ha estado faltando a clase. Esta persona es con la que fue a reunirse en plena noche. «Esa minifalda. Esas piernas. Vas pidiendo guerra y cuando hablo de correr ya sabes a qué me refiero...». Este desconocido es el responsable de todos esos comentarios que Grace no consigue sacarse de la cabeza. La razón por la que Lotte ha perdido el juicio. Es el responsable de que Grace tenga la sensación de estar perdiendo a su hija.

Karen Marsden la está esperando cuando Grace cruza como una exhalación las puertas acristaladas dobles de la escuela de primaria Stanhope; llega al trabajo con veinte minutos de retraso. La jefa de estudios está apoyada en su mesa. Lleva un traje de chaqueta azul marino y manosea el cordón con su identificación de una manera que sugiere que también trabaja para los servicios de inteligencia. Grace intenta adoptar una expresión neutral. Una profesora ayudante ridículamente sobrecualificada —una mujer de unos cincuenta años graduada por Cambridge— al parecer está dando su clase de francés.

—Me temo que hemos tenido quejas de algunos padres, madame Adams. —Karen Marsden dice esto con la vista fija en un punto situado justo a la izquierda de la cabeza de Grace.

—¿Perdón?

Grace cambia el cruce de sus brazos. Es consciente de que la falda se le transparenta allí donde la lluvia la ha mojado. Su temperatura corporal fluctúa como loca y está segura de que la mujer que tiene delante lo sabe. Hace un momento estaba muerta de frío, ahora tiene la impresión de que se le va a derretir la cara. Nota sudor sobre el labio superior, en la barbilla; de un momento a otro caerán gotas en la moqueta verde industrial.

—El problema es el llanto —añade la jefa de estudios. No parece capaz de mirar a Grace a los ojos.

—Ah.

Grace traga saliva y piensa en el artículo de revista guardado en la cómoda de su habitación. La fotografía de agencia de tres mujeres con pantalones de nailon de persona mayor y jerséis de cachemira que parecen más cercanas a la edad de su madre que a la suya; vamos, que si no han reservado ya su próximo crucero todo incluido, entonces es que están a punto. En la imagen, una de las mujeres sonríe con lágrimas en los ojos mientras las otras dos la consuelan. «Sentimientos de tristeza/desolación». Grace evoca las palabras impresas. «Llanto incontrolable». Tiene la falda empapada pegada a la parte posterior de los muslos. La piel de esa zona le empieza a picar.

—Escuche, se lo voy a explicar —dice.

Por un momento recuerda a la niñita, a Maisie. Su carita seria, las piernas balanceándose bajo el pupitre la semana anterior. Los niños están enseñando dibujos que han hecho de sus alimentos preferidos: *le gâteau*, *l'hamburger*, *les frites*… y Grace nombra los establecimientos donde comprar cada cosa para que los niños los repitan en voz alta. *La boulangerie, la boucherie, le supermarché.* Los niños empiezan a hablar de Tesco y Waitrose y Aldi y Co-op, de lo mucho que odian ir a hacer la compra con sus padres. Entonces Maisie, que tiene una voz clara y fuerte para ser tan pequeña, fija sus ojos verdes en Grace y dice: «Como casi siempre es tarde por la noche y dice mi madre que las tiendas están cerradas, vamos al banco de alimentos». Lo dice de corrido, como si fuera un simple dato. Es su contribución a la conversación de la clase. Y los otros niños asienten con la cabeza como diciendo: ah, vale, tu familia compra ahí. Entonces alguien dice que KFC es lo «más» y se reanuda el debate.

Pero dentro de Grace crece algo que no puede detener. Una sensación que es a la vez pesada y líquida. Lo injusto de la situación de pronto le resulta insoportable. «Señorita —está diciendo uno de los niños, Grace no sabe cuál—. Señorita, ¿está bien?». Y Grace cae en la cuenta de que está delante de una clase de treinta niños con el dibujo de una carnicería en la mano y llorando. Está llorando y no puede parar. Es como si un mecanismo en su cerebro se hubiera activado sin que pueda hacer nada al respecto. Está completamente descontrolada. Es una inundación bíblica. Un tsunami. Ni siquiera es capaz de balbucear una disculpa, de decir a los niños que está bien, que le den un minuto, porque las palabras se ahogan en su garganta. Algunos de los niños han formado un corro a su alrededor y le tocan los brazos, la espalda, con caritas de preocupación, y alguien ha debido de ir a buscar al tutor porque de pronto está ahí, acechando delante del mural sobre los vikingos con expresión horrorizada.

—... y luego está su falta de puntualidad. —Karen Marsden junta las yemas de los dedos de ambas manos delante del pecho. Tiene el esmalte color coral desconchado por los bordes.

Grace entiende que ya no puede confiar en sus emociones. En sí misma. Es imposible saber dónde termina la perimenopausia y dónde empieza ella, y se pregunta quién sería ahora mismo sin todos esos enemigos químicos haciendo estragos en su cuerpo, secuestrando sus pensamientos, cómo estaría si su yo no la hubiera abandonado. Decide que estaría viviendo su vida perfectamente, navegando serena por su existencia. O, al menos, saliendo adelante.

Levanta la vista y trata de decir algo, pero la jefa de estudios no parece interesada en escuchar sus explicaciones.

—… pero sobre todo y para ser sincera, el verdadero problema son los recortes en el presupuesto…

Está sacando la basura cuando ve llegar a Lotte. Se le tensan todos los músculos del cuerpo. Algo en su expresión debe de alertar a su hija, porque se detiene incómoda delante de la cancela, como si quisiera poner un parapeto entre las dos. Grace enseguida ve el chupetón que tiene en el cuello. Está mal disimulado con maquillaje del color de medias «Bronceado americano».

—Te he visto. —Habla en voz baja para que no la oigan los vecinos—. Esta mañana, cerca del parque infantil.

Lotte cierra los ojos y echa la cabeza hacia atrás.

—¿En qué andas, Lotte? —En una mano Grace tiene el cubo de basura como si necesitara sujetarse, en la otra, la bolsa llena a punto de romperse—. ¿Quién era ese? ¿Tiene esto que ver con lo de TikTok?

Lotte no contesta.

Grace suelta la bolsa en el camino de entrada y va hacia su hija. Hay un zumbido en su cabeza, como un enjambre de abejas.

—Eres muy joven, cariño. Crees que no, pero lo eres. No tienes ni idea de… Solo quiero saber quién es. ¿Lo has conocido online? ¿Es mayor que tú?

—Ay, Dios mío, pero ¿tú te oyes?

Lotte sonríe con expresión incrédula, como si todo fuera una broma privada que Grace no entiende porque es demasiado mayor, demasiado tonta, demasiado paranoica, demasiado intolerante.

La mirada de Grace se posa en la falda de su hija. La lleva enrollada en la cintura, tanto que está casi segura de estar viéndole las bragas por delante.

—Muy bonito. —Lotte menea despacio la cabeza mientras sigue la mirada de Grace a su falda y subiendo—. Así que lo siguiente es mirarme como si fuera una puta.

—¿Cómo? Para nada.

Grace apoya una mano en la cancela y Lotte da un paso atrás.

—Sí, claro. Ahora arréglalo. ¿Sabes qué? Que me da igual, lol. Soy una adolescente, se supone que tengo que hacer estas cosas. No sé por qué no lo entiendes. A ver, ¿por qué tuviste hijos si no...?

—Hoy me han despedido por tu culpa —dice Grace despacio, con voz queda.

Lotte frunce el ceño. En su cara hay una sombra de duda. Por una fracción de segundo parece que vuelve a tener ocho años.

Hay un instante que se eterniza. Grace oye su propia sangre bombear en sus oídos. Entonces Lotte da media vuelta y se aleja calle abajo.

—Espera —la llama Grace—. ¡Lotte! —¿Por qué ha dicho eso? Ni siquiera había sido consciente de pensarlo. Por supuesto que no es culpa de su hija que la hayan despedido—. No hablaba en serio —grita.

Y cuando oye el eco de sus propias palabras, se tapa la cara con las manos. Las tiene grasientas y apestando a basura y casi le da una arcada. Todo lo que no puede decir le oprime la garganta. «¿Es que no lo entiendes? Estoy muerta de miedo».

2012

Grace intenta no pensar en el hecho de que ha dejado a Lotte en Londres sin despedirse de ella. Intenta no pensar demasiado en que Cate no la espera. Ha hecho todo el trayecto en el Uber que la ha recogido en el aeropuerto de Los Ángeles con ligeras náuseas y ahora, cuando se baja del coche y ve la casa cuadrada de cemento detrás de la verja de seguridad, se da cuenta de que no tiene un plan B, de que no sabe qué hará si su hermana no está. El consabido olor a polvo y a eucalipto azul se le mete en la garganta mientras llama al telefonillo y espera. Sabe que su cara estará apareciendo en la pequeña pantalla que hay en la pared al pie de las escaleras.

El telefonillo suena y suena y le está empezando a entrar el pánico cuando oye el chasquido de ruido estático y a continuación la voz de su hermana.

—¡Grace! ¡Pero bueno! Espera, salgo ahora mismo.

La verja automática se abre despacio y, cuando Grace la cruza y echa a andar por el sendero flanqueado por una hierba alta y reseca, aparece su hermana en la puerta. Lleva una toalla enrollada alrededor de la cabeza y aspecto de recién salida de la ducha, con pantalón corto y una camiseta puestos a toda prisa. Durante un instante sus miradas se encuentran y entonces Cate echa a correr. Hay algo de sobrehumano en su forma de moverse porque está en el ancho umbral y al momento siguiente ha recorrido el camino y está abrazada a Grace.

—Estás agotada, te lo veo en la cara —le dice con la boca en el pelo de Grace.

Acto seguido le coge los antebrazos y le estudia la cara.

Entonces Grace ve lágrimas en los ojos de su hermana. Las ve y se sorprende, aunque es una percepción que tiene más de intelectual que de emoción. Porque Cate no llora. Jamás lo hace. Y sin embargo ahora tiene la mirada vidriosa de alguien que se esfuerza por contenerse.

—No voy a obligarte a contarme nada que no quieras —dice Cate.

Entonces parpadea y Grace ve una lágrima solitaria brotar y deslizarse por la mejilla de su hermana. No hace además de enjugársela —aunque Cate tiene que haberla notado caer—, hace como si no hubiera existido.

—Y puedes quedarte todo el tiempo que necesites, ¿vale? Te quiero.

Estas dos últimas palabras las pronuncia como si se sacudiera el polvo de las manos, como diciendo «Vamos a ello». A continuación coge la maleta de Cate y la hace rodar con determinación hacia la casa.

Mientras la sigue, Grace tiene la sensación de que le van a fallar las piernas. Solo quiere dormir.

Grace está delante de la bobina de Tesla en el Griffith Observatory y no tiene ni idea de cómo ha llegado hasta allí. Relámpagos de afilada luz blanca zigzaguean dentro de la gran caja de cristal con una violencia equiparable a la del interior de su cabeza. Cada nueva descarga luminosa le hace daño en los ojos y aguanta, aguanta y aguanta hasta que no puede más.

Sabe que han visto las letras de Hollywood de camino allí y el recuerdo la descoloca, porque se siente como si estuviera viendo una película, o quizá está dentro de una película y esa es precisamente la demostración, en esas nueve icónicas letras que, vistas de cerca, más parecen un endeble recortable. Para que así sepa que se trata de una ilusión.

Entonces sale corriendo del edificio, atraviesa los pulcros jardines que parecen construidos en la cima del mundo y no se detiene hasta que llega a un borde desde el que se ve todo Los Ángeles. Es vagamente consciente de que Sara va detrás de ella y le pone una mano en la espalda, pero no se gira. A sus pies ve colinas marrones rematadas de verde, la silueta de los edificios del centro, construcciones bajas, palmeras, la joroba de una montaña lejana. Podría aplastarlo todo de un pellizco. Y se queda ahí, al borde.

Cate se ha cogido una excedencia. Ha llevado a Grace a Santa Mónica y están sentadas en una duna mirando el agua. El mar es grande, gris e impetuoso. Es un elemento muy distinto del mar de Brighton con el que crecieron. Nada que ver con aquel paseo de postal que parecía estático, con los bordes delimitados, como atrapado dentro de un marco. A su lado, Cate lee el libro de Stieg Larsson que Grace ha visto por la casa, abierto y boca abajo, y que ha cogido varias veces. Pero Grace ya no es capaz de leer. Lo ha intentado, pero las palabras saltan en la página. Tiene arena en los zapatos, pero no piensa quitárselos; necesita saber que en cualquier momento puede levantarse e irse de allí.

Al cabo de un rato, mirar el mar la abruma: es demasiado indefinido, demasiado infinito. Grace se presiona los ojos con la base de las manos. Ve hogueras. Llamas que arden y chisporrotean. El sentido común le dice que son los dibujos de sus iris debajo de los párpados, pero no puede evitar verlas como manifestación de su desesperación, de su furia por lo sucedido.

El baño de invitados es todo de azulejo. Cada superficie está cubierta de pequeños cuadrados naranja que emiten destellos. Grace tiene valor para mirarse en el espejo. Aparta la vista cuando se lava los dientes. Eso cuando se los lava. Y tampoco puede llorar. Hay algo enorme y maligno alojado dentro de ella que la oprime desde la boca del estómago, pugnando por salir. Algo que quiere estallar, pero no lo hace. Su sobrino la evita; si Grace entra en la cocina, el salón, el cuarto de estar, él sale. Al principio Grace no se fijó, pero ahora lo ve y no lo culpa. Si pudiera, ella también abandonaría cualquier habitación en la que estuviera.

Está sola en la casa por primera vez desde que llegó. Fuera, junto a la piscina, en el jardín grande y seco. A lo lejos están las colinas rojizas, un lagarto corretea por la hierba. Grace tiene las rodillas pegadas al pecho y escucha el hipnótico ritmo de succión y expulsión de la depuradora. Aunque tiene calor, no piensa meter los pies en el agua que tiene ahí mismo. Pero sí se lo imagina, la sacudida fría y azul. Un dolor de huesos que resultaría un alivio.

Pasa un avión y en su estela, escritas en letras que parecen anillos de humo de cigarro contra el cielo azul cerúleo, están las palabras «Te quiero». Grace se aprieta los antebrazos con las almohadillas de los dedos; tiene la impresión de ir a vomitar. Se pregunta de quién será el mensaje, a quién irá destinado. Se pregunta, una vez ha pasado el avión y las letras se han disipado, si no se lo habrá imaginado. Se tumba de espaldas en la hierba rala y mira el sol. Y aunque sabe que es peligroso, se entrega a sus recuerdos.

Ben y ella están flotando al borde de la piscina. Se han quitado la ropa porque ya es de noche y todos los demás se han ido a la cama. Su vestido amarillo está hecho una bola y las luces de la piscina resplandecen en tonos esmeralda y violeta y magenta y turquesa, colores cambiantes. Cate y Sara no han dejado de preparar negronis en toda la noche, de manera que Ben está un poco borracho. Se le nota especialmente porque, aunque él no lo sabe, Grace está sobria. Tiene la mano en el vientre, tapando el casi bulto que tiene allí, y se pregunta si Ben no lo habrá adivinado ya. No se lo ha contado aún porque es demasiado pronto y no está segura de qué dirá. Ben está hablando de *Blue Valentine*, la película que han ido a ver antes en el Chinese Theatre, pero Grace no escucha. Las palabras que no ha dicho chocan entre sí en su lengua y acaba de abrir la boca para revelar el secreto cuando aparece Lotte asomada a una rendija entre las puertas de cristal. Tiene cogido a León Blanco por una pata y los ojos achinados por el cansancio. «No puedo dormir, mami», dice, por el ruido del aire acondicionado, el desfase horario, una cama que no es la suya y ahora también por el calor. Y, aunque es posible que sea la una de la madrugada, le dicen que se meta en la piscina con ellos: así se refrescará y conseguirán cansarla.

Se turnan para nadar con ella a espalda y Lotte no tarda en sacar el gran delfín hinchable del cobertizo de la piscina y se ponen a intentar, sin éxito, subirse a él. Los tres ríen, gritan y se mandan callar, y cuando Grace sube a coger aire después de tirarse y bucear, tiene un momento de lucidez. Hay una plenitud en ella, como si la hubieran llenado de luz del sol, y no puede dejar de sonreír.

Desde el otro lado de la piscina, Ben la mira. Tiene a Lotte subida en los hombros y el pelo pegado a la cara. «Te quiero», le dice solo moviendo los labios. Y, por una fracción de segundo, Grace sabe que este es el momento más feliz de su vida.

Ahora

Grace ha decidido coger el metro. Había contemplado hacerlo horas antes, casi al principio de su viaje, cuando supo que estaba a unos veinte minutos de la estación de Archway. Pero —y ahora le da risa— en ese momento le pareció un rodeo imposible. Compulsiva, obsesiva, absurdamente, no había querido desviarse del camino que estaba siguiendo. Esta vez el letrero rojo y azul está ahí mismo, un faro, un bálsamo para su dolorido cuerpo que muy bien podría llevar el nombre «Grace Adams» en lugar del de la estación del metro. Está el chasquido y el chirrido del tren en los raíles, el olor a porquería negra y subterránea y todo eso la reconforta. Como si por fin, sí, por fin, hubiera hecho algo bien, porque esto le ahorrará tiempo. Llegará a Swiss Cottage en menos de un minuto, y desde allí solo tendrá que doblar la esquina, es casi como si hubiera llegado ya. El único problema es que hay un hombre de pie y demasiado pegado a ella; el vagón va medio vacío, así que no hay razón para que se acerque tanto. Grace pone cara de determinación y se agarra fuerte a la barra de metal cerca de las puertas mientras trata de hacer como si no viera al hombre. Faltan segundos para su parada.

Cuando nota que algo le roza uno de los lados del pecho, se gira con un respingo. Pero el hombre está mirando para otra parte y es como si ni siquiera hubiera visto a Grace. Es mayor que ella y lleva el pelo castaño sucio con raya al lado, traje holgado, zapatos negros de punta. Grace da un paso y se aleja de él todo lo que puede sin soltar la barra, se reposiciona hasta darle por completo la espalda. Nota el pulso en el cuello y contiene la respiración en espera de que el tren se detenga en la estación porque ya tienen que estar llegando, cuando, de pronto, el hombre se le pega por detrás. Grace nota la forma violenta de su erección contra el coxis y tiene la sensación de que va a echar el estómago por la boca. Por un momento logra atisbar la cara del hombre superpuesta a la suya, reflejada en el oscuro cristal de la puerta, con las facciones atravesadas por furiosa concentración.

A continuación se oye el chirrido de los frenos eléctricos, o quizá es Grace, no está segura, pero el caso es que se está girando. Tiene al hombre tan cerca que puede oler algo desagradable —mohoso—, como ajo o semen en su aliento o en los poros de su piel. Este hombre es todos los hombres que le han dicho cosas por la calle, le han enseñado sus genitales, amenazado con violarla, la han atacado, aterrorizado, humillado a los doce, a los veintidós y a los cuarenta y dos años y, cuando quiere darse cuenta, le ha pegado un cabezazo en la cara. Oye un fuerte golpe y su cabeza parece rebotar. El dolor le dibuja una línea entre los ojos. El hombre se lleva la mano a la nariz, por entre los dedos le baja sangre rojo oscuro, sangre en cantidad, tanta que gotea en el sucio suelo del vagón de metro. Grace repara en que los viajeros se revuelven en sus asientos. Un par de ellos se han incorporado a medias.

«¿Está usted bien?», oye preguntar a alguien, pero Grace no está segura si la pregunta va dirigida a ella o al hombre con aliento a sex-shop, que a estas alturas ya se ha separado de ella.

—Puta zorra —repite una y otra vez aún con la mano en la cara—. Puta zorra...

Al final del vagón, otro hombre se ha levantado. Un hombre mayor. Señala a Grace con el dedo.

—Estás mal de la cabeza, guapa —grita furioso.

Entonces el vagón entra en la estación y las puertas se abren. Con un pie en el andén, Grace mira al hombre mayor y a continuación al resto de pasajeros que la observan de reojo. Tiene la garganta seca y los pulmones a punto de salírsele del pecho. Dice con voz entrecortada:

—O sea, que el problema aquí soy yo.

Dos meses antes

Northmere Park presenta: el Conciertazo

¡El espectáculo anual que todos estábamos esperando!

Habrá: Grupos de música, Bar, Comida, Puestos, Rifa.

¿Se puede pedir más?

¡TODOS sois bienvenidos!

*Por favor, venid y apoyad al colegio. Eventos como estos, organizados por la Asociación de Madres y Padres, ayudan a mitigar los efectos de los recortes en educación.

Lotte entra hecha una furia en el salón y va directa al espejo que hay encima de la chimenea. Lleva puesto el abrigo y todo en ella desprende tragedia inminente; acompaña cada gesto con un suspiro agresivo porque llega tarde y necesita comunicar la injusticia que esto supone, a pesar de que la culpa es solo suya y de que siempre llega tarde —es algo patológico—, así que no debería sorprenderla. En el sofá, Grace deja su portátil a un lado y, aunque sabe que sería mejor no decir nada en absoluto, las palabras le salen solas.

—Seguro que Leyla te espera. No te agobies.

—No me agobio —murmura Lotte entre dientes. Está toqueteándose la cara, intentando difuminarse el maquillaje de la mandíbula. Abre mucho los ojos, igual que un búho—. Necesito más base.

—¿Cómo? —salta Grace, porque su hija está guapísima. Si es que su belleza es algo casi hasta ridículo, imposible. ¿Cómo puede no verlo?—. Lotte, estás perfecta. En serio, ¡no te pongas más cosas en la cara!

Pero Lotte ya ha salido de la habitación y sus pisadas resuenan en las escaleras.

Cuando, varios minutos después, por fin baja, Grace espera en la puerta de la calle blandiendo un billete de diez libras. Lotte coge el dinero, le da las gracias y, cuando se pone las zapatillas, Grace ve que tiene el vello de la cara cubierto por una gruesa capa de maquillaje. Los pelos contrastan con la piel, que es dos tonos más oscura que el cuello.

—Ahora te has puesto demasiado —se oye decir. Y no sabe qué es lo que le pasa, porque había pensado y suprimido el comentario de manera consciente, pero aun así lo ha dicho. Y ahora se acabó, porque no puede desdecirse. Sabe que Lotte está nerviosa por la velada que tiene delante, nerviosa por la actuación (su primera como solista y en directo) y Grace lo ha empeorado todo.

Lotte levanta la cabeza y pestañea, con incredulidad sardónica.

—¿Por qué me dices eso?

Coge su bolso, abre la puerta. No se despide y, mientras recorre el camino hasta la verja, ya ha sacado el teléfono.

La luz está atenuada, con contornos de ámbar, y sobre los puestos cuelgan guirnaldas de bombillas blancas. Huele a cebolla frita y a chicle. Grace se ha ido del grupo de los padres porque ha llegado Ben y es incómodo —nota las miradas evaluándolos— y también porque está nerviosa por la actuación de Lotte y prefiere verla sola.

Se ha bebido una sola cerveza y está empezando la segunda, pero ya comienza a notar dolor en la base del cráneo, esa ligera náusea que le avisa de que, si se la bebe, más tarde, o al día siguiente, tendrá migraña. Últimamente una velada con ella sale de lo más barata. Barata y aburrida. Se le ha pasado por la cabeza la posibilidad de que esté Nate, en la mesa de mezclas o enchufando guitarras a amplificadores, comprobando los niveles, organizando a los alumnos. Lo pensó mientras se aplicaba color a los labios antes, en el cuarto de baño. Cambió el tono natural por uno rojo oscuro. Después, cuando se pasó un pañuelo de papel, vio cómo el pigmento brillante se fundía con las arrugas sobre su labio superior e inmediatamente se sintió marchita.

Sobre el escenario al aire libre hay dos chicas tocando el ukelele y cantando algo que le resulta vagamente familiar, y son buenas, tienen voces bonitas. Hay un montón de alumnos mirando y por entre los huecos Grace ve a Lotte en un lateral del escenario, hablando con el profesor de música, el señor Algo, no se acuerda del nombre. Se le hace extraño verla así. De lejos. En cierto sentido parece distinta, mayor, como si existiera de forma autónoma y no tuviera nada que ver con Grace. Es exactamente la misma sensación de cuando la vio en la bocacalle cerca del parque infantil. Su pelo rosa, la mochila naranja, su cuerpo pegado al de... ¿quién? La misma demora a la hora de reconocerla que después la asustó, le hizo cuestionarse su instinto maternal, cuestionarse su ser mismo. ¿Vendrá ese chico a verla actuar esta noche? Mira a su alrededor, aprieta los dientes sin pensar. Aquí hay cientos de personas: ¿cómo lo va a encontrar?

Se oyen vítores y Grace vuelve la cabeza, agarra más fuerte la botella de cerveza porque quien está subiendo al escenario es Lotte. Lleva un micrófono en la mano y mira al público, sonríe de oreja a oreja. Viste un pantalón de chándal holgado y un top blanco que le cubre desde las clavículas hasta debajo de las costillas. En las orejas, unos aros gigantescos casi le arañan los hombros.

Empieza a sonar un ritmo y Lotte levanta los dedos y va contando: uno dos tres cuatro… Los alumnos han corrido a situarse en el espacio frente al escenario y silban y agitan los brazos. Entonces Lotte empieza a bailar. Movimientos tensos y complejos que hacen que su cuerpo parezca todo músculos y nervios en perfecto control. Y Grace lo reconoce. Es el baile que al parecer ha hecho famosa a su hija en TikTok. Ese al que Natasha le enseñó cómo acceder y que vieron las dos en su teléfono en un rincón de la cafetería antes de leer los miles de comentarios. Lotte mueve los labios siguiendo la letra mientras dirige al público y todos los espectadores se han levantado y puesto a bailar, cuerpos en sincronía con el de su hija, miradas al frente, como miembros de una secta. Mientras se desplaza por el escenario, las extremidades de Lotte tallan esculturas invisibles. Hay algo irresistible, natural en su ritmo, como si los elementos —el aire en su piel, la tierra a sus pies— tuvieran alterada su estructura. Lotte tiene el pelo rosa sobre los hombros, en la cara. Es incandescente y Grace no puede apartar los ojos de ella.

—¡Sí, Lotte! —grita y la voz le sale ahogada porque está tan ridículamente orgullosa que tiene un nudo en el estómago. Pero hay algo más. Está recordando algo que había olvidado. Lo nota en el cuerpo y su fuerza la sorprende. Ese subidón de adrenalina embriagador y liberador que provocan la música, el baile, la intensidad, la promesa. Es como si lo oliera, como si notara su sabor, y ¿cómo no lo ha echado de menos hasta ahora? Ha vivido momentos así, en bares, discotecas y festivales, en fiestas, los vivió hace mucho tiempo y no volverá a vivirlos. Grace se abraza a sí misma. No es que esté celosa, no exactamente, porque la emociona que Lotte pueda sentirse así. Pero también hay sentimiento de duelo en ella, por algo que no era consciente de haber perdido.

Está separándose un poco del gentío cuando algo le hace volverse. Es entonces cuando lo ve. Mirándola. Está junto a una de las mesas al aire libre, quizá a unos quince metros de distancia y, por su lenguaje corporal, por su inmovilidad, Grace decide que lleva un rato sin quitarle ojo. Viste camiseta negra y pantalones chinos, no el traje de chaqueta con el que lo ha visto las otras veces. A Grace se le van los ojos a su pecho, al contorno firme de sus brazos claramente tonificados, y se sorprende porque es algo que no se esperaba, dada su delgadez. Él la está mirando, sonríe, y hay risa en la arruga de su frente, en las comisuras de su boca. Y es posible que a Grace se le haya subido la cerveza, porque cuando le devuelve la sonrisa lo nota en los ojos, en la manera de mirarlo, sabe que le está haciendo una pregunta, o planteando un desafío. Del tipo: «¿Lo hacemos?» o «Venga, sí».

—Hola —dice él moviendo los labios.

Y Grace se está echando a reír sin poder evitarlo, cuando alguien le pone una mano en el hombro.

—¡Joder! —dice y se lleva una mano al pecho.

Aparece Nisha delante de ella, le coge la cara a Grace como si fuera a besarla. Tiene ese aliento pegajoso que huele a Pimm's.

—Tu hija —le dice Nisha al oído con la música de fondo.

Y acto seguido da un paso atrás y levanta las palmas de las manos en un gesto de madre a madre, como diciendo: «Es mérito tuyo. Solo tuyo».

Se vuelven juntas a mirar el escenario. Nisha hace chocar su cadera contra la de Grace al ritmo de la música. Aunque no se atreve a mirarlo aún, Grace está pensando en él. Se lo imagina a su derecha, con los ojos fijos en ella, y siente un calambre en el estómago.

Cuando por fin gira la cabeza es con la certidumbre de alguien que sabe que está siendo observada. Pero donde estaba él antes hay ahora un grupo de alumnos pequeños con chupachups en la boca y enseñándose unos a otros las lenguas coloreadas. Algo que podría ser pánico crece dentro de Grace y pasea la vista por el recinto, examina los puestos, el bar, el lateral del escenario, la mesa de sonido. Pero es demasiado tarde. Él ya no está.

Empieza a oscurecer y Grace quiere irse. Se ha disculpado y está buscando a Lotte para decirle que se marcha a casa. Ben se fue al poco de terminar la actuación, de eso hace ya rato, así que no puede preguntarle dónde está la hija de ambos. Ha recorrido dos veces el recinto al aire libre, incluido el campo de fútbol, las pistas de tenis, el edificio de teatro. También la ha llamado, enviado mensajes y ahora está a la entrada del colegio con el guardia de seguridad mirándola y ha decidido irse. Aunque se niega a reconocerlo, el pensamiento está ahí, royendo algún rincón de su interior: también ha estado buscando a Nate. Lo sabe y una parte de ella se avergüenza, pero el hecho de que se haya esfumado también le produce decepción.

«Me voy a casa». Grace teclea las palabras en su teléfono. «Escríbeme. Necesito saber si quieres que te recoja. O dime con quién vuelves, a las diez como tarde». Empieza a sentir la punzada de pánico de cuando Lotte no contesta a sus llamadas. La preocupación que la atenaza siempre que su hija anda por ahí después de oscurecido o de las ocho y media. Tiene el pulgar levantado para dar al botón de Enviar cuando se detiene, añade un corazón amarillo y un «Has estado increíble, por cierto». Porque aunque la irrita que Lotte no le coja el teléfono —y la situación no puede ser más irónica, teniendo en cuenta que su hija vive con el móvil soldado a la mano y a pesar de ello siempre le hace lo mismo, nunca contesta— no ha olvidado la felicidad de antes, el orgullo abrumador.

A mitad de la calle en la que ha aparcado, decide cambiar de acera porque de la que sale el callejón, boscoso y oscuro, la pone nerviosa. Tiene cuarenta y cinco años y aún le preocupa que alguien la pueda arrastrar a él. Tiene un pie en la calzada cuando lo oye. Un sonido que parece un jadeo o un grito, algo ahogado, contenido. Se le pasa por la cabeza ir a buscar al vigilante de seguridad del colegio, pero entonces el sonido se repite y sabe que tardaría demasiado en ir y volver. Acaba de llegar al callejón, cuando lo oye por tercera vez y entonces escudriña la oscuridad de la bocacalle como quien mira el cañón de un arma. Será un zorro, piensa mientras espera a que se le acostumbren los ojos a la oscuridad. Entonces, por el rabillo del ojo percibe un movimiento repentino, un breve destello de luz o de color. Y aunque tiene la sensación de que todo ocurre a cámara lenta, en realidad solo pasan unos segundos.

Al final del callejón están una maraña de pelo rosa y la espalda desnuda de Lotte, alargada y blanca a la luz de la luna. Y Grace está a punto de gritar cuando comprende que su hija no está en peligro. Es entonces cuando ve algo más. Alguien más, detrás de su hija. Alguien tiene la boca abierta, como si estuviera comiendo algo exquisito, y la camiseta negra enrollada alrededor de su musculoso torso. Y los pensamientos de Grace van a mil por hora porque lo que está viendo está muy mal, pero es incapaz de hacer las conexiones neuronales necesarias, no consigue unir la línea de puntos de lo que tiene delante.

Están uno frente al otro —él y Grace— y sus miradas se encuentran por encima de la cabeza de Lotte. Por espacio de un segundo, Grace piensa en lo pálidos que son esos ojos, en que casi parecen transparentes. Piensa que, tal vez, si los mira durante el tiempo suficiente, podrá atravesarlos y leerle los pensamientos. Son los mismos ojos claros que la veían aplaudir a su hija menos de dos horas antes.

2012

Grace está en el umbral de su propia casa y lo reconoce perfectamente y al mismo tiempo no. Está la maceta de terracota agrietada a la izquierda de la puerta, recubierta de aquilegia silvestre. Las ardillas de escayola encaramadas a dos columnas planas y recubiertas de una capa desconchada de pintura grisácea. Aún es temprano y las persianas del mirador del salón están echadas. Se fija en la mancha que tiene la forma de Italia en el borde de la persiana central. La que se ha jurado mil veces limpiar con Vanish. Deja caer la cabeza hacia atrás, cierra los ojos a la luz de la mañana.

Es como si varios meses, no, varios años de su vida se hubieran esfumado. No sabe cuántos exactamente. Está el runrún constante del miedo; la sensación de haber perdido algo importante mientras iba de camino a algún sitio y de no ser capaz de encontrarlo. Como sus llaves: no las encuentra. No tiene las llaves de su propia casa y se pregunta si no es demasiado temprano para llamar al timbre. No quiere despertar a Lotte en caso de que siga durmiendo. No es justo para su hija, y nada le impide esperar allí un rato más, a pesar de que se siente sucia por el viaje, exhausta y destemplada. Sin embargo llama, aprieta el botoncito de plástico como si no tuviera el control de sus actos. En la casa se activa el timbre, una pequeña descarga eléctrica.

Cuando ve la silueta de él por el cristal, se le para el corazón. Cierra fuerte los puños. Le cuesta respirar. Ben abre la puerta y se miran sin decir nada. Lleva una camiseta arrugada y pantalones cortos brillantes de correr y luego está su cara de sueño. A Grace se le cae el alma a los pies. Ahora que está allí —ahora que él está allí— parte de ella quiere dar media vuelta y huir de nuevo. No sabe si será capaz de entrar. No ve la forma.

—Grace.

La voz de Ben es pedregosa y carraspea para aclararla. La arruga entre sus ojos denota sorpresa y algo más que Grace no sabe interpretar.

Grace nota la garganta espesa. Lleva dieciocho horas sin casi hablar con otro ser humano excepto para agradecer la comida al auxiliar de vuelo o dar su dirección al taxista en Heathrow. Y se dispone a abrir la boca para hablar cuando ve, por la puerta entreabierta, a Lotte, en lo alto de las escaleras. Lleva el pijama verde menta que le queda un pelín corto y el pelo enredado, como si no se lo hubiera cepillado desde hace semanas. Tiene una mancha rosa en la mejilla, por el contacto con la almohada. Grace la imagina de inmediato con ojos de sueño y acurrucada bajo su edredón a la hora de acostarse. Ella está en la puerta del dormitorio, con una mano en el interruptor de la luz y mandando besos al espacio recién oscurecido. «Coge mis besos», le dice a su hija, que ríe y saca una mano de debajo de las mantas para asir un puñado de aire.

El cuerpo de Grace le tiende una emboscada. Lo que más desea en el mundo es correr hacia Lotte, pero hay una fuerza que le paraliza los brazos y las piernas y le impide moverse. Su lengua es como un pez atrapado dentro de su boca. Y se esfuerza por decir alguna cosa, por llamar a su niñita, porque no puede hacerle esto, no ahora, no es justo para ella. Aunque es como si estuviera atrapada en ese sueño en el que intenta escapar del peligro pero las piernas no la obedecen.

—¡Mami, has vuelto!

Lotte levanta sus delgados bracitos y echa a correr escaleras abajo, como si acabara de ganar el premio gordo en una tómbola. Ese enorme oso de peluche que nadie gana nunca y que además —y esto los niños no lo saben— es barato, altamente inflamable y a los pocos días se le revientan las costuras.

Grace empieza a temblar. El temblor le sale de un lugar muy dentro de ella, de la sangre o el corazón. Cuando quiere darse cuenta, ha cruzado el umbral y está abrazando a su hijita, que nota tan menuda, tan frágil, que es como si debajo de la piel estuviera hecha de conchas marinas. Está su olor, a champú y a galletas, y Grace lo aspira como si fuera a insuflarle vida. Tiene la cara pegada a la coronilla de Lotte y la nota caliente e irritada por el llanto.

—Te quiero, bichito —murmura y la voz le sale congestionada y habla arrastrando las sílabas, como si estuviera borracha.

Tarda mucho rato en soltarla pero, justo antes de hacerlo, nota que Lotte empieza a rebullirse en sus brazos. Su hija tiene el pelo húmedo y pegado por el contacto con su cara y Grace intenta secárselo con la mano. Sabe que sigue llorando, que las lágrimas siguen cayendo sin que pueda controlarlas.

—Lo siento, mami —dice Lotte como si el llanto de Grace fuera culpa suya.

Y aunque Grace ve que intenta sonreír, tiene los ojos un poco demasiado abiertos, demasiado brillantes. Por eso sabe que su hija no está bien. «Los niños son resilientes», oye decir a alguien, ¿su madre? Pero, por mucho que le gustaría decirse a sí misma esto, si es sincera sabe que, aunque intente disimularlo, Lotte está soportando un peso que no le corresponde.

—Ay, por favor, no. —Grace menea la cabeza con firmeza, coge a su hija por los delgados hombros—. Tú no has hecho nada malo, ¿vale? Nada en absoluto. ¿Lo entiendes? —Se seca las lágrimas de los ojos en un gesto brusco—. Lo que pasa es que mami está muy cansada y portándose como una tonta. ¿Vale? ¿Vale?

Con las manos en los hombros de Lotte, le clava un poco los dedos y le hace cosquillas hasta que la niña echa a reír y se revuelve hasta escabullirse.

Ben la mira desde las sombras del pasillo. Tiene las manos en el pelo y parece mayor, Grace se da cuenta ahora. Hay destellos de gris en sus sienes, arrugas profundas entre su nariz y su boca. Es como si hubiera envejecido cinco años desde que Grace se marchó. Por primera vez, esta se pregunta cómo se las habrá arreglado durante su ausencia. Los malabarismos que habrá hecho para compatibilizar las clases, llevar a Lotte al colegio y recogerla, las extraescolares. Se pregunta si habrá tenido ayuda. Han sido seis semanas, más o menos, las que ha estado fuera. Lo sabe porque se lo ha dicho Cate. «Es hora de volver a casa», le dijo su hermana serena, amablemente, un día que estaban sentadas bajo los árboles del Trails Café en Griffith Park bebiendo café helado con pajitas de bambú.

—Ven a ver mi cuarto, mami. —Lotte ha empezado a tirarle de la mano, a bailar en el sitio—. Tengo cortinas nuevas porque las viejas se cayeron. Son de John Lewis y tienen perezosos pequeñitos. ¡Ven!

Grace echa el cierre a sus pensamientos y deja que Lotte la lleve escaleras arriba. Su hija ya parlotea como si Grace nunca se hubiera ido.

Está en el rellano de las escaleras, frente a la puerta del dormitorio, cuando lo oye entrar. El tintineo de sus llaves en el platito de porcelana, a continuación la exhalación sonora, larga y cansada que se oye en toda la casa. Sabe que deben de ser las nueve y cuarto más o menos, porque es la hora a la que se vuelve de llevar a Lotte al colegio. Grace se queda donde está porque le da miedo entrar en la habitación, y, ahora que él ha vuelto, la asusta un poco moverse. De forma instintiva e inexplicable, no quiere alertarlo de su presencia. Pero entonces oye sus pasos en la escalera, ese ritmo ágil y sincopado que Grace conoce de memoria.

Ben se detiene a la altura del baño, como si no quisiera acercarse más.

—¿Así que has vuelto? —pregunta.

Su cara es una máscara. Grace asiente con la cabeza, cambia el peso del cuerpo de un pie a otro.

El silencio recorre el rellano, las paredes que pintaron juntos de color ratón cuando se mudaron. Ya no saben cómo estar juntos: algo se ha roto.

Ben suspira, es el mismo suspiro que Grace le ha oído dar en el pasillo. A continuación, cruza las manos detrás de la nuca. Sus hombros son paréntesis a ambos lados de su cara. La camiseta le queda tirante en los hombros y corta, dejando ver la línea de pelo oscuro entre su ombligo y la cinturilla de sus pantalones cortos de correr. Grace coge el picaporte a su espalda para mantener el equilibrio. Hay una palpitación, una grieta en el tejido de las cosas.

Entonces él se acerca y en su cara está esa expresión. Grace la reconoce, la nota en la boca. La sangre le late contra la sien, entre las piernas.

—Te he echado de menos —dice él y habla con voz queda. Líquida.

Grace se sobresalta cuando extiende una mano y le retira el pelo de la garganta.

—¡No me toques! —Las palabras salen de ella como un desgarrón.

Ve un asomo de confusión en la cara de Ben, antes de que se aparte.

Se siente incapaz de mirarlo. Así que fija la vista en una imagen en la pared contraria del rellano. En la fotografía que compraron en Lizard Point. Es de una colección de personas —delgadas, gordas, viejas, jóvenes— repartidas por el río color jade, bañándose bajo un amplio cuadrado de cielo color cobalto. Ahora mismo le gustaría estar ahí. Si pudiera chasquear los dedos y viajar a ese momento, lo haría.

Ben sigue estando demasiado cerca. Grace oye el aire entrar y salir de su boca. Nota cómo la mira.

—Perdona, pensé... —empieza a decir Ben—. No me... Escucha —la coge del brazo—, tenemos que hablar de ello.

Grace niega con la cabeza. «No». Casi tiene ganas de soltar una carcajada, una carcajada que sea como una bofetada, porque ¿es que no lo entiende? No puede.

—SÍ, JODER. ¡TENEMOS QUE HABLAR, GRACE!

Hay un instante, una fracción de segundo, en que Grace contempla la posibilidad de pegarle. Porque Ben nunca le ha gritado así antes. Tiene que contenerse para no taparse los oídos con las manos y así bloquear su voz. Nota cómo suben y bajan los tablones del suelo mientras Ben retrocede.

—Tenemos que hablar de ello —murmura Ben mientras se aleja por el rellano.

Grace se abraza a sí misma, coge aire, lo suelta.

—Si insistes, me iré. —Lo dice con indiferencia, para no dar lugar a dudas de su intención—. Tendré que marcharme.

Ahora

Mami, has vuelto!». La voz de su hija años atrás resuena en su cabeza con tal claridad que al llegar al paso de cebra casi gira la cabeza, como si esperara encontrarla detrás de ella. Es una señal, piensa, una señal de que su hija la necesita. Grace mira la caja con la tarta que lleva en la mano. La cartulina blanca tiene salpicaduras de sangre, parece un lienzo de Jackson Pollock. Pero es que además se está hundiendo por el centro debido a la humedad. No sabe si del agua del estanque o de su sudor. Y se le ocurre que tiene que haber una metáfora detrás de todo esto: la caja deshecha, su cuerpo que se desmorona, falto de estrógenos. Tendré que contárselo, se dice enloquecida. Cuando llegue.

En el paso de cebra se detiene un momento. Viene un coche, pero está todavía lejos y pone un pie en la calzada porque decide que el conductor tiene tiempo de sobra para verla. El coche acelera. Grace está segura, no son imaginaciones suyas, y le viene a la cabeza la idea de que, en el curso de su caminata, se ha ido desdibujando hasta ser invisible. Se le acelera el pulso y levanta una mano para pedir al conductor que pare. Pero el coche sigue acercándose. A estas alturas, Grace está demasiado lejos de la acera para dar la vuelta y todo se acelera y se ralentiza a la vez cuando el coche va hacia ella. Es rojo, del color de los autobuses londinenses. Y esto es sobre todo lo que la paraliza en mitad del cruce. No se puede mover. «Otra vez no», piensa. «Otra vez no». De pronto chirrían los frenos mientras el coche patina y se detiene, con las ruedas delanteras en las rayas del paso de cebra.

Grace se ha llevado la mano al pecho. Tiene la sensación de que el corazón se le va a salir por la boca y va a salpicar de sangre y huesos el asfalto, el parachoques del coche rojo. Y tarda un momento en darse cuenta de que el conductor se está riendo. Lo mira a través del parabrisas y es incapaz de decir palabra. El hombre tiene un rostro bronceado que parece dañado por el sol, pelo canoso y viste un traje caro. A su lado, en el asiento del pasajero, va una mujer demasiado joven para ser su mujer.

Pasado el instante, el hombre revoluciona el motor. Grace oye el agresivo estallido del tubo de escape, ve que el coche avanza, pero sigue temblando, no se puede mover. Dirige los ojos hacia la mujer y ambas se miran fijamente durante un instante, antes de que la mujer baje la mirada y la aparte. A continuación suena el zumbido eléctrico de una ventanilla al abrirse y el hombre se asoma. Ya no ríe.

—¿Te importa mover ese culo gordo? —grita en un acento que le recuerda a Grace a su suegra.

Grace siente que algo detona en su interior. Con calma, con mucha calma, se acerca al coche, posiciona el cuerpo —con su culo gordo— delante del capó. Se encaja bien la tarta debajo del brazo, aprieta la empuñadura del palo de golf.

—Venga, muévete —dice el hombre, pero en un tono menos avasallador, algo vacilante.

Grace arruga la nariz.

—Vaya, qué pena. —Le sale una voz azucarada, dulce como la violeta de Parma, pero sus ojos irradian ira igual que dos rayos láseres. Casi la asusta, la intensidad de esta furia. Tiene la impresión de que va a hacer que el coche salga volando. Señala con un gesto de la cabeza los faros delanteros del coche y chasquea la lengua—. Parece que tienes mal las luces delanteras —le dice al conductor.

—¿Cómo dices? —El hombre esboza una sonrisa despectiva, como diciendo: «¿Pero tú qué sabrás?».

Grace levanta el palo de golf como si quisiera enviar una bola muy lejos. A continuación lo deja caer con fuerza contra el faro del coche. Hay un ruido sordo, como de explosión seguido del penetrante chasquido de cristal hecho añicos.

—¡Su puta madre! —oye gritar al hombre.

—Sí, señor —dice Grace bajado el palo y apoyándose en él—. Vas a tener que llevarlo al taller. —Está de pie delante del coche como si no tuviera prisa, como si fuera un mecánico, un experto en automoción. Cuando mira al conductor, lo hace con cara neutra, inexpresiva—. Ups —dice.

El temblor empieza en cuanto echa a andar. Sus manos son pequeños seísmos, la caja con la tarta vibra en su mano. Por el rabillo del ojo, ve que la mujer del coche ha sacado su teléfono por la ventanilla. Está siguiendo a Grace, filmándola. Grace se da media vuelta, mira fijamente a la pantalla para que la mujer sepa que está hablando a la cámara. Cuando habla, le arde la voz.

—Mi hija cumple dieciséis años y necesita una puta tarta. Nada ni nadie me va a impedir llevársela. Es tan sencillo como eso.

Cuando las casas rojas se bifurcan, dobla a la izquierda y solo ha dejado atrás cinco edificios cuando le fallan las piernas, como si algo le hubiera golpeado el frágil hueso que está debajo de las rótulas. Tiene ganas de vomitar; sabe que no es capaz de dar un paso más. Encuentra el murete de un jardín y se deja caer sobre él. Hojas afiladas del seto se le clavan en la espalda mientras saca el teléfono y pincha en iCloud. Ha sabido que iba a hacer esto —en algún rincón de su caótica corteza cerebral estaba esta certeza— en cuanto se bajó del coche.

Aquí están el embarcadero y los mástiles que entrechocan, los rizos alborotados de su niña que son como una madeja de luz de sol. Esas piernas de plastilina y los zapatos color rojo cereza no mucho más grandes que sus puñitos. «¿Ez eza? —pregunta su hija mientras señala el agua—. ¿Eza? ¿Eza? —Al momento siguiente pestañea y abre mucho la boca—. ¡Mami! Una mariposa... ¡Me encanta, mami!... Y te quiero, mami».

Grace se muerde el labio cuando la cámara enfoca un primer plano del suave rostro de su hija y a continuación se aleja demasiado deprisa de él. El plano muestra marismas y serpenteantes riachuelos de marea, botes de vivos colores varados en la arena húmeda y, al fondo, una caseta blanca y negra de la que salen dos figuras. Una es alta y morena, la otra, pequeña y rubia y echan a andar hacia la cámara. La niña va delante del adulto y camina con cuidado, mirando por dónde pisa porque en cada mano lleva un helado. La cámara sigue a las figuras por el camino, cada vez más cerca del objetivo. Entonces, cuando empieza a bajar la pendiente de hierba, la niñita tropieza y el plano cae y vira un poco. «Ups, ¿estás bien, cariño?», Grace oye su propia voz, y la niñita asiente con la cabeza y sostiene los dos helados como si fueran dos valiosos trofeos, como si no pensara soltarlos por nada del mundo.

—Bea —dice Lotte con una voz tan dulce y aguda que parece de anime—: Tengo tu helado. Es de fresa, ¿vale? Ahí va, se está deshaciendo. —Se echa a reír y se lame la muñeca. El helado está inclinado en peligroso ángulo.

—Ten cuidado, cariño —se oye decir Grace.

El micrófono recoge el ruido del viento cuando la cámara se balancea y a continuación vuelve a enfocar a la niñita pequeña, a Bea.

Está en el banco con el cuerpo girado y ávidos ojos oscuros. Tiene las manos extendidas y son como estrellitas gordezuelas.

—¡Yotti! —grita cuando Lotte entra en el plano.

—Que no se te caiga, Bea —le dice Lotte a su hermana y se queda allí, como una pequeña guardaespaldas, asegurándose de que todo está bajo control.

—Bea, bichito, ¿qué se le dice a tu hermana mayor? —De nuevo la voz de Grace—. ¿Sabes decir «gracias», Bea? «Gracias, Lotte».

Ha aparecido de nuevo esa voz cantarina y, aunque no se ve, por su tono Grace sabe que está sonriendo —es feliz—, está colmada del amor que ve en la escena. Entonces la cámara se acerca y Lotte se inclina a besar la frente de su hermana. Las dos preciosas niñas, sus dos hijas, se rozan con torpeza y, cuando Lotte se separa, Bea chilla de alegría, agita mucho los pies enfundados en los zapatitos color cereza.

Sentada en el murete y bajo el calor bochornoso, Grace nota el viento de antaño en la piel, el picor del mar en el pelo, el sabor a sal y a barro en la boca. Le ruedan lágrimas por las mejillas y cae en la cuenta de que está llorando, de que del fondo de su garganta salen ruidosos sollozos que no puede contener. La insoportable urgencia le sobreviene de nuevo y apoya los dedos en la pantalla. Como si así fuera a ser capaz de meterse en el vídeo y tocar a su hija perdida. Su preciosa niñita Bea. Solo una vez más, es todo. Con eso sería suficiente, se conformaría. «Por favor...», negocia no sabe con quién. Y se da cuenta de que es probable que haya hablado en voz alta. «Solo una vez, por favor», repite. Porque daría cualquier cosa por abrazar a sus dos hijas. Por besarles la cara y llenarse el corazón de ellas, una última vez.

Dos meses antes

Grace es incapaz de sentarse. El sofá, la butaca, incluso los cojines del suelo la repelen. Cada vez que intenta tomar asiento, rebajar la tensión y aparentar calma, es como si los muebles tuvieran pinchos que la rechazaran. Algo —adrenalina, una fuerza mayor— la obliga a seguir de pie y a caminar hasta sacarse esta cosa de encima. Mientras camina, el espejo sobre la repisa de la chimenea le devuelve inevitablemente su reflejo. La cara de desánimo. Líneas de expresión que no la dejan ver más allá grabadas igual que grietas en escayola seca en la frente, entre las cejas, alrededor de la boca.

Lotte está en el rincón más oscuro de la habitación, acurrucada contra uno de los brazos del sofá verde. Ha pegado los brazos, las rodillas, los pies, la cabeza al cuerpo para hacerse lo más pequeña posible, como si así pudiera fingir ante sí misma, ante las dos, que no está allí. Y ha estado llorando. Sigue llorando, de hecho. Silenciosa, continua, desesperadamente.

La idea de las manos de él en su hija. La idea de sus manos en ella. La idea de sus manos en su hija y a continuación en ella.

Grace no se puede sacar esas imágenes de la cabeza y tiene ganas de gritar y de salirse de su propia piel.

Joder.

Fue lo que dijo él al verla. Grace no le oyó, pero sí leyó la palabra en la forma de sus labios, así que fue como si lo hubiera gritado. Hubo un momento de parálisis. De pura conmoción. Había detectado una violencia en él, con el pelo caído sobre la cara, los dedos abiertos sobre la cintura de su hija y, a pesar de ser la única de los tres completamente vestida, se había sentido desnuda. El tiempo se había ensanchado y se habían mirado, pero allí donde Grace había esperado ver pánico, había visto otra cosa: dureza, descaro. Entonces Lotte se había girado un poco y la expresión de su cara al ver a Grace había sido la misma que cuando la descubrieron a los siete años garabateando su nombre con rotulador indeleble en la pared del cuarto de baño. En cuanto a Grace, miró a su hija y fue incapaz de articular palabra.

Hay una goma de pelo azul chillón en el centro de la alfombra y Grace se agacha para recogerla, se la encaja en la muñeca en un gesto automático y nota un pellizco en la carne.

—¿Por qué no me lo contaste? —dice.

Porque tiene que decir algo, así que por qué no esto. Lotte levanta la vista, la mira con los ojos hinchadísimos como si pensara que su madre está loca. Y lo cierto es que Grace se siente así, tiene la impresión de estar perdiendo el juicio.

Hubo un correteo feo, sórdido al final del callejón, de carne y cuerpos y ropa recolocándose. Grace había retrocedido unos pasos. Con el corazón desbocado, mientras esperaba trató de convencerse a sí misma de que aquello no era lo que parecía. Cosa ridícula, había intentado reescribir las imágenes estampadas en su cerebro, porque le resultaba inconcebible que aquel hombre, precisamente aquel, estuviera... ¿qué? ¿Qué le estaba haciendo a su hija?

En cuanto entró en casa, se lavó las manos en el fregadero de la cocina. Se restregó las manos con la pastilla de jabón una y otra vez como si así fuera a estar limpia otra vez. Él no había intentado hablar con ella, solo se había escabullido mientras Grace no lo miraba. «No vamos a hablarlo aquí —le había murmurado ella a Lotte mientras se abrochaban los cinturones, ya en el coche—. Lo hablamos en casa».

Grace entrecruza sus doloridos dedos. Tiene las manos irritadas y rosa brillante de tanto frotárselas, la piel demasiado tirante.

—Es tu profesor. —La palabra le sabe mal, como si fuera un exabrupto—. Tienes quince años, Lotte. Eres una niña. Está violando la ley, ¿eso lo entiendes?

—No soy una niña.

Grace sonríe, pero solo con la boca.

—Legalmente, y lo mires por donde lo mires...

Calla, se pasa los dedos por el pelo. Está tan descolocada que no tiene ni idea de por dónde empezar. ¿Debería llamar a Ben? ¿Al colegio? ¿A la policía?

«Ha jugado conmigo. —El pensamiento le viene de pronto—. Ha jugado con las dos».

Grace evoca el encuentro en el colegio, aquella charla soporífera sobre técnicas de estudio para los exámenes de secundaria. Cómo Lotte se había levantado y salido del salón de actos del colegio y cómo, cuando Grace fue detrás de ella, él la interceptó. Recuerda la conversación que tuvieron y que había sido como un coqueteo, junto a aquel maniquí sin facciones. Qué distinta le parece ahora la escena de cómo la vio en su momento. Y luego estaba esa tensión en el aire entre los dos. Las ganas que había sentido de besarlo en la boca, de introducirle las manos por debajo de la camisa mal metida por los pantalones. Cómo había tenido que reírse a su costa.

—Tiene la obligación de velar por ti —murmura tanto para sí misma como para su hija.

De manera que era él. El desconocido, el depredador, el abusador que tanto había temido. Las mentiras, la confianza rota, todo era culpa de él. Él era el hombre con el que había visto a Lotte cerca del parque infantil. La razón por la que su hija ha estado faltando a clase, saliendo, encerrándose en sí misma. La persona con la que Nisha la vio en plena noche. El que escribía esos mensajes obscenos en la página de Instagram de Lotte, enmascarando su identidad solo para divertirse suciamente. Grace tiene en la cabeza pensamientos que no quiere pensar. ¿Desde cuándo ocurre esto? ¿Semanas? ¿Meses? ¿Un año? ¿Más todavía? ¿Habrá estado su hija en la casa de él? ¿Se ha acostado con él? Grace menea la cabeza, pero los pensamientos no se detienen. Si se ha acostado con él, ¿puede considerarse violación?

Nota el estómago en la garganta y se tapa la boca con una mano. Siente un escalofrío que le sube desde los pies y le recorre las piernas, el cuerpo, hasta la coronilla. Coge un cojín de la butaca, se abraza a él, trata de conservar el equilibrio.

—Tengo que llamar a papá —dice.

En el sofá, Lotte se suelta las piernas y levanta la cabeza como un resorte.

—Por favor, mamá. —Por la expresión de su cara se diría que su mundo se ha desmoronado—. Por favor, no se lo digas a nadie. No lo entiendes. Es la única persona que me ve como soy de verdad. —Hace una pausa—. Estamos enamorados.

Ahora que Lotte ha roto a hablar es como si se diera un banquete después de haber ayunado. Grace se muerde el labio hasta que le duele. No quiere estar aquí, escuchando estas cosas. Por primera vez repara en que Lotte ha perdido uno de los pendientes de aro, los que llevó en la actuación. En su camiseta hay una mancha oscura que puede ser de barro. También tiene las manos sucias.

—… y pasó lo de Ella, una pelea en clase, y creo que fue entonces cuando empezó. Estaba portándose como una bruja y el señor Karlsson la oyó. Lo paró. Luego habló conmigo. No me juzgó, solo me escuchó y entonces los dos supimos…

«Le llama "Señor" —piensa Grace—. Nada menos».

—… y no es lo que te piensas. Me manda mensajes todo el rato diciendo que nunca ha sentido algo así, que lo de la edad no importa porque soy muy madura y me ha dicho que puede esperar a que termine el colegio, hasta que yo tenga dieciocho años, y que luego podremos estar juntos y es fatal porque no podemos… A ver, en el colegio no podemos…

Lotte se ha puesto ahora de rodillas, como si pensara que expresando la pureza, lo sagrado de su obsesión, Grace la entenderá. Grace clava las uñas en el cojín. Tiene ganas de hacerlo jirones. ¿Su hija se cree que eso es amor? Es como si le hubieran lavado el cerebro.

—… y no puedo escribirle ni llamarle por si acaso… A ver, es obvio por qué no y lo paso mal. Y hay gente que ha estado cotilleando a mis espaldas, y —levanta la vista— todo eso que viste en Instagram, ¿te acuerdas de esos comentarios tan feos? Fue porque había rumores. Me estaban llamando puta, pero es que no se enteran. Creen que sí, pero no. Y él también lo ha pasado mal, por todo lo de la cosa ética. —Pronuncia la palabra como si estuviera entrecomillada—. Porque se supone que no deberíamos estar juntos, pero en realidad es una tontería. Se come la cabeza con todas esas cosas, lo hablamos mucho, pero en plan, muchísimo, y…

Es una niña. Cada palabra que sale de su boca sorprende a Grace por su ingenuidad. Porque Grace ha sido engañada. Engañada por frases como «No hace falta que me recojas, vuelvo en

Uber» y «No te preocupes, como en el comedor del colegio» y «Te mando un mensaje cuando llegue» y, de cuando en cuando, «¿Te apetece un té? Voy a poner agua a hervir».

—Tienes quince años, por el amor de Dios, quin-ce, y él ¿cuántos? ¿Veintiséis? ¿Veintisiete? Y es un profesor, un puto profesor. Vamos a ver, ¿qué creías que estabas haciendo?

La asalta un pensamiento y las frases que aún no ha dicho se le pegan a los dientes. ¿Está pagando con su hija la humillación que siente ahora mismo? Lotte no tiene culpa, eso lo sabe. La culpa es toda de él. Se pone en jarras, coge aire, lo suelta y se recompone.

—Escucha —dice por fin—. El problema es que tus hormonas...

—¿Cómo que mis hormonas? ¿Estás de coña? —Lotte se ha levantado enseguida del sofá—. ¿Y qué me dices de las tuyas? Estás fatal.

Las palabras son como una bofetada. Grace suelta el cojín, que cae al suelo. Fuera, en la calle, suena un claxon, un bocinazo largo y persistente. Por la ventana del salón, Grace ve dos coches frente a frente, un careo en el que ninguno de los conductores quiere dar marcha atrás por la estrecha calle. Huele a licor, a sudor y a la colonia de Lotte, ese aroma a arándanos excesivamente dulzón.

Grace abre la boca y la cierra. Coge fuerzas.

—Cuando tenías cuatro años me dijiste una cosa. —Calla y mira a Lotte—. Habías empezado el colegio el mes anterior y yo acababa de leerte un cuento para que te durmieras. Ahora no me acuerdo de qué cuento era. Probablemente *El caracol y la ballena*, joder, porque estuviste meses sin querer oír otro. ¿Te acuerdas? —Pone los ojos en blanco—. Me cogías la cara así. —Grace se lleva las palmas de las manos a las mejillas— y decías, me acuerdo perfectamente, decías: «Cuando sea mayor voy a tener una niña y la voy a llamar Grace para que me recuerde a ti».

Lotte baja la cabeza, pero a Grace le parece ver un atisbo de sonrisa en sus labios. Un atisbo de luz.

—¿Te das cuenta? Entonces me veías como una diosa. ¿Qué nos ha pasado, Lotte?

Su intención es reír, pero se le cierra la garganta. De pronto nota presión detrás de los ojos.

—Mamá —Lotte levanta la barbilla—, prométeme que no se lo vas a decir a nadie y no lo vuelvo a hacer, ¿vale? No volveré a verlo.

De pie frente a ella, Lotte tiene los brazos muy rectos a ambos lados del cuerpo y los puños cerrados. Pero su tono de voz es suave; su expresión, franca, y Grace sabe lo que significa esto: sabe leer el cuerpo de su hija como si fuera braille.

—Ven aquí, cariño.

Le pone una mano en la nuca y la atrae hacia sí.

Lotte se derrumba y solloza pegada al pecho de Grace y esta se siente aliviada y rota al mismo tiempo porque Lotte la ha dejado entrar. Vuelve a ser su hija. Grace es necesaria, tiene un papel que desempeñar y se avergüenza porque, a pesar de todo, una parte de ella quiere esto: es como volver a casa. Siguen así varios minutos y, cuando Grace coge la cara de Lotte, está húmeda de llanto. Sigue llorando. Grace se tira de la manga de la camisa y le seca las lágrimas lo mejor que puede.

—Estás agotada. —La besa en la frente—. Ve a acostarte. Mañana lo veremos todo mejor.

—Prométeme que no se lo vas a contar a nadie.

Grace busca en los ojos de Lotte y ve a Bea. Ojos solemnes, oscuros, casi negros, pestañas que parecen haber sido remojadas en tinta. Ve todo lo no dicho, todas las cosas de las que no han hablado. También ve miedo, un miedo intenso que es como un puñetazo.

—Mamá.

Grace fija la vista en algún punto justo encima de las cejas de Lotte. De modo que la está mirando y, al mismo tiempo, no.

—Te lo prometo.

Lo dice con voz queda. Pero, una vez las palabras salen de su boca, empiezan a reverberar dentro de su cabeza.

2015

KERR, Helena Deborah Talbot (de soltera Campbell), falleció en paz el 18 de octubre de 2015, a los 89 años, tras una corta enfermedad. Helena, séptima hija del decimosegundo baronet de Argyll y viuda del difunto Patrick Kerr (fallecido en 1996), deja cuatro hijos, Thomas, James, Oliver y Benjamin, y diez nietos. El funeral será en la iglesia de Santa Margarita, en Dalry, el 29 de octubre a las 12.00 horas. Se ruega no enviar flores.

Donaciones a la organización Marie Curie.

Es el peso de la caja en su hombro lo que le resulta distinto. Esta vez hay una presencia, una gravidez que se le clava en el músculo y el hueso, mientras que la última vez había ausencia. Más ligera que el aire, no la sentía, no sentía nada, como si aquello no fuera real y no estuviera realmente allí recorriendo el pasillo central de la iglesia con un ataúd que era demasiado pequeño y con su hija... ¿Dónde estaba su hija? ¿Dónde había ido su niñita, Bea? Ese terremoto adorable, risueño y suave. Resultaba inconcebible que no estuviera en ninguna parte porque ¿cómo podía dejar de ser sin más?

La música está demasiado alta. Incluso en los bancos del fondo las notas distorsionadas son ensordecedoras, como si el organista quisiera hacerse oír por una congregación a treinta kilómetros de allí. Un hedor acre a sudor de axilas se mezcla con el olor a escuela dominical de la madera que tiene pegada a la mejilla. Un olor que le recordó a su infancia cuando levantaron la caja dirigidos por Tom y que de forma inesperada le llenó los ojos de lágrimas. Le habían dicho que no lo hiciera si no se sentía con ánimos. Se lo había dicho Tom. Era el mayor de los hermanos y a él había correspondido hacer cumplir todas las tradiciones Debrett tal y como habría querido Helena. Ben estaba en el trabajo cuando lo llamaron, se excusó ante sus alumnos y salió del seminario al pasillo sin ventanas. Habían pasado ya cuatro años y su hermano seguía sin poder pronunciar el nombre de su hija. «No tienes que hacerlo si te sientes incapaz por lo de… » era todo lo que había logrado decir.

«Te refieres a Bea», había dicho Ben con una naturalidad que no sentía. Y cuando su hermano carraspeó al otro lado del teléfono se sintió mal.

La gente de los bancos se ha puesto de pie y el sitio está lleno a rebosar, pero Ben tiene los ojos fijos en la luz multicolor que se filtra por las vidrieras de forma que casi no ve a nadie. Nació tan deprisa que incluso la matrona, que había visto muchos partos, hizo un comentario. «¡Pero bueno, Speedy Gonzales! —le dijo a Grace—. Casi ni me ha dado tiempo a lavarme las manos». Una hora y media de principio a fin. Más tarde Ben pensaría que tal vez había sido una señal. De que quizá su paso por la vida sería fugaz, como los años perrunos. Ahora tendría seis años. Cada día calcula su edad, pues claro que sí. Hay un segundo cada mañana al despertar en que no se acuerda, y entonces lo revive todo en un instante de insoportable dolor. ¿Qué aspecto habría tenido a los seis años? ¿Cómo habría sido? No puede evitar asociar sus recuerdos de Lotte a esa edad al vacío que dejó Bea y hay algo siniestro en ello. Como esos macabros retratos policiales hechos por ordenador que envejecen artificialmente las caras de niños desaparecidos años atrás. El hecho es que nunca sabrá cómo habría sido Bea a los diez, a los quince o a los treinta años. Era poco más que un bebé.

Ben tiene la sensación de que la presión en su hombro, en su cabeza puede de un momento a otro clavarlo al suelo y busca con la mirada a su mujer y a su hija, se pregunta si Grace también tiene estos pensamientos. Sobre Bea. Sabe que lleva una fotografía de ella en el bolsillo interior de su bolso de piel marrón, la ha visto, pero todavía no hablan de ello. Lo cierto es que últimamente casi no hablan. El lenguaje, su aliado, aquí le falla. Tengo dos hijas. O: tenía dos hijas. ¿Cuál es la respuesta? ¿Podría alguien dársela, por favor? Porque después de todo este tiempo sigue sin conocerla.

Su mirada se detiene en la estatua de Cristo en la cruz en la cabecera de la iglesia, con rostro céreo y palmas ensangrentadas. Y luego está esa pregunta que ha estado en la punta de cien lenguas pero solo Cate ha expresado en voz alta. Durante aquella noche oscura del alma, cuando fue a California a un congreso. Quedaron en un bar del centro y se dedicaron a beber martinis hasta que los echaron, y Cate le preguntó si iban a intentar tener otro hijo. Señaló con tacto, con suavidad impropios de ella, que no era demasiado tarde. «Como no sea por inmaculada concepción», había contestado él con amargura, aunque sabía que eso era culpa suya tanto como de Grace. Porque el sexo no había vuelto, tal y como les había dicho el terapeuta que volvería «si lo trabajaban un poco». Cada vez que se acuerda, se pone malo. Aquella última sesión de las seis que les cubría la Seguridad Social. Después de un año y medio en lista de espera. Para entonces ya era demasiado tarde. «¿Culpas a Grace? —había preguntado Cate mientras pescaba una aceituna de su copa—. Me parece que sí». Y, cuando Ben dudó un minuto antes de negar con la cabeza, Cate se limpió los dedos en la camiseta y despacio, con ebria lucidez, dijo: «Fue un accidente, eso lo entiendes, ¿no?».

Cuando llegan al estrado metálico delante del altar, dobla las rodillas temblorosas para bajar el ataúd de roble. Alguien, uno de sus hermanos, le da un apretón en el hombro desde detrás, pero Ben no se vuelve. En el banco de la segunda fila, Grace está de pie con la cabeza inclinada. A su lado, Lotte mira a su alrededor con ojos vidriosos. Sigue siendo pequeña para su edad, desgarbada y rubia, de modo que parece tener diez años en lugar de doce, demasiado pequeña para estar aquí. Su mujer lo mira cuando Ben se sitúa a su lado y no hace gesto alguno. No le pone una mano en el brazo, no entrelaza los dedos con los de Ben. Esa clase de intimidad también forma ya parte del pasado.

El personal de la guardería fue al crematorio. Caras aturdidas, como si los hubieran abofeteado. No sabe por qué se acuerda precisamente de ellos cuando había cientos de personas. Solo le había parecido sorprendente, incongruente, como si en lugar de allí debieran estar a salvo en su mundo de dos habitaciones que huele a leche rancia y a plastilina, subiendo la cremallera de abriguitos y haciendo castillos con cartones del papel higiénico. La iglesia donde se celebró el servicio religioso era enorme, una catedral moderna. Ben no había hablado porque sabía que no podía y tampoco había oído una sola palabra de lo que habían dicho otros. Pero había habido un momento, justo después del horrible zumbido mecánico de la cortinilla al cerrarse, en que al otro lado de la habitación sonó un portazo. Una luz blanquísima había entrado de golpe, atravesado el lugar. Una fuerza sobrenatural que lo había deslumbrado y supo que era ella. Hasta la última célula de su cuerpo había querido que fuera ella.

El vicario se dirige ahora a la congregación, lleva el pelo gris con raya al lado y le cae sobre un ojo. Sentada al lado de Ben en el banco, Lotte estudia la fotografía de su abuela impresa en el reverso del programa, una Helena de años atrás, con el mismo peinado cardado que nunca modernizó. No habían querido llevar a Lotte al funeral. En eso al menos habían estado de acuerdo. Pero Lotte no pensaba igual y les dijo llorando que, si no la llevaban, iría sola, porque su abuela y ella estaban unidas, era la nieta a la que más unida había estado y todos lo sabían. Helena no se molestaba en disimular. «Son uña y carne —le encanta (o encantaba) decir a Grace con ojos sombríos y entornados—. Helena lo hace para fastidiarme. Es su venganza».

Se levantan para cantar *Jerusalén* y Ben se fija en las manos de Grace mientras sostienen el libro de himnos. En que le tiemblan como si tuviera hipotermia. Luego todo ocurre muy rápido, es como si el mundo hubiera avanzado sin él. El golpe del libro contra el suelo de piedra, el cuerpo de Grace doblado hacia delante, en el suelo. Su expresión es la de una niña profundamente dormida. Tiene los ojos cerrados y la cara pálida, ausente. Ben se agacha, le incorpora un poco el torso. Cuando esto no la despierta empieza a asustarse. No sabe si respira. Grace parece inerte en sus brazos. «¡Grace!». Intenta que su voz no delate pánico porque sabe que está allí Lotte, pero, cuando Grace no reacciona, dice su nombre más alto y con mayor urgencia. La levanta y la sujeta contra su cuerpo, se prepara para recibir su peso muerto en un intento por tumbarla en el banco. «¡Grace!». ¿Se habrá golpeado la cabeza al caer? ¿O contra el suelo de piedra una vez en el suelo? ¿Está inconsciente? Acerca la cara a su boca, le pone los dedos debajo de la nariz pero no nota nada, no percibe respiración.

Es consciente a medias de que la gente ha empezado a arremolinarse a su alrededor y de que la música ha parado. Entonces aparece su hermano en el extremo del banco y está diciendo alguna cosa, preguntando si es la primera vez que le pasa algo así a Grace. «¡Grace, contesta!». Los pensamientos de Ben están asomados a ese abismo oscuro y terrible y el pánico se ha apoderado de él. Otra vez no, piensa, otra vez no. Es como si Grace hubiera abandonado su cuerpo y está durando mucho. Está durando demasiado. «¡Grace!». La sacude una vez más. No sabe cómo lograr que reaccione. Se pone furioso porque ¿qué pintan todos ahí mirando sin hacer nada? «Llamad a una ambulancia», grita. Y a continuación pregunta a nadie en particular: «¿Está respirando? No sé si está respirando». De pronto se le ocurre que puede estar ahogándose. En el coche había caramelos para la tos y Grace se los ha metido en el bolso, los ha traído. Forcejea de nuevo con su cuerpo, la rodea por debajo de las costillas, empieza a hacerle la maniobra de Heimlich. Pero Grace pesa demasiado, no consigue sujetarla bien y, en cualquier caso, Ben no tiene ni idea de lo que está haciendo. Desesperado, le mete dos dedos en la boca, le palpa la parte posterior de la garganta. Oye un sonido como de gárgaras y nota que el cuerpo de Grace se pone rígido y, acto seguido, vuelve en sí, tosiendo. Tiene los ojos como platos y parece desorientada, asustada.

—¿Qué ha pasado? —dice y se aparta de él como si de alguna manera la hubiera asaltado.

—No sé. —Ben sigue con una mano en el brazo de Grace, no quiere soltarla—. Has perdido el conocimiento. ¿Te has desmayado?

—No me acuerdo.

Mira a su alrededor. El vicario y media congregación están en el pasillo. Su suegro, Michael, ha debido de llegar en algún momento porque está al final del banco, con los tres hermanos de Ben detrás de él.

—Tomaos el tiempo que necesitéis —dice el vicario haciendo un gesto con el cuello en dirección a Ben.

—Has interrumpido el espectáculo —susurra este a Grace. Intenta sonreír, a pesar de que sigue teniendo el corazón desbocado—. ¿Lo has hecho para fastidiar a Helena?

Lo dice en broma, pero el miedo residual sigue ahí y no suena convincente. No suena gracioso y Grace no se ríe.

—Necesita tomar el aire. —Michael le ha puesto una mano en el hombro a Grace—. Me la llevo fuera.

Habla como si Grace fuera una niña de pecho. Ben hace ademán de ponerse de pie, pero Michael menea la cabeza.

—Quédate —dice y mira hacia el altar—. Tienes que quedarte.

Su voz es firme, pero tiene pálidas las comisuras de la boca y el arranque del pelo le brilla de sudor y eso lo delata.

En un gesto instintivo, Ben se acerca a Lotte, que se está mordiendo el labio superior y sabe que tiene que estar a punto de explotar con todo lo que está reprimiendo en su intento por ser valiente. El organista toca las primeras notas de *Jerusalén* y Lotte se pone de puntillas, pega los labios a la oreja de Ben, quien nota el cosquilleo.

—Creía que mami se había muerto —susurra y está medio riendo, rebulléndose un poco, como si lo que ha dicho fuera algo tonto e infantil y le diera vergüenza.

Ben le pone las manos en los hombros, la mira a los ojos. La cara de Lotte es pura angustia y la uve de su entrecejo denota desconcierto. ¿Quién será el próximo en morir? Es el trauma con el que vive. Ben lo sabe, aunque Lotte nunca lo ha expresado verbalmente, porque la orientadora les ha explicado que así reaccionan los niños a una pérdida. Es el terrible legado de Bea, la ineludible verdad.

—Ha sido un susto —le dice por encima de la música de órgano, de las voces distraídas, discordantes—. Pero mami está bien. Te lo prometo, no te preocupes.

Le coge la mano, le acaricia los suaves nudillos con el pulgar. Más tarde le preguntará por Bea. Por ella y por Bea, por lo que piensa, por lo que siente. Tiene que hacerlo. Pero sabe que no lo hará, porque, después de todos esos largos meses, de años de mirar para otro lado, se ha vuelto un tema tabú. A su alrededor las voces suben y Ben carraspea, intenta situarse en el libro de himnos. «No cejaré en el combate mental…». Pero cuando empieza a cantar es como si la música lo transportara a un lugar al que no quiere ir… «hasta que hayamos construido Jerusalén», y a Ben se le quiebra la voz mientras canta, el dolor por la hija muerta y por su hermosa y rota Grace le sube por la garganta igual que una arcada.

La recepción es en la casa y Grace no va. La han examinado los paramédicos y se siente como una tonta porque se encuentra perfectamente: ha tenido un desmayo. Ese es el diagnóstico. Ben no debería haberse empeñado en incorporarla, por eso duró tanto. Ben deja a Lotte con sus primos y sale a la enorme terraza que tiene la misma anchura que la casa porque se siente incapaz de estrechar la mano a nadie más, de oír más pésames huecos, no soporta más miradas huidizas que evitan la suya.

La lluvia ha empapado el jardín y los terrenos que hay a continuación. Gotea del canalón y forma charcos en las baldosas que bordean la casa. Detrás de Ben, las puertas acristaladas están abiertas para que circule el aire y la gente pueda salir. Delante, el otoño se extiende luminoso, irreal. Mostaza y remolacha, cobre y lima. Bajando un poco por el jardín hay un haya que parece un árbol del dinero tachonado de monedas de dos peniques recién acuñadas, y debajo de ella Ben ve a Isaac fumando a escondidas igual que un colegial furtivo.

Por primera vez ese día, Ben sonríe involuntariamente. Recuerda a los dos en el jardín silvestre de su casa que daba a la presa. Horas preciosas que pasaban sentados en las dos sillas de plástico de la casa de alquiler, bebiendo cerveza barata al sol.

—Hola, Hombre de Negocios —lo llama.

Isaac ocupa un alto cargo en una firma de capital riesgo y el chiste sigue funcionando puesto que solo consiguen verse una vez al año más o menos y, por lo que respecta a Ben, no ha perdido la gracia.

Isaac va hacia él.

—Menuda mierda, Estudiante —dice y Ben se ríe. Tiene ganas de darle un beso.

—Pues sí —asiente—. Desde luego he estado en fiestas más divertidas. Gracias por venir.

Isaac lo abraza brevemente y lo suelta.

—Lo siento, tío —dice—. Becca te manda un beso. Quería venir, pero con los niños, ya sabes… —Simula un bostezo. A continuación apura el cigarrillo y aplasta la colilla contra la hierba húmeda—. Pero cambiando a un tema más interesante: ¿a que no sabes a quién me encontré el mes pasado?

Y Ben comprende que no van a hablar de su madre ni de la muerte en general y destensa los hombros, aliviado por esta pequeña distracción. Por este disimulado gesto de amistad que sabe es la manera que tiene Isaac de darle el pésame.

—¿A quién? —dice encogiéndose de hombros.

—A Lina. —Isaac arquea las cejas como diciendo: «¡tachán!»—. Me preguntó por ti.

—Anda, mira. Qué maja. —Ben traga saliva. Es consciente del movimiento de su nuez en la garganta, como si de repente fuera demasiado grande para tan angosto espacio—. ¿Y eso? —pregunta sin ser capaz de mirar a Isaac a los ojos.

Ya han pasado tres años. Tres veces. Eso fue todo y le puso fin. No era un buen momento, o quizá sí, no lo sabía. Estaba el correo que le había enviado el día que Grace se fue a Los Ángeles, la mañana en que encontró su nota. Lo cierto es que todo fue demasiado fácil. Quedaban en la vinoteca del sótano en Great Portland Street, la de las paredes de ladrillo visto y veladores calzados con posavasos de manera que estaban casi rectos. Bebían demasiado y terminaban en la misma habitación del hotel que había al doblar la esquina, ese que se las daba de exclusivo pero cuyas sábanas olían a rancio. Lina no estaba enterada de lo ocurrido. Esa era una de las razones. No sabía lo de Bea y Ben no se lo contó para no darle lástima. Podía escapar de su vida por un instante detenido y, durante unas pocas horas, casi funcionaba. Antes de la oleada de autodesprecio que siempre venía después. Para Lina él no era más que Ben, el mismo de siempre. No (como se refieren a él en susurros) el pobre padre que ha perdido a una hija.

Isaac sigue hablando de amigos comunes, de un evento en la Tate Modern, de cómo la reconoció enseguida porque, a ver, el pelo a lo Mary Quant, los ojos de porrera. Algo sobre matrimonio, divorcio, sin hijos, dos caballos. Plaza de profesora universitaria y un novio a tiempo parcial que tiene una destilería en la isla de Jura.

Hubo una llamada de teléfono que contestó Grace en algún momento cuando estaba pasando. Ben estaba en la ducha, no lo oyó y Grace entró en el baño con el teléfono en la mano. «Era Lina —dijo—. Ha salido su nombre en la pantalla, pero se ha cortado en cuanto lo he cogido».

Su tono era neutro y Ben no le veía la cara a través del cristal empañado. Se le había acelerado el pulso. «Ah, vale, gracias», había dicho y al oír el eco en la ducha se dio cuenta de que su tono había sido demasiado entusiasta. «El congreso es dentro de poco, así que…».

Pero Grace ya se había ido y la puerta del baño se cerró detrás de ella. Y Ben había tenido la sensación de que sus palabras se habían ido por el desagüe, igual que agua sucia.

Ha estado a punto de contárselo varias veces. Para sacarla de su ensimismamiento, provocar una reacción, empezar una conversación, lo que sea. Pero al final le ha faltado valor. Eso o quizá es que sabe que significaría el fin para Grace, para los dos. Porque hay cosas que tal vez es mejor no decir.

—Venga —Ben junta las palmas e interrumpe a su antiguo compañero de piso en mitad de una frase—, dentro hay alcohol gratis. Ventajas de los funerales. —Echa a andar por el césped—. Vamos a…, no sé. ¿Qué es a lo máximo que podemos aspirar en estas circunstancias? —Se encoge de hombros y levanta las palmas de las manos—: ¿Anestesiarnos?

Ahora

G race sabe que tiene que levantarse del murete. Sabe que se está comportando como una mujer trastornada sentada allí y rebobinando el vídeo una y otra vez para oír una y otra vez unas palabras que se sabe de memoria: «Y te quiero, mami, y te quiero, mami, y te quiero…».

Hay un antes y hay un después. Del antes recuerda estar en la acera de delante de la guardería. Junto a un árbol desnudo que erupcionaba a través del asfalto, causando grietas en sus bordes. Está hablando con otra madre, una que no conoce bien, solo son amigas desde hace un mes, después de que un día a la salida de clase Grace alabara su falda. Una con estampado de plumas azules. Pasan unos minutos de las doce y hace frío, pero se han parado porque la otra madre, Emma, necesitaba atarse el cordón y ahora se han quedado allí charlando. Distraídas. Las niñas, con la cremallera de sus plumas subida, lo que les restringe el movimiento de los brazos, al principio corretean alrededor de ellas, luego abandonan los patinetes y se dedican a clavar palos en la tierra endurecida a los pies del árbol. Grace tiene un oído en la conversación y un ojo puesto en Bea. Quiere decirle que se esté quieta porque la tierra donde están cavando debe de estar llena de pis de perro: desde donde está puede oler el amoniaco dulzón y almizclado. Pero no quiere parecer estirada delante de su nueva amiga, así que se muerde el labio y no dice nada.

La mujer se ha puesto a hablar de su marido, detalles íntimos sobre problemas en el trabajo, los antidepresivos que le han recetado. A Grace la halaga que esta mujer le haga confidencias, pero se está extralimitando. Ni siquiera ella contaría tanto tan pronto. Deben de llevar allí paradas unos cinco minutos y las niñas se impacientan. Cuando Bea suelta el palo e intenta levantar su patinete del suelo con sus bracitos de robot regordete, Grace hace ademán de marcharse. Pero Emma le toca la muñeca, está en mitad de algo importante. Bea tiene el gorro torcido, le cae el pompón sobre los ojos y Grace se lo ajusta, se lo baja hasta las orejas, que tiene rojas por el frío.

Las dos niñas se han subido a sus patinetes y van despacio porque están comparando las serpentinas de alegres colores que lleva cada una en su manillar. Las de Bea son doradas, las de Mia tienen los tonos del arcoíris. Grace quiere advertir a Bea de que tenga cuidado, pero Emma sigue hablando y no quiere interrumpirla para ponerse a gritar. Sobre todo no quiere parecer neurótica. ¿Está siendo sobreprotectora? No sabe lo que está diciendo la otra mujer, deja de escucharla cuando las niñas se alejan calle abajo. Grace asiente con la cabeza de mala gana, disuasoriamente, espera. ¿Por qué no llama Emma a su hija?

Las niñas deben de estar ahora a unos veinte metros de ellas. Siguen yendo despacio y hablando, pero han llegado al punto en el que el pavimento empieza a inclinarse poco a poco hacia la calle principal que hay al final. Grace echa a andar hacia ellas y Emma la sigue. Grace ve que Bea está frenando con el pie, arrastrándolo por la acera. Es importante fomentar la independencia, piensa

Grace luchando contra su instinto. En la guardería animan a los niños a abotonarse el abrigo solos, en los días calurosos ellos mismos se ponen crema solar en los brazos. Nadie quiere ser un padre sobreprotector y además, míralas, están perfectamente, van despacio. Pero incluso así. ¿Emma no ve lo que está pasando? Las niñas no han cumplido todavía los dos años y medio.

Mia va un poco adelantada cuando Grace ve que Bea sube la pierna con la que estaba frenando en el patinete en un intento por alcanzarla. Con la inclinación de la acera, enseguida coge velocidad y deja atrás a su amiga.

—¡Bea, PARA! —Le sale un alarido.

Bea no se vuelve. No ha oído a su madre o no le está haciendo caso.

A estas alturas Grace ha echado a correr porque, que le den a Emma, su hija está demasiado cerca de la carretera. «¡BEA, PARA!». Le cuesta hablar porque el aire frío le quema la garganta y encuentra difícil respirar. Deja atrás a Mia, quien la mira, sorprendida. «¡BEA!». Su hija está demasiado cerca de la carretera, sin duda está a punto de frenar. Lo han repasado mil veces. El «lugar seguro en el que esperar», a metros del bordillo de la acera. «¡PARA!». Grace tiene los ojos fijos en su hija pero por el rabillo del ojo, más adelante, a la derecha, ve un borrón alto y rojo. Algo grande y macizo, un autobús, que circula a bastante velocidad. «¡PARA AHORA MISMO!», chilla.

Este último grito hace volver la cabeza a Bea y Grace ve cómo saca el pie para pisar el freno de la parte posterior del patinete. «Gracias a Dios», piensa. «¡QUÉDATE AHÍ!». Pero entonces —y no está muy segura de lo que ve— el bulto azul del abrigo de Bea da una voltereta por encima del manillar del patinete. Grace oye un chillido a su espalda, es el sonido de un adulto, no de una niña, y durante una fracción de segundo se pregunta por qué ha esperado Emma a este momento para por fin dar un grito.

—¿Estás bien, colega?

A su lado hay un chico cambiando el peso del cuerpo de un pie a otro. Un niño-hombre no mucho mayor que Lotte. Grace no tiene ni idea de dónde ha salido, no lo ha oído acercarse. Tiene una melena afro castaño rojiza y pecas como asteroides dispersas en la nariz, las mejillas y la frente y se ha separado el auricular de una oreja para poder hablar con Grace.

Esta se pasa bruscamente una mano por la cara. La mano queda mojada.

«Es culpa mía —piensa—. Es todo por mi culpa. Yo soy la responsable».

—Muy bien —dice—. Gracias.

Se fija en que la mirada del chico se detiene en la caja de tarta con salpicaduras de sangre en su regazo y en el palo de golf apoyado en el murete.

—Lo único que necesito es hablar con mi hija —murmura Grace hablando para sí tanto como para el chico.

—Ah, vale. —El chico mira el iPhone. A continuación se mete una mano en el bolsillo y le enseña un cargador portátil—. ¿Necesitas esto?

Grace niega con la cabeza. Intenta sonreír, darle las gracias, pero no puede. Hay una pausa, un largo instante. A su espalda, el seto huele verde y acre; lo nota en la lengua como si fuera veneno.

Después del antes y antes del después hay una diabólica tierra de nadie. Un Hades. Un lugar en el que hay alguien que se balancea de talón a punta, de talón a punta a su lado, y hay sangre, mucha sangre, y Grace sabe que no es bueno. Entonces el tiempo parece saltar hacia delante porque está en una ambulancia y hay una sirena que ella sabe que está cerca pero que en su cabeza suena lejana. Y no ve a su niñita porque las personas de uniforme verde la tapan, y ella va con el cinturón puesto en la parte trasera de la ambulancia, le han dicho que tiene que ponerse el cinturón y sentarse aquí por razones de seguridad. Y están muy ocupadas, estas personas, un hombre y una mujer. Demasiado calladas, demasiado ocupadas. «Mamá está aquí, Bea —repite Grace sin parar—. Mamá está aquí, no te preocupes».

El tiempo vuelve a distorsionarse y hay vacíos, lagunas donde debería haber información. Está en un pasillo de hospital y ha llegado Ben, avisado por no sabe quién, Grace no sabe cómo las ha encontrado. No les dejan entrar en el lugar donde tienen a su niña, donde le están haciendo lo que sea que le estén haciendo y sabe que Bea se asustará sin ella allí, que no se encuentra cómoda con desconocidos y este pensamiento, más que todo lo demás, es lo que la está poniendo nerviosísima. En alguna parte, alguien grita y a Grace se le ocurre que es posible que el sonido haya salido de su propia boca.

Ahora se ha puesto a andar, de un lado a otro, de un lado a otro por las baldosas de vinilo sucio que huelen a desinfectante y a enfermedad, como si eso fuera a ayudarla a frenar sus pensamientos. Sus costillas son garras y los dientes le castañetean y le resuenan tan fuerte dentro de la cabeza que es como si alguien le estuviera dando golpes en el cráneo. «Todo va a salir bien —está diciendo Ben—. Todo va a salir bien, Grace». Pero hace frío, hace un frío horroroso y no consigue entrar en calor y las palabras de Ben se congelan, se resquebrajan y desaparecen. Entonces una mujer se acerca a ellos con paso demasiado cuidadoso por el pasillo. Lleva una tarjeta identificativa colgada del cuello y está mirando a Grace. De pronto Grace se ve a sí misma desde fuera de su cuerpo. Se ve a sí misma, a la médica, que está cada vez más cerca y no puede hacer nada para evitar que llegue hasta ellos y lo sabe, ya sabe lo que les va a decir.

—Pues, nada. Cuídate.

Grace pestañea asombrada al comprobar que el niño-hombre de melena afro pelirroja sigue allí.

Este se tira con fuerza del dobladillo de la camiseta, levanta las cejas como diciendo: «Lo digo en serio, cuídate», y se marcha calle abajo.

Grace se mira las manos un momento. Cuando quiere darse cuenta le está diciendo:

—¡Gracias! —Lo dice gritando, para que la oiga a pesar de los auriculares—. Por ser tan amable. —La voz le sale un poco aguda..., suena como una trastornada.

Cuando el chico se gira hay humor, un signo de interrogación en su manera de fruncir el ceño.

—De nada —contesta riendo—. Le contaré a mi madre lo que me has dicho.

Le da de nuevo la espalda, saca un mechero y con un movimiento del pulgar hace que se encienda una llamita. Un «cambio y corto» mientras se aleja.

Encendieron farolillos de papel, veintinueve en total. Uno por cada mes de vida. Grace cruzó las puertas de la habitación con forma de largo rectángulo y techos altos, bajó por la orilla herbosa hasta la tierra más plana. Estaba oscuro, de modo que apenas reconoció las caras de las personas que la rodeaban, pero reinaba un aire de determinación, de ajetreo, después de la terrible inmovilidad de dentro. Había sándwiches con bordes curvos como bocas que gruñen, una pizarra azul con aspecto de tablón de anuncios cubierta de fotografías de su hija que Grace fue incapaz de mirar. Su incredulidad al sentarse en la silla pintada de color dorado para las celebraciones de bodas por haber accedido a aquello. Aceptó una copa de vino a la que dio sorbos de manera absurda, como si estuviera en el trabajo o en una fiesta de cumpleaños, como si la vida siguiera. Se suponía que no podía beber con la medicación que estaba tomando.

Fuera había personas tiritando de frío, pero ella no sentía nada. Bajo sus dedos, el frágil armazón de bambú a través del papel era la fontanela de su niña. Previamente se había vomitado encima y era consciente de despedir un olor acre. «Me he vomitado encima», le susurró a Cate cuando le dio un mechero de plástico. Y Cate la abrazó y le dijo que no tenía importancia. De pie en la hierba, con los tacones de las botas hundidos en el barro, Grace intentó encender la mecha, pero no prendía. Lo intentó varias veces con más y más urgencia, le empezó a doler el dedo pulgar por el roce de la rueda de metal. A su alrededor, olor a parafina a medida que los farolillos se encendían y volaban, reclamados por el cielo color ónice. Y entonces el pánico se apoderó de ella porque la voz dentro de su cabeza le hablaba cada vez más alto, le decía que tenía que hacerlo, que era lo más importante que haría jamás. «Enciéndete, joder», había murmurado. «Es por Bea. Tengo que hacer esto por Bea».

Apareció Ben a su lado. Le cogió el mechero y aplicó una y otra vez la llama, pero la mecha se negaba a prender. Grace oía la tela de su chaqueta rozando mientras sostenía el farolillo inservible cerca de su pecho, donde le dolía el corazón, como si alguien le hubiera pellizcado y retorcido el músculo. Sobre sus cabezas, el cielo ardía color naranja intenso. Los farolillos de papel subían uno detrás de otro hasta provocarle vértigo. «No he podido —no dejaba de decir—. No encendía». Hasta que por fin Ben intentó quitarle el farolillo que se negaba a prender. Entonces Grace apretó la mandíbula y lo asió con fuerza. No pensaba soltarlo por nada del mundo.

El niño-hombre se ha ido y el sol empieza a ponerse detrás de Swiss Cottage cuando Grace consigue levantarse del murete. Por una ventana abierta sale música, un ritmo electrónico y rápido, y en algún jardín trasero aúlla un perro. El aire es quieto como jarabe y, entre las piernas y debajo de la tira del sujetador, Grace nota la piel resbaladiza por el sudor. Tiene los zapatos que le aprietan sucios de barro y salpicados de algo pegajoso y color ámbar. Siente dolor en lo más profundo del hombro, quemazón en la cadera. Le molestan las almohadillas de los pies y tiene un calambre en un músculo de la pantorrilla. Cuando da un paso, la ampolla del tobillo se queja; es como si se hubiera rajado la piel de esa zona con un cuchillo. Le empieza a dar vueltas la cabeza y hace un alto para recuperarse porque, por un momento, tiene la impresión de ir a perder el conocimiento. Pero ya ha doblado la esquina. Está cerca. Tanto que duele.

Dos meses antes

Grace Adams   3.48   **GA**
URGENTE: Solicitud de reunión

A: John Power

Estimado señor Power:

Necesito tratar urgentemente un asunto de protección
de menores en el que está implicado un miembro de su
claustro de conformidad con la Ley de Menores de 1989/2004.
Créame cuando le digo que se trata de una preocupación
grave. En concreto se refiere a la Ley de Delitos Sexuales
de 2003, según la cual, como sin duda sabrá, es delito
que un adulto mantenga relaciones sexuales con una
persona frente a la que tiene una posición reconocida de
confianza o autoridad, tanto si esa persona ha dado su
consentimiento como si no.

Le ruego se ponga en contacto conmigo para concertar una cita en el centro. Estoy disponible todo el día de hoy y me permito sugerir que es un asunto que no puede esperar.

Muchas gracias,
Grace Adams

Lotte se niega a hablar. Está en una silla con las piernas dobladas y la frente apoyada en las rodillas y Grace tiene que hacer esfuerzos para no decirle que baje los pies. Frente a ellas, John Power se entretiene con su juguete antiestrés para escritorio, uno de esos formados por cinco bolas de acero que chocan entre sí a perpetuidad una vez las pones en marcha. Es un gesto extraño por su parte. El sonoro tic tic tic en el despacho en silencio parece un reloj que cuenta atrás. O quizá hacia delante. Grace se pregunta si lo utiliza para domesticar a los estudiantes.

—Lotte, si no hablas con nosotros estás empeorando la situación —dice el jefe de estudios.

La mujer de facciones afiladas levanta la vista. Está sentada a la izquierda de John Power y no deja de tomar notas, aunque Grace no logra imaginar de qué, puesto que Lotte no ha abierto aún la boca. Es muy probable que no lo haga. Ni siquiera se ha dado por enterada de la presencia de Grace. Cuando entró, la miró a la cara y a continuación volvió la cabeza con semblante inexpresivo, como si Grace no existiera.

—No te va a pasar nada. —El jefe de estudios apoya los codos en la mesa, se inclina hacia delante—. Aunque eso no hace falta que te lo diga, Lotte, eres una alumna muy brillante. La cuestión es que si ahondamos en este asunto y comprobamos que... —Se interrumpe—. Quiero decir que, obviamente, se trata de algo grave.

Cuando le dio a Enviar en plena noche, Grace había tenido la sensación de estar bombardeando el frágil núcleo de su existencia. Como era de esperar, la llamada del colegio se produjo poco después de la siete de la mañana con la petición de que fijara ella la hora de la reunión. Esto Lotte no lo sabe, pero John Powers no ha hablado aún con el profesor. Con Nate. Eso vendrá después. En ningún momento se planteó la posibilidad de un careo y Grace empieza a ser consciente de que el colegio está cerrando filas, de que este asunto es algo que conviene silenciar. A pesar de la gravedad de las acusaciones —que no son acusaciones, sino hechos, tal y como ha señalado Grace varias veces—, ha hecho su aparición la actitud de frente común tan habitual en las reuniones entre padres y profesores. Grace se esfuerza por sofocar el fuego que ruge en su interior desde que fueron a buscar a Lotte a clase. «Los vi con mis propios ojos —le dijo al jefe de estudios y a su compinche cuando llevaban dos minutos de reunión con las palmas levantadas en señal de protesta y en un tono de voz que delataba una noche de insomnio—. Aquí no hay hechos opacos o cuestionables. No hay lugar a dudas».

«Prométeme que no se lo vas a contar a nadie, mamá. Prométemelo». Se ha repetido mentalmente innumerables veces las palabras de Lotte. Ha oído el falso eco de su respuesta, el oscuro tizne de sus palabras. «Te lo prometo». Fue una estupidez decirlo, pero en su momento pensó que no tenía elección, a pesar de saber que la mentira se le volvería en contra.

Al otro lado de la mesa, John Power sujeta las bolas de acero y a continuación las suelta con cuidado. Aunque el sonido ha cesado, Grace las sigue oyendo entrechocar.

Lotte no se ha movido un milímetro. Se niega a hablar. Está demostrando tener una fuerza de voluntad notable —Grace casi la admira por ello— y no pueden obligarla. Todos lo saben.

—¿Lotte? —prueba de nuevo el jefe de estudios.

De repente, Grace desea que Ben estuviera allí. No está segura de poder hacer esto sola. No le ha llamado todavía porque no quiere enfrentarse al hecho de que ha fracasado. Otra vez.

John Power se pone recto.

—Creo que, llegado este punto, vamos a tener que pensar en reconvocar. —Arquea las cejas y mira a Grace—. De momento tenemos lo que necesitamos y, lógicamente, vamos a necesitar hablar con… —vacila—, con la otra parte implicada.

Por el rabillo del ojo, Grace ve a Lotte dar un respingo. La otra parte implicada. El hombre del que su hija cree estar enamorada. El hombre que Grace —la muy idiota, menudo disparate— creyó por un momento —más que por un momento, en realidad— haber seducido. Ahuyenta el pensamiento.

—Bien —el jefe de estudios junta los dedos de ambas manos y se lleva los pulgares a los labios—, vamos a tener que pedirte que te quedes unos días en casa, Lotte, mientras solucionamos esto. —Inclina la cabeza para señalar a la mujer de facciones afiladas cuyos nombre y cargo Grace no recuerda—. Hay un protocolo y tenemos que seguirlo. —Se vuelve hacia Grace—. Y para ello vamos a necesitar su colaboración.

¿Por qué tiene Grace la impresión de que es ella la juzgada? Ella y su hija. Las dos.

—Espero que me mantengan informada —dice con sequedad.

Apenas ha terminado la frase, cuando Lotte se pone de pie. Grace se apresura a hacer lo mismo. Llegan juntas a la puerta. Lotte se detiene y la mira. No es una mirada de hija, sino de mujer a mujer, y a Grace se le cae el alma a los pies cuando lee en ella dolor, angustia, pero también algo más. Asco. Odio incluso.

A su espalda, el jefe de estudios carraspea.

—Estamos en contacto.

Nada más salir del despacho, lo ve. Por un momento Grace piensa que quizá lo ha soñado, porque es imposible, los del colegio no pueden ser tan torpes como para dejar que esto ocurra. Ni siquiera han tenido el sentido común de esperar a que se hayan ido ellas para llamarlo. Está al final del pasillo y camina hacia ellas. El pelo rubio le cae sobre la cara y su forma de andar dice que está tranquilo, pero también que no permitirá que nada o nadie se interponga en su camino. Hay una mujer con él, escoltándolo. La de la secretaría del centro con gafas rojas y hiyab.

Grace lo mira, pero, si él las ha visto al fondo del pasillo, no lo demuestra. La ira se apodera de ella. «Mírame —piensa—. Mírame, cabronazo». Le gustaría cogerlo del pelo y estamparle esa estúpida y hermosa cara contra la pared color menta sucia de huellas de dedos de escolares.

Al momento siguiente tiene la sensación de que, a su lado, algo se rompe. Al principio no entiende lo que pasa, hasta que Lotte echa a correr por el pasillo hacia él.

—¡Nate!

La palabra es dolor puro en boca de su hija.

Grace ve como Nate mira de reojo a la mujer de secretaría. Tiene una delgada arruga en el entrecejo que le da aspecto desconcertado. Y casi está sonriendo, con las comisuras de la boca vueltas hacia arriba, como diciendo: «¿Quiénes son estas? ¿Qué es todo esto?». Como si no tuviera nada que ver con él.

—Nate, tengo la púa de guitarra que me diste. La llevo encima ahora mismo. —La voz de su hija rompe el silencio del pasillo—. La llevo porque te lo prometí.

Grace mira horrorizada como Lotte se para, se mete una mano por dentro de la camisa del colegio y saca del sujetador una púa, su trofeo barato, de plástico.

—Y voy a aprender a tocar sola, para que cuando podamos estar juntos…

—¡Lotte! —le dice Grace, porque no lo puede soportar.

Nate sigue andando sin mirar a ninguna de las dos. Las está negando, borrando. Es casi bíblico, ese recorrer el pasillo desconchado bajo la luz tristona de tubos fluorescentes. Es Pedro el apóstol. Es Judas sin el beso. El beso fue anoche, piensa Grace, y al hacerlo se siente enferma, indignada.

—Sé que tienes que hacer esto, Nate. —La voz de su hija tiene ahora un tono de apremio—. Lo entiendo.

—¡Lotte! —repite Grace, chillando esta vez.

Lotte se encuentra con Nate a la altura de una de las aulas de educación artística. Entre los dos solo se interpone la mujer de secretaría y Lotte se abraza a sí misma por la cintura para no tocar a Nate. Como si supiera, de manera instintiva, que es algo que no debe hacer, que sería ir demasiado lejos.

—Sé que tienes que disimular respecto a mí. —Lotte camina hacia atrás ahora, hace esfuerzos para seguirles el paso—. Te quiero. Te voy a esperar... tal y como quedamos, ¿vale?

Al oír esto, la mujer que acompaña a Nate echa la cabeza atrás exageradamente. También mira a Lotte con mal disimulado desagrado, con desdén. Por su parte, Nate mira hacia otro lado con expresión neutra, como si aquello no tuviera nada que ver con él.

La escena consterna a Grace. Algo que parece hielo le baja por la espina dorsal. Porque lo cierto es que su hija parece una cría desesperada, ingenua, trastornada. Parece una fantasiosa. Una embustera.

Grace entra sin llamar en la habitación de Lotte antes de que le dé tiempo a cambiar de opinión. En el coche, de vuelta a casa, no se han dirigido la palabra. Lotte ha ido con la cabeza girada en un ángulo tan forzado que debía de dolerle el cuello. Grace está exhausta y asustada. Tiene ganas de salir corriendo y esconderse. No quiere hablar con su hija. Ahora mismo es lo último que le apetece hacer, pero, como persona adulta, es su deber. Sabe que no puede dejar las cosas como están.

El cuarto de Lotte está tan desordenado como de costumbre y al entrar Grace tiene que pasar por encima de unas tenacillas enchufadas con el cable tenso igual que la cuerda de una trampa. Lotte ni la mira. Ha sacado los cajones de la cómoda como si buscara algo y a sus pies hay una maraña de ropa. Se ha aflojado la corbata del colegio y recogido el pelo en la coronilla con un moño. Huele al aire viciado de las habitaciones sin ventilar.

—Lotte... —empieza a decir Grace.

Pero no puede seguir. Su hija se ha convertido en una desconocida con rostro familiar, en alguien lejano, inaccesible.

De pronto y sin venir a cuento, Grace retrocede quince años. Está en la cama del servicio de maternidad del hospital, rota y débil, pero vibrando como si estuviera aún cargada de electricidad de la máquina de ENET que Ben le había conectado en la espalda. Después de nueve largos meses, por fin tiene a su hija en brazos. Este ser misterioso, que ha flotado, girado y pataleado dentro de ella, dibujado formas en la piel de su barriga con sus puños y sus pies diminutos. Una personita colorada bien envuelta en una sábana de hospital, con el pelo sucio de sangre y de mucosidad. Ojos negros y penetrantes que se le clavan a Grace en el alma cuando las dos están cara a cara.

«Así que esta eres tú».

—Lotte —intenta de nuevo.

«Hola, preciosa —le había repetido una y otra vez en la cama de hospital, creando un lenguaje para las dos—. Hola, mi niñita, preciosa».

—Lotte, tenía que...

Lotte le da la espalda, intenta meter la ropa que ha sacado de los cajones en una bolsa que hay encima de la cama. Es la bolsa de playa verde chillón, la que les regalaron en la tienda de cosmética en el centro comercial Brent Cross.

Grace mira la bolsa y a continuación a su hija.

—¿Qué haces?

Lotte aprieta los labios hasta que le desaparecen. Por un instante, Grace cree que no le va a contestar. Sabe, por la expresión derrotada de los ojos de su hija, que le ha roto el corazón.

—Me voy a vivir con papá —dice Lotte.

Al principio Grace duda de haber oído bien.

—¿Qué? —pregunta y entra más en la habitación.

—No tenías que hacerlo.

Lotte saca una sudadera del cajón, la azul con caracteres japoneses en amarillo. Grace nota el aleteo de algo pesado contra el esternón.

—Sí tenía. —Niega con la cabeza, deja escapar una carcajada que no es de risa—. Soy tu madre, Lotte. No tenía elección. Lo que ha hecho te…

—Confié en ti —la interrumpe Lotte—. Confié en ti y rompiste tu promesa. Pero ¿sabes una cosa? Que ni siquiera me sorprende. Dudo de que sorprenda a nadie porque así eres tú. No se puede contar contigo.

—¿Cómo? ¿De qué hablas? Eso es injusto.

Su hija contesta con una carcajada despectiva. Sigue sacando cosas del cajón, aleatoria, precipitadamente, y guardándolas en la bolsa que está encima de la cama.

—¡Para, Lotte! Mírame.

Lotte tira los vaqueros a la bolsa y aterrizan con un restallido. Se pone en jarras. Toma aire y se estremece.

—¿Podía contar contigo Bea? —pregunta con voz cada vez más aguda—. ¿Eh? Dime.

Grace está anonadada. No recuerda la última vez que Lotte pronunció el nombre de su hermana. Desde luego no desde los diez, o quizá los once años.

Lotte mira a su alrededor frenética, coge la matrioska de la estantería y la estrella contra el suelo. Astillas de madera de vivos colores saltan igual que metralla. Grace nota el estallido en sus carnes. Son añicos de su pasado. Por un momento se acuerda del salón de té en Primrose Hill, de las muñecas rusas alineadas detrás del mostrador, con sus bebés en el centro.

Lotte entrecierra los ojos hasta que son dos hendiduras que destellean. Su voz, cuando habla, vibra de furia silenciosa.

—Todos sabemos lo que hiciste.

Algo explota en el cerebro de Grace. Cuando quiere darse cuenta, ha abofeteado a Lotte. Siente el peso de todo el brazo, del hombro, en la palma de la mano, ve girar la cabeza de su hija igual que un resorte.

Lotte se lleva una mano a la cara. Su expresión es de pura conmoción.

Ya abajo, en la cocina, Grace abre el grifo del agua caliente y deja las manos bajo el chorro de agua hirviendo mientras se llena el fregadero. El corazón le late como si le hubieran dado un susto. Le arden las manos. «¿Cómo se atreve? —musita—. ¿Cómo se atreve?».

En su cabeza hay una cacofonía de tímidas voces: «Fue un accidente… No te culpes… No fue culpa tuya… Un accidente…».

Coge una sartén y la suelta con brusquedad en el fregadero. Nunca había pegado a su hija. Jamás. Agarra de un manotazo el estropajo metálico del escurreplatos y empieza a frotar un oscuro cerco de gachas de avena quemadas. El agua se derrama por encima del borde de la sartén, rebasa el fregadero y le empapa la blusa. Grace frota con más fuerza. «Yo también soy una persona —murmura—. Soy un ser humano». Deja caer ruidosamente la sartén sobre el escurreplatos y a continuación sumerge con brusquedad un cuenco de cereal en el agua, como si quisiera ahogarlo. La leche enturbia el agua, la tiñe igual que lento humo.

Pasan dos minutos, quizá tres, y entonces oye pisadas en la escalera. Deja lo que está haciendo y aguza el oído. Lotte está en el pasillo, poniéndose los zapatos. A Grace le parece ver la parte del talón de las carísimas deportivas de cuña pisoteada y agrietada; le ha dicho mil veces a Lotte que se suelte los cordones antes de metérselas. Saca una taza del fregadero, ase el borde con fuerza y mira cómo se le ponen blancos los nudillos. Dentro de un momento Lotte se habrá ido.

«Sal y detenla —dice una voz en su cabeza—. No seas infantil. Haz tu trabajo. Sé una madre». Pero su furia aún conserva un filo de dolor. Está harta de morderse la lengua, de tener la fiesta en paz, de arrugarse hasta quedar encerrada en un espacio cada vez más pequeño que le dicta lo que puede o no decir, hacer, ser. Que Lotte se vaya si es lo que quiere. Que se ocupe Ben. Que lo intente. Ahora le toca a él. Que los dos echen de menos todas las pequeñas cosas que hace Grace por ellos y en las que jamás reparan.

Oye el chasquido de la cerradura y siente la corriente de aire al abrirse la puerta principal. Contiene la respiración, como si así fuera tal vez a evitar lo inevitable. El frío de la calle le lame los tobillos. Entonces se cierra la puerta.

Grace apoya los codos en el fregadero y agacha la cabeza. El silencio de la casa la asalta.

¿Cuánto tiempo espera? Mientras cambia de sitio cuencos, platos y tazas para fingir ante sí misma que está ocupada. ¿Un minuto? ¿Cinco? ¿Diez? No lo sabe. Hasta que vuelven a ella las palabras: «Todos sabemos lo que hiciste…», y la verdad que encierran la golpea de pronto. En realidad, Lotte no ha dicho nada que Grace no sienta ya. Su único delito ha sido poner en palabras el secreto oscuro, feo e insoportable de Grace. Que lo que le ocurrió a Bea es culpa suya.

Saca las manos del agua y cruza corriendo la cocina, el pasillo, hasta salir a la calle. No se detiene ni siquiera para calzarse. Los guijarros del suelo se le clavan en las plantas de los pies, le perforan los calcetines cuando corre por el camino de entrada. Al llegar a la cancela, mira en ambas direcciones. La calle está desierta. Echa a correr en una dirección, cambia de opinión, corre en sentido contrario. Lleva recorridos unos veinte metros cuando decide que está equivocada. Lotte no ha podido tomar este camino. Se para y echa a correr de nuevo en dirección opuesta. Al doblar la esquina oye un ruido ensordecedor que parece la alarma de un coche. La calle está vacía, no ve a nadie. A pesar de ello, no se detiene hasta que ha recorrido la mitad. Llega tarde. Tiene los pulmones a punto de reventar y se dobla hacia delante. Se ha equivocado otra vez.

Cuando se endereza, lo ve. Al final de la calle hay un arcoíris ancho y largo. Es hermoso, incongruente. Está hecho de franjas de colores gruesas y luminosas y Grace casi —casi— puede ver, por entre los huecos entre las casas, los árboles, el extremo por el que toca el suelo. Nota una lluvia en el rostro que también puede ser llanto y sobre su cabeza hay un cielo oscuro atravesado de luz blanca del sol. Entonces aparece un segundo arcoíris, una réplica del primero. Un doble arcoíris. Es la primera vez que presencia algo así y no puede apartar la vista. Tiene ganas de succionar las exquisitas curvas de color, de morderlas y tragárselas.

Pero, mientras lo mira, el arco empieza a difuminarse y desaparece. De repente ya no está. Grace entrelaza los dedos y se lleva las manos al pecho, que le quema.

2018

Grace no lo ve venir. Por extraño que parezca, a estas alturas llevan tanto tiempo existiendo en este estado de animación suspendida que no se ha dado cuenta de que algo va mal.

Está en el cuarto de baño, de rodillas, limpiando la bañera cuando entra Ben. Grace tiene la camisa arremangada hasta la axila, el espray antical en una mano, y levanta la vista un instante. Ben lleva ropa de trabajo, camisa azul claro desabotonada en el cuello, los pantalones chinos grises, una corbata de lana fina con el nudo flojo. ¿Para qué ha entrado? Su presencia allí, su olor incluso, la ofende. Espera a que coja lo que haya venido a buscar y salga.

Pero lo que hace es acercarse a ella con una mirada que la pone en alerta.

—Creía que tenías una entrega —dice.

Grace se asombra de que lo sepa. Ya no se acuerda de la última vez que Ben le preguntó por su trabajo. Pero por la expresión de su cara, por cómo se pellizca el puño de la camisa, sabe que no es eso lo que ha venido a decir.

—Sí —contesta.

En realidad hace quince días que tenía que haber entregado. ¿Por qué cree si no que iba a emprender esta limpieza en profundidad?

Ben emite un sonido sin mover los labios, cruza el espacio para recoger una toalla que se ha caído del toallero. La dobla con torpeza, la deja en su sitio. ¿Qué quiere? Vuelta de nuevo hacia la bañera, Grace apunta el desagüe con el antical y rocía.

A su espalda, Ben carraspea.

—No sé cómo decirte esto…

Con esto es suficiente. Basta un único lugar común para que, de pronto, Grace tenga la impresión de estar fuera de su vida y dentro de un decorado. Con cuidado exagerado, deja la botella de espray antical en la alfombrilla del baño. Conserva la bayeta, como si pensara que va a servirle de asidero.

Ben está delante del lavabo con expresión incómoda. Grace le ve la espalda reflejada en el espejo, tiene los hombros encorvados y una arruga mal planchada le atraviesa la camisa en zigzag.

—No puedo seguir así —dice Ben.

—¿Así cómo? —pregunta Grace y se siente como una tonta. Nota una presión extraña en las sienes.

—He ido demasiado lejos para dar marcha atrás, Grace. —Ben se agarra al borde del lavabo—. ¿Entiendes lo que te digo? Es demasiado tarde para empezar otra vez.

Grace mira cómo se le ponen los nudillos blancos mientras habla. Es una experta en lenguaje, pero es como si Ben estuviera usando uno deliberadamente ambiguo.

—He encontrado un apartamento en Swiss Cottage. He firmado un contrato de alquiler a corto plazo mientras busco algo permanente. La semana que viene me dan las llaves y me mudo el martes, así que estarás trabajando cuando…, cuando me vaya. De momento solo me voy a llevar la ropa y unas pocas cosas básicas… Evidentemente, no me voy a poner en plan capullo, así que espero que el impacto sea mínimo y…

Sigue moviendo la boca, pero Grace no oye salir las palabras. He aquí un hombre al que evita, alguien a quien apenas ve excepto a la hora de la cena, cuando se juntan los tres. Y Grace incluso encuentra a menudo excusas para saltarse también eso. Intenta hacer memoria de la última vez que tuvieron relaciones sexuales. O una conversación que fuera más allá de «¿Puedes comprar el pan de vuelta a casa?». Cero expresiones de afecto, cero sutileza. Si Ben entra en una habitación, Grace tiende a abandonarla poco después. Él hace lo mismo. Así que no entiende por qué en este instante se siente como si le hubieran golpeado la cabeza con un objeto contundente.

Asiente con la cabeza cuando Ben termina de hablar. Como si lo que acaba de decir no fuera nada fuera de lo corriente.

—¿Hay alguien más? —pregunta.

Habla sin entonación, en tono transaccional, como si estuviera preguntándole si se ha acordado de pagar la factura del gas. Pero la comisura de su ojo izquierdo la delata: tiene un tic que no puede controlar.

Ben niega con la cabeza, juguetea con el primer botón de su camisa. Esa costumbre tan irritante que antes Grace encontraba encantadora. Un rubor le sube por la garganta, por la nuca.

De pronto Grace ve al hombre al que conoció en la convención políglota, inclinado hacia ella desde unos asientos más allá de la sala de conferencia, con los puños del jersey agujereados y el pelo de punta y en varias direcciones. Dedos bonitos, largos con las uñas cortas, aceptando un bolígrafo de ella. Una sonrisa que hizo pensar a Grace que quizá se estaba riendo de ella y de su despliegue de artículos de papelería. La empollona de la clase. Recuerda cómo decidió casi de inmediato que era la única persona normal que había allí. Y después, en el bar de alumnos, su impetuosa invitación fruto del alcohol. «¿Te apetece venir conmigo?».

Empieza a escocerle el dorso de las manos porque no se las ha limpiado de residuos químicos. Sigue de rodillas junto a la bañera, no se cree capaz de ponerse de pie aunque quisiera hacerlo.

—Pero ¿ha habido alguien más, Ben? —Su expresión es franca, lo mira con sinceridad, pero está retorciendo la bayeta hasta convertirla en una cuerda azul—. ¿Hubo algo entre Lina y tú?

Ben agacha la cabeza, se frota los ojos con los puños. De la piel del mentón le asoma una barba incipiente, como si llevara dos días sin afeitarse. Cuando levanta la vista, está pálido como la cera.

—Grace —dice y da un paso hacia ella—. Me...

Pero Grace lo rechaza con la mano levantada. Hubo una nota hace años, en Navidad, garabateada en el reverso del programa del congreso. Una llamada de teléfono a la que contestó ella, cuando el nombre de la exnovia de Ben apareció en la pantalla antes de que colgaran. Pero, incluso después de eso, Ben podría haberle mentido y ella le habría creído. Porque no quiere que sea verdad.

Cierra los ojos, los abre despacio. El dolor es atroz.

—¿Sabes una cosa? —susurra por fin—. Que yo nunca te habría hecho algo así. A pesar de todo lo que sucedió... —Vacila, no es capaz de mirarlo a la cara—. Ni se me habría ocurrido.

Ben se pasa las manos por el pelo, deja escapar un largo suspiro.

—Ya lo sé —murmura.

El olor al producto antical le está dando migraña a Grace, un dolor acompañado de náuseas que le empieza en la base del cráneo. Se presiona el músculo con el pulgar, se pone de pie ayudándose de las manos. De haber imaginado alguna vez este momento, no habría sido así. Falta drama. Falta drama en la acepción de la palabra que entenderían Lotte y sus amigos. Solo hay una tristeza desoladora, gris y muda.

—¿Y qué pasa con Lotte?

No está segura de haber hablado en voz alta. Piensa que es posible que las palabras se le hayan quedado atrapadas en la jaula de sus dientes.

—Yo se lo digo —contesta Ben—. Tú puedes estar o no, como prefieras.

Grace se tapa la cara con las manos. Nota el latido de sus arterias en las yemas de los dedos. Se lo dirá él. Porque es lo que hace. Lo ha hecho antes, a pesar de que debería haber sido ella. Él fue quien explicó a Lotte lo que ella no fue capaz. Ni siquiera tuvo fuerzas de estar en la habitación para ver cómo su corazón de ocho años se hacía añicos.

«No lo hagas», le suplica en silencio, desesperadamente, a Ben. Ningún niño debería pasar por lo que ha pasado Lotte. Ya ha sufrido una pérdida demasiado grande.

Fuera, arrancan el zumbido electrónico de las podadoras de setos y la réplica malhumorada de la urraca que patrulla el jardín trasero. Seis años de duelo. Es lo que han tardado en llegar a este punto. Seis cortos largos años.

—¿Crees que lo nuestro habría sobrevivido si no…? —Hace una pausa—. ¿Si Bea no…?

No puede decirlo.

Ben echa atrás la cabeza. En la severa luz halógena, Grace ve que le brillan los ojos.

—Pero es que murió —dice Ben por fin y le enseña las palmas como si quisiera demostrar que no hay nada en ellas.

Por un momento se quedan así, frente a frente. Los dos solos, como al principio. Grace retrocede a quince años antes, en una playa en Cornualles. Tiene la piel salada y de gallina y la boca fresca de Ben pegada a la suya. «¿Quién coño eres? ¿Superwoman?».

Algo pasa entre los dos en el cuarto de baño blanco reluciente que tanta perfección prometía cuando lo eligieron por catálogo. Esa verdad terrible que solo los dos conocen. Y por un segundo, por un instante detenido, Grace piensa que Ben se va a acercar a ella.

Pero lo que hace es mirar el reloj de la pared.

—Llego tarde.—Se palpa el bolsillo de la camisa, como para comprobar que lleva todo antes de salir—. No quería decírtelo estando Lotte en casa —añade a modo de explicación—. Pero, si luego quieres seguir hablando, por supuesto que...

Se encoge de hombros. Y Grace comprende que está decidido. Coge aire antes de hablar. Quiere pedirle que se quede. Se lo va a pedir, va a razonar con él porque, al fin y al cabo, a qué viene esto ahora. La ha cogido desprevenida, así que lo mínimo que pueden hacer es hablarlo. Pero está demasiado cansada, joder; está absolutamente harta de todo.

Así que mira al suelo.

—No hay leche. ¿Puedes comprar a la que vuelves? —murmura antes de agacharse a coger el espray antical y liberar a Ben.

Cuando Ben se va, Grace se obliga a terminar de fregar la bañera, frota el espacio entre los grifos plateados y las juntas de las baldosas, el filo en bisagra de la mampara de ducha.

Aclara la bayeta y la pone a secar en el radiador. Devuelve el antical al armario del baño. Sube las escaleras a la buhardilla.

La puerta está encajada y tira del picaporte hacia arriba y a la izquierda, algo que siempre funciona, y enciende la luz. Busca a tientas la caja al fondo del estante superior, aparta el papel tisú ya amarilleado y saca los zapatitos color cereza. Acaricia la suave piel con los pulgares, mete los dedos debajo de las tiras, de las hebillas plateadas que tintinean, para así poder acariciar también la plantilla desgastada por el roce de sus piececitos. Le viene olor a mazapán del abrillantador de zapatos y recuerda a Bea sentada en el cubo color azul de la tienda de la colina, con la cara inmóvil de concentración, mientras la dependienta le probaba los zapatos. Se había mirado los pies como si no pertenecieran a su cuerpo, los había doblado en una dirección primero, luego en la otra. «Son rojos, mami —había dicho—. ¡Mira! Brillan mucho».

Grace deja el zapato con cuidado en el suelo, mete la mano en la caja y saca la chaquetita de punto con estampado de rayas rojas y blancas. Entierra la cara en la lana y busca un olor que ha desaparecido hace tiempo. Permanece así, sentada en el rellano, hasta que el sonido de una llave en la cerradura le dice que Lotte ha vuelto del colegio.

Ahora

Ahora que por fin está aquí, en la acera contraria a la del piso de Ben, no puede entrar. En algún punto entre la casa y ella, el cielo se ha sumido en la oscuridad. Hay una luna opalina iluminando el edificio blanco y compacto, que refulge entre las casas victorianas de ladrillo rojo que lo flanquean. Del jardín sale una música atronadora, un ritmo rápido y machacón que le está acelerando el corazón a Grace. La fiesta está en su apogeo.

Cuando revisa su aspecto —la caja de tarta aplastada, salpicada de sangre, el palo de golf en la mano, la piel del tobillo en carne viva, los arañazos en ambos brazos, la magulladura parduzca en la muñeca— cae por primera vez en la cuenta de lo absurdo de su empresa. En lo insensato de la misión en la que se ha embarcado. Se acobarda.

«No puedes venir aquí, Grace». Oye la voz de Ben en su cabeza. Desde el principio ha sabido que no estaba invitada, entonces ¿por qué hasta ahora, cuando por fin ha conseguido llegar, no ha entendido que Lotte no la quiere allí, que no es bien recibida?

De uno de los costados de la casa sale un grito, seguido de risas. Grace cambia el peso del cuerpo de una pierna a otra. Sus pies son corazones latiendo, rojos, carnosos e inflamados. Cada ridículo paso del largo trayecto que ha recorrido ha hecho aflorar ese pasado que lleva años tratando de enterrar. Lo que hizo, o más bien lo que no hizo: una única peligrosa y estúpida no decisión que destruyó sus vidas y desperdigó los añicos como si fueran cenizas.

«¡Lotte!». Alguien llama a su hija. La palabra tan querida reverbera calle abajo, la siguen fragmentos sueltos de voces cantando que confluyen en un caótico *Cumpleaños feliz*.

Un recuerdo asalta a Grace. Está subiendo las escaleras con una pila de ropa limpia cuando ve a Lotte en la puerta del dormitorio de Bea, mirando por la abertura de la puerta entornada. «¿Qué haces?», susurra Grace. «Mirando a Bea —contesta Lotte—. Está jugando al Pregón Real. Es el cumpleaños importante de la reina». Grace se coloca detrás de ella y asoma la cabeza por la puerta. Bea se ha puesto su bata roja a modo de capa y está acuclillada en el centro de la alfombra. Ha dispuesto, en ordenada hilera, veinte o treinta muñecos: el conejito azul, la muñeca india con sari, un soldado de asalto de Lego, el peluche Iggle-piggle, la cebra de ganchillo, el dinosaurio naranja, el búho sacapuntas de Lotte…, todos mirando a una pequeña reina de las hadas de plástico sentada en un trono hecho con el cartón del papel higiénico y Bea habla con ellos, los coge uno a uno y les hace cantar un trocito de *Cumpleaños feliz*. Lotte le toca el brazo a Grace. «Me gusta porque se cree que no la vemos —susurra— y me gusta saber lo que hace cuando está sola».

Un segundo recuerdo se superpone al primero. Grace está en el jardín podando las rosas marchitas y Lotte la mira, sentada con las piernas cruzadas en el césped y comiéndose una manzana.

«Estamos dando los hindús en clase —dice con su voz suave y dulce—. Lo de la reencarnación y volver en forma de animal después de morirte y me ha hecho pensar en cuando se muere la gente». Da un mordisco a la manzana y mastica un momento en silencio. «Sobre cómo, en el fondo de tu corazón, lo sabes sin saber». Grace cierra las tijeras de podar demasiado rápido, se pincha el dedo con el que está cortando un tallo, se lo lleva a la boca y succiona la sangre. «¿Tú no, mami?». Lotte se ha levantado y está a su lado.

Grace se seca el dedo en la camiseta y la ensucia de sangre. «Pues supongo que sí —dice con brusquedad—. No entiendo mucho de hinduismo. A ver, bichito, sujeta esto. Ten cuidado y no te cortes». Le da a Lotte las tijeras, recoge las rosas marchitas con manos temblorosas. Tiene la espalda encorvada como en preparación para un ataque. Porque sabe —está segura de ello— que Lotte está hablando de su hermana. Está intentando hablar de Bea. Cuando se endereza con los brazos llenos de flores podridas y espinas, Lotte sigue mirándola. Pero Grace es incapaz de contestar. «Vale, tengo que tirar esto y preparar la cena —dice deprisa y echa a andar hacia la casa—. ¿Quieres ver la tele un rato?».

Al otro lado de la calle se enciende una luz en alguna habitación del piso superior. Grace ve una sombra cruzar la ventana. Cuando Lotte la miró aquel día en el jardín y le pidió ayuda, le falló. Por insoportable que le resultara, en aquel momento tendría que haberle hablado de Bea. Debería haber obligado a su boca a abrirse y a decir las palabras que tenía atrapadas en la garganta. «Sí —debería haber dicho—. Recordamos a tu hermana con el corazón y con el pensamiento, con la carne, los músculos y los huesos. Pensamos en ella cada día, cada instante, por supuesto que es así. No hay un momento en el que no pensemos en aquella cosa tan triste que nos pasó». No debería haber permitido que el silencio creciera, se apoderara de todos, los amortajara. Debería haber excavado las palabras, ese léxico de la devastación que no quería ser desenterrado. Podía haber reconstruido su familia a golpe de dolorosas frases, iluminando con cuidadosa semántica la oscuridad muda que los engulló. Podía haberlos salvado, pero lo que hizo fue dejar que la familia se desmoronara. Grace habla cinco lenguas, pero no fue capaz de encontrar el vocabulario necesario para expresar el dolor de su corazón, para gestionar el duelo de los tres.

Cuando quiere darse cuenta, está cruzando la calle. A lo lejos oye una sirena y el ritmo machacón del bajo le golpea las sienes mientras recorre el camino de entrada, sube el único escalón, pulsa el botón del telefonillo. «He perdido una hija —piensa y pulsa de nuevo el botón y esta vez no retira el dedo, aprieta fuerte—. No pienso perder otra».

Cuando Ben abre la puerta, la música del jardín sube de volumen y se derrama igual que agua represada. Ben viste camiseta y vaqueros, va descalzo y parece cansado.

—Madre mía, Grace.

La mira de arriba abajo. No de manera sexual, sino con una expresión que le dice a Grace que está horrorizado, alarmado, preocupado incluso.

—Yo también me alegro de verte. —Grace se hace oír por encima de la música y ejecuta una pequeña reverencia—. Joder —murmura al ponerse recta porque le ha crujido la rodilla. El dolor le sube por el muslo.

Ben sigue mirándola con expresión sorprendida.

—¿Qué ha pasado?

—Pues que he tenido un viaje movidito. —Grace levanta las cejas—. Pero ya estoy aquí y necesito verla.

—No. —Ben se sitúa bajo el marco de la puerta para cerrarle el paso, aunque Grace no ha hecho intento alguno de entrar—.

Pero si es que... mírate, Grace. No pienso dejar que le estropees su cumpleaños.

—No seas absurdo. —Grace ríe y se da cuenta de que la risa le ha salido un poco histérica—. No voy a entrar, solo quiero darle la tarta y decirle una cosa, muy rápido, ¿vale? Y después, chas, desaparezco.

Grace intenta chasquear los dedos, pero lleva la caja con la tarta en una mano, el palo de golf en la otra y casi tira las dos cosas al suelo. Tiene que renunciar a su intento.

—¡Papá! ¿Quién ha venido?

«Lotte...».

Grace quiere llamarla, pero un nudo en la garganta se lo impide. Tiene el estómago en los pies. Teme ir a caerse al suelo allí mismo, en la puerta.

Ben empieza a decir alguna cosa, pero llega de nuevo el ruido de la sirena, esta vez más potente, a una calle de distancia más o menos, y cierra la boca. Por un largo instante los dos se miran, viejos amantes, viejos adversarios.

—Tiene que saber que he venido.

Ben vacila y a continuación da un paso atrás y abre un poco más la puerta. Lotte aparece al final de las escaleras, detrás de él.

Está exactamente igual y completamente distinta, su preciosa, preciosísima hija. Lleva enrollado en la cabeza el pañuelo nupcial de seda con los espirales rosa, ámbar y negro que llevó Grace cuando Ben y ella se casaron. Lleva su pañuelo. Se ha puesto un vestido plateado que se termina en el arranque de sus imposiblemente largas piernas, que incluso ahora, a sus dieciséis años —dieciséis nada menos—, parecen ir a romperse de un momento a otro. Esos ojos oscuros e inquisitivos que le resultan a un mismo tiempo familiares y ajenos. Al mirarla, Grace tiene la impresión de estar mirando el sol.

El corazón se le ha desbocado y le resulta difícil saber si es otra vez la perimenopausia, ese vértigo aterrador como si condujera a toda velocidad hacia el borde de un precipicio, o si por el contrario se trata de pánico, de miedo, o de amor. ¿Cuánto tiempo lleva sin ver a Lotte? Ocho semanas, dos meses. Sesenta días. Demasiado. En un intento por serenarse, recurre a la inútil técnica de respiración. Es su madre: debería haberse esforzado más por verla; debería haber insistido una y otra vez, sin aceptar un no por respuesta.

Grace se tapa la boca con la mano y lágrimas frescas y mudas empiezan a bajarle por el rostro arrebolado y con expresión de dolor. Lágrimas que no puede contener.

En la penumbra de la escalera, Lotte mira alternativamente a su padre y a su madre.

—Por el amor de Dios —dice con cara de asco—. ¿Se puede saber qué pasa contigo?

Hace ademán de volverse.

—¡Te he traído una tarta! —grita Grace como si fuera una trastornada.

De todas las cosas que tiene que decirle a su hija, ¿elige esta? Nada más.

—No quiero tu puta tarta.

—Lotte, ¡espera! —Grace da un paso hacia la puerta, la lengua le sabe a sal—. Dame cinco minutos. Nada más. Luego me voy.

En el umbral, Ben se gira hacia su hija.

—Ha venido andando hasta aquí para verte —le dice—. Ha venido andando. Tu madre.

La espalda de Lotte es un escudo que repele a los dos.

—Pero mis amigos...

Hace un gesto en dirección al jardín.

—Por favor, Lotte —dice Ben.

La sirena empieza a sonar, esta vez más fuerte, por encima del chunda chunda de la música. Su aullido traza una línea de dolor detrás de los ojos de Grace. Y luego está ese otro sonido, un pitido ensordecedor en su cabeza que sabe que no tiene nada que ver con la música, con la sirena.

Grace se apresura a actuar. ¡Es su oportunidad! Empieza a soltar el lazo de la caja con la tarta. El nudo está tan fuerte que tiene que tirar y tirar y solo consigue liberar un esquina del cartón. Recuerda la mujer de piel pastosa de la pastelería. Lo ha hecho adrede, piensa.

Lotte está ahora detrás de Ben y los dos la miran. La caja está arrugada y casi rota, sucia de tierra y mojada, lo que dificulta la tarea. Pero además Grace maniobra con torpeza porque está intentando abrirla con una sola mano, en la otra tiene el palo de golf. No se le pasa por la cabeza soltarlo; su instinto le dice que todavía lo necesita, que es un perverso talismán.

—Esperad un segundo. —Grace esboza una sonrisa tensa porque teme que en cualquier momento Lotte pierda la paciencia y se vaya.

—¿Qué es eso rojo? —pregunta Ben señalando las manchas de sangre en la caja.

—Mermelada —se apresura a decir Grace y al momento vuelve a sonreír a Lotte.

Tira otra vez del lazo. Más fuerte.

—¡Bingo! —dice como si fuera una palabra habitual en su vocabulario—. Bueno. —Se inclina hacia los dos. Comprueba que los dedos le tiemblan mientras abre la caja con toda la teatralidad de que es capaz—. ¡Tachán! —grita.

La tarta está hecha migas. Grace nota que algo en su interior sucumbe. Sabía que estaría estropeada, pero no tanto. No se esperaba esta devastación, una tarta hundida, esta ausencia de supervivientes.

—Creo... —dice señalando la caja—, creo que ese es Dani Dyer...

No se atreve a levantar la vista. No quiere ver las caras de Lotte y Ben.

—Se ha espachurrado un poco, pero, como podéis ver... Estoy segura de que esa es la ele de Lotte, y eso... —señala con el dedo—, eso son, clarísimamente, unos trampolines. Tenía dos pisos y ahora no se ve muy bien, pero era una maravilla. Había decoración fluorescente, glaseado dorado, una piscina, biquinis, aceite bronceador y...

Lotte no dice nada.

—Está inspirada en *Love Island* —aclara Grace, por si Lotte no lo ha entendido—. Una horterada, ya lo sé, pero muy... —Se calla; es consciente de estar haciendo el ridículo. Es tan risible como esta tarta en ruinas que ha transportado desde la otra punta de Londres—. La cosa es... Es artesanal —concluye.

Lotte pone los ojos en blanco, baja un escalón.

—No te quiero aquí —dice.

—¡Debería haber hablado contigo!

Las palabras salen como una exhalación. Su hija se detiene, da media vuelta.

—Pues sí, joder. Desde luego que tenías que haber hablado conmigo. —Lotte habla con voz grave y quebradiza, como si estuviera haciendo esfuerzos por no llorar—. Deberías haber hablado conmigo y no con ellos.

Grace está confusa.

—¿Qué? —dice—. ¿Quiénes son ellos?

—No tenías derecho a actuar a mis espaldas. Y me lo habías prometido. Me lo prometiste. Me mentiste.

Nate. Está hablando de Nate. A pesar de todo lo que ahora saben, Lotte sigue atascada en eso.

—Ay, Lotte —dice con voz queda y mira a Ben—. No fuiste la primera. Eso lo sabes, ¿no? ¿Te lo ha contado papá?

Mira a Ben en busca de confirmación y este asiente brevemente.

Cuando Lotte no contesta, Grace sigue hablando:

—Lo había hecho antes, en distintos colegios. Hubo por lo menos otras tres chicas como tú. Quizá más, lo están investigando.

Deja la tarta en el escalón de entrada y se incorpora despacio porque teme que algo en su cintura se rompa. Se muere de ganas de tocar a su hija con la mano que tiene libre. La expresión de Lotte es pétrea. Pero sigue allí, piensa Grace. No se ha movido. No se ha ido, vuelto a su fiesta.

—Escucha, cariño. Déjame…

—¿Qué pasa, amiga?

Se oye un grito y aparecen tres amigas de Lotte apelotonadas detrás de ella en las escaleras. Están sudando debajo de una máscara de maquillaje, van perfumadas y tienen cara de diversión, que borran en cuanto ven a Grace y se ponen a mirarla con desconfianza, como si supieran que pasa algo, como si estuvieran al tanto de todo lo ocurrido. Grace reconoce a Leyla y a Paris, y hay otra chica que no conoce, tiene pelo claro que le llega hasta la cintura y un anillo en la nariz. Leyla le pone a Lotte una mano en el hombro, como si pensara que necesita protección.

Grace se humedece los labios, se pasa la lengua por la piel, que tiene seca, agrietada e irritada.

—Debería haber sido sincera contigo —le dice a Lotte. Está intentando hacer caso omiso del trío de las escaleras porque no puede permitirse el lujo de no humillarse en público. Necesita arreglar esto antes de que su hija cambie de opinión y se largue—. Debería haber sido sincera conmigo misma.

Lotte se ajusta el pañuelo que lleva en la cabeza, se vuelve hacia sus amigas.

«No —piensa Grace—. Por favor».

—Volved al jardín, chicas —oye decir a su hija—. Enseguida voy, ¿vale?

Lotte espera a que se vayan sus amigas antes de girarse y mirar a Grace. Cuando habla, fija la vista en un punto detrás de esta, como si no soportara mirarla a los ojos.

—Me dejaste como una tonta —dice—. Delante de todo el colegio. De todo el mundo.

—Lo sé. —Grace está escogiendo sus palabras como si fueran granadas—. Ahora entiendo lo duro que fue para ti. De verdad.

Su hija baja la vista al suelo. De uno de los jardines llega olor a fogata.

—Me siento totalmente ridícula —susurra Lotte—. Creía que él... Pensaba que éramos... Me siento como una idiota.

Cada parte de Grace quiere ir hasta su hija y abrazarla. Pero se queda donde está. Casi no se atreve a moverse.

—No eres ninguna idiota —dice.

Tiene ganas de añadir: «Ese hombre es un depredador sexual y tú eres una niña».

Del jardín llegan aplausos seguidos de varios vítores. A continuación, alguien sube el volumen de la música.

—Lo hice fatal. —Grace nota el golpeteo del bajo dentro del pecho—. Rompí mi promesa y lo siento, pero me parece que esto ya no tiene que ver con... —Hace una pausa, intenta no escupir la palabra como quien escupe veneno—. Con «él», cariño. Ya no. —Se acerca un poco a la puerta. Solo un centímetro—. Llevo todo el día pensando en ello, dándole vueltas. Te fallé totalmente justo cuando más me necesitabas... —Grace se calla. Le arden los pulmones—. Lo que nos ha pasado, a la familia, a ti… No vi lo que tenía delante de mis narices. Nunca hablé contigo de Bea.

Por primera vez desde que llegó Grace, Lotte la mira. La mira como si la viera de verdad y acto seguido levanta los ojos al cielo. Grace ve que los tiene vidriosos.

—Me sentía incapaz. —Grace se limpia la cara con la mano que tiene libre—. Y debería haberlo hecho, por supuesto que sí. Te fallé —repite—. Eras pequeñísima, si es que tenías ocho años, por el amor de Dios.

Está tratando de reformular sus pensamientos, de desenterrar palabras sepultadas, pero la sirena aúlla cada vez más fuerte.

Grace se vuelve a mirar. Al final de la calle hay una luz azul giratoria. Un coche de policía se acerca a gran velocidad.

—Me decía a mí misma que estabas bien, pero sé…, de hecho lo sabía entonces, que no lo estabas.

Se ha puesto a gritar por encima del ruido de la sirena porque esto es algo que tiene que decir. El sonido es ensordecedor ahora, la luz azul está cada vez más cerca.

—¡Por Dios!

Ben hace una mueca y alarga el cuello para ver qué pasa. Detrás de él, Lotte se tapa los oídos.

Grace tiene en la boca un revoltijo de palabras, de frases que necesita soltar. Pero sabe que no la van a oír. El coche está casi en la casa, esperará a que se aleje. Levanta un dedo para pedir a Lotte que, por favor, no se vaya.

Pero el coche patrulla no pasa de largo. En lugar de ello se detiene delante de la casa, aparca medio subido a la acera.

El aullido de la sirena cesa por fin, pero la luz azul continúa girando mientras dos agentes de policía —un hombre y una mujer— bajan del vehículo. La mujer es alta, de pecho plano y tiene cara delgada y nariz ancha. El hombre, de menor estatura, parece demasiado joven para ser de la policía, es como si su uniforme fuera un disfraz.

—Mierda —murmura Ben—. Los vecinos. —Sale de la casa—. ¿Es por el ruido? ¿Tenemos la música demasiado alta? —Tiene las manos levantadas en señal de paz—. No pasa nada, la bajamos.

—¿Señora Adams? —dice la agente y Grace se gira, desconcertada. ¿Cómo es que sabe su nombre esta mujer? Se separa de la puerta y da unos pasos por el camino de entrada. No entiende muy bien qué ocurre y le cuesta concentrarse, pero su instinto la empuja a poner algo de distancia entre su hija y ella, como si así fuera a protegerla—. Tengo que pedirle que se quede donde está, señora Adams —dice la agente.

—¿Qué ha pasado, Grace? —Ben está pálido como la cera—. ¿Qué has hecho?

Grace menea la cabeza, no contesta. Mira de nuevo a Lotte.

—Me decía que estabas bien porque lo parecía —le dice—. Te comportabas con bastante normalidad, y aunque…

—¿Pasa algo, Ben?

Grace repara en que en el jardín delantero de la casa vecina ha aparecido un hombre. Lleva pantalón corto y mocasines destalonados, y tiene los antebrazos rosas por el sol. Al otro lado de la calle, una mujer con vestido de cuadros ha salido de su casa y los está mirando.

El agente de menor estatura carraspea sonoramente.

—Hemos recibido una serie de denuncias en el día de hoy, señora Adams. Un vehículo abandonado, robo, asalto con violencia, daños en propiedad ajena —enumera usando los dedos—. Por citar dos ejemplos concretos, se ha denunciado un ataque a un vehículo aquí, en el área de Finchley Road. Y, por otro lado, aunque pensamos que ambos incidentes están relacionados, se ha denunciado el robo de un hierro nueve en el área de Hampstead. —Mira el palo de golf que sujeta Grace—. Según los testigos, una mujer que encaja con su descripción, señora Adams, fue la agresora en todos los casos. Hemos estado patrullando la zona desde el último altercado... —Hace una pausa—. Y, bueno, la hemos encontrado.

Grace levanta una mano para indicar al agente que espere y se vuelve hacia su hija. Es su oportunidad y no piensa desaprovecharla. Repara en que hay varios adolescentes repartidos por las escaleras mirando perplejos a la policía, las luces de emergencia.

—Y, Lotte, aunque sabía que no podía ser..., si es que me lo dijo la orientadora, por Dios, me convencí de que sería peor sacarlo a relucir, hacerte pasar por todo eso. Pensé que para ti sería mejor seguir con tu vida. Me mentí a mí misma y...

—Señora, ¿puedo pedirle que deje el palo de golf en el suelo?

La agente de policía ha levantado la voz para hacerse oír por encima de la de Grace.

—Porque era yo la que no podía enfrentarme a ello. No sabía cómo hablarte de lo ocurrido. No sabía cómo hablar de ello. Lo siento muchísimo, Lotte, es...

—Señora Adams, voy a pedírselo una vez más —oye decir Grace a la mujer policía—. Deje el palo de golf en el suelo.

Grace enseña los dientes, respira por la nariz.

—Que sí, teniente O'Neil —dice sin volver la cabeza—. Solo necesito un segundo con mi hija, ¿vale?

Cuando vuelve la vista hacia la puerta, Lotte parece consternada.

—Tengo miedo de estar olvidándome de ella, mamá. —Cierra los puños y se encoge como si le doliera algo—. Ya no me acuerdo de cómo hablaba, ya no oigo su voz. No me acuerdo de sus facciones.

—Señora Adams, no me importa en absoluto su melodrama familiar... —grita la mujer policía—. Así que voy a pedírselo otra vez.

—Y lo siento mucho, mamá, nunca debí decir lo que te dije. Lo de que no estuviste cuando Bea te necesitó... —Se le quiebra la voz al pronunciar el nombre de su hermana—. No fue culpa tuya. —Tiene churretes de rímel en las mejillas, el puente de la nariz—. Lo que no sé es ¿cómo se puede querer a alguien de quien no te acuerdas, mamá?

La luz azul y blanca del coche patrulla le da intermitentemente en los ojos y Grace no lo soporta más. No puede quedarse donde está con Lotte desmoronándose. Hace ademán de acercarse a ella.

—Quédese donde está. Quieta.

La voz de la agente de policía es la gota que colma el vaso. Algo explota dentro de Grace. Da media vuelta y levanta el palo de golf con todas sus fuerzas.

—¿Quiere callarse? —grita.

Y sabe, porque lo siente en cada músculo, en cada célula, en cada átomo de su cuerpo, que ha perdido completamente la cordura.

—¡ARMA! —grita una voz de hombre.

Cuando Grace quiere darse cuenta, la agente ha sacado una pistola de su cinturón.

—Joder —oye decir a Ben.

—Tengo una táser, señora Adams —dice la mujer y su voz muestra ahora un matiz de urgencia—. No quiero usarla, ¿de acuerdo?

Pero Grace no la escucha. Algo frío y húmedo le empapa la ropa y la piel. ¿Le han disparado? No ha oído el tiro. No ha notado entrar la bala. ¿Es eso normal? ¿Pueden dispararte sin que lo notes?

La sensación fría y húmeda le está bajando ahora por la pierna y se toca para saber qué es, de dónde sale, y a través de la tela del bolsillo palpa la pistola de agua que se encontró en Hampstead Heath. Por un momento no entiende qué pasa. Hasta que cae en la cuenta de que la pistola pierde agua y la está mojando. Mete la mano en el bolsillo y la saca.

—¡ARMA DE FUEGO! —oye gritar a alguien.

Algo hace rebotar su cerebro contra el cráneo y le fallan las piernas. El golpe que ha dado su mentón contra el cemento le reverbera dentro de la cabeza y hay algo que la pega al suelo. No se puede mover y hay un enjambre de abejas zumbando, picoteándole el cuerpo, el cuero cabelludo, le aguijonean los ligamentos, los huesos, le provocan una descarga de dolor tras otra. Tiene los ojos tan en blanco que no le entra luz y piensa que es posible que esté apretando los dientes, pero no lo sabe con seguridad porque ha perdido el control de su cuerpo y de su mente. El dolor que la recorre es insoportable. Como si alguien le raspara la espina dorsal con un cuchillo. Y no deja de dar sacudidas, como si fuera un mono al que obligan a bailar pinchándolo con un palo. La boca se le llena de bilis. Va a vomitar.

—¡NO! ¡Parad! ¡Paradlo! —Sabe que Lotte ha salido de la casa y corre hacia ella—. ¡No! —vuelve a chillar Lotte.

—¡NO LA TOQUES! —grita la agente de policía—. Puede darte una descarga.

—¿Qué le habéis hecho? —grita Lotte corriendo en círculos, frenética—. Ay, Dios mío. Ay, Dios mío. —Se abraza por la cintura—. ¿Se va a morir? Papá, ¿se va a morir?

Entonces aparece Ben, abrazando a Lotte y hablando con la policía y Grace se da cuenta de que intenta mantener la calma, pero hay miedo y furia en su voz.

—Hagan el favor de parar —está diciendo Ben—. No hay ninguna necesidad de hacer eso. Esta persona no es una amenaza para ustedes. Ni para ustedes ni para nadie.

Grace forcejea con su lengua, que está flácida dentro de su boca, y no consigue coordinar los músculos que le permitirían hablar. Lotte, escucha, estoy bien, quiere decir. No me voy a morir.

Los dolorosos espasmos no cesan. Le van a triturar el cerebro hasta reducirlo a una papilla sanguinolenta. Las abejas siguen ahí, lo mismo que el cuchillo en la columna, la lengua, los ojos que no le sirven de nada. Entonces, justo cuando piensa que no lo soporta más, el agente de menor estatura le pone las esposas y la ayuda a levantarse. Grace cae en la cuenta de que las convulsiones están cediendo, de que ya no tiene el corazón en las amígdalas.

Mientras el agente la sujeta por el codo, Grace mira a Lotte y cuando habla lo hace con voz pastosa, como si estuviera algo borracha.

—No tienes que... —Flexiona los dedos que tiene sujetos a la espalda, nota cómo le pellizcan las muñecas las esposas. A continuación añade a toda velocidad, como si así fuera a dejar atrás los efectos de la descarga eléctrica—: No tienes que preocuparte por nada, te lo prometo, cariño. —Señala con la barbilla su cuerpo exhausto, las muñecas, el coche patrulla—. Voy a solucionar esto y mañana hablamos. Sé que pinta feo, pero te aseguro que se puede arreglar.

Entonces Lotte le echa los brazos al cuello y el agente de policía mira hacia otra parte, autoriza el abrazo. Grace nota el cuerpo de su hija cerca del corazón y daría cualquier cosa —cualquiera— por soltarse las esposas y así poder abrazarla en este momento. En lugar de ello pega la mejilla a la de su querida niña y le besa la cara una, dos, tres veces, intenta secarle las lágrimas con su propia piel.

—Me gusta cómo te queda el pañuelo —murmura Grace y acerca la nariz a la de Lotte para que sepa que lo que quiere decir no es en absoluto lo que está diciendo. A pesar del maquillaje, del pelo recogido, de ese vestido plateado que no podría ser más corto, a pesar de que hoy cumple dieciséis años, una parte de ella, una Lotte paralela, es también la niñita que Grace se ponía a la cadera, la que tenía mofletes rosados y parecía un koala.

—Te echo de menos, mamá —susurra Lotte—. Quiero volver a casa.

Cuando separan con cuidado a Lotte, a Grace le duele el cuerpo, pero no le importa. Podrían darle otra descarga con la táser y seguiría con ganas de dar volteretas de alegría porque su hija la echa de menos.

La luz azul sigue girando y le ilumina la cara a Grace cuando se la llevan al coche patrulla. Gira el cuerpo para mirar a su marido y a su hija, que están juntos en el camino de entrada mirándola.

—Os quiero, ¿vale? —dice sin pensar. A los dos.

—¡Vamos, Grace! —grita de pronto Ben agitando un puño en el aire.

Y es algo tan inesperado, tan impropio de él, tan completamente desquiciado, dada la situación, como si la estuviera animando durante los últimos metros de un maratón o al subir al cuadrilátero, que, a pesar de estar esposada y flanqueada por dos agentes de policía, a pesar de todo, Grace echa la cabeza atrás y ríe.

Cuando le hacen agachar la cabeza para entrar en el coche, cae en la cuenta de que, con todo el jaleo, se ha olvidado de lo más importante. Levanta la cabeza y la mujer policía maldice entre dientes.

—¡Feliz cumpleaños, Lotte! — grita Grace—. Siento lo de la porquería de tarta y que... que me hayan detenido. —Es consciente de estar haciendo una mueca que le recuerda al emoji de la carita con los dientes apretados. Lo que más desea en el mundo es hacer sonreír a su hija, devolverle la risa—. Disfruta de la fiesta, ¡es una orden!

Lotte está reclinada contra su padre, llorando y sonriendo mientras se llevan a Grace. Con la cara vuelta y a medida que las facciones de su hija se desdibujan, Grace tiene la sensación de que todo dentro de ella cede. Ha recuperado a su hija, pero también la está perdiendo. Porque está entrando ya en la edad adulta y ¿quiere alguien hacer el favor de explicarle cómo ha podido pasar tan deprisa la última década? Entonces se le ocurre —es como una revelación— que jamás volverá a ser madre de una recién nacida, de una criatura de meses ni de una inteligente y vulnerable niña de primaria. Eso ya lo ha hecho, es pasado. Esa parte terminó. Es como si su vida hubiera pasado a la siguiente fase mientras estaba pendiente de otras cosas y el dolor que esto le genera le oprime el corazón.

De la radio de la parte delantera del coche patrulla salen voces entrecortadas. La mujer a su lado suspira. Con el cuerpo girado en incómodo escorzo, Grace sigue mirando por la ventanilla hasta que Lotte casi ha desaparecido. Ahora está en la acera delante del camino de entrada a la casa y se seca las lágrimas con las manos. Pero Grace ve que está bien. Que estará bien. Que estarán bien. «Así que esta eres tú», piensa, y repite la frase en voz baja una y otra vez mientras el coche dobla el recodo.

Seis meses después

Formulario 94C

**Orden judicial de prestación de servicios comunitarios
(P. C. C. ley 1973, en. 14)**

Este tribunal, tras examinar el informe previo a la sentencia, concluye que la acusada es apta para trabajar en beneficio de la comunidad. La sala ha explicado a la acusada en lenguaje accesible el propósito y los efectos de esta orden y, en concreto, las consecuencias que pueden derivarse de la Enmienda 2 a la Ley de Justicia Criminal de 1991 en caso de que la acusada no cumpla con alguno de los requerimientos.

Orden judicial: Que la acusada, durante un periodo de 12 meses a partir de la publicación de esta orden, preste servicios no retribuidos por un total de 100 horas. La acusada estará en contacto con el juez de vigilancia que se le asigne respecto a instrucciones que pueda darle dicho juez y deberá notificarle cualquier cambio de dirección.

Están sentados en un banco en la linde del bosque esperando a Grace. Cherry Tree Woods. El bosque del cerezo. No es un nombre que asociarías a una condena a trabajos en beneficio de la comunidad. Suena más a escenario de una novela de Enid Blyton. Pero aquí es donde está cumpliendo condena Grace, construyendo un sendero. Ir allí a demostrarle solidaridad y señalar así de alguna manera el primer día ha sido idea de Lotte. Ella misma se ha ocupado del almuerzo, lo que en sí es un pequeño milagro porque, en circunstancias normales, cosas como encender el horno o pelar una zanahoria le cuestan horrores. Ha preparado sándwiches de mantequilla de cacahuete y comprado una bolsa de aperitivos picantes, manzanas Pink Lady y un paquete de galletas Oreo.

A su espalda tienen un acebo que brilla con bayas escarlata que aún no han picoteado los pájaros. Las hojas son verde brillante, son hojas tiernas, con bordes casi blandos que más tarde serán duros y punzantes. Ben ve las nubecillas de vapor de su aliento.

—Ya me estoy poniendo nerviosa —dice Lotte—. ¿Qué hora es?

Y aunque ha puesto en palabras lo que él también siente, Ben niega con la cabeza.

—Tranquila. Estamos hablando de tu madre. La policía la ha reducido con una pistola táser. Esto para ella es pan comido.

No llevan allí ni cinco minutos cuando la ven llegar, todavía con el chaleco de trabajo fluorescente. Tiene ramitas en el pelo y un churrete de barro en la cara.

—Todos los demás son veinteañeros delincuentes —grita Grace en cuanto está lo bastante cerca—. Lo que, como supondréis, es maravilloso para mi autoestima. —Besa a Lotte en la coronilla y se desploma en el banco haciendo rebotar los listones—. Estoy para el arrastre.

—Bonito modelo —dice Ben señalando el chaleco con un gesto de la cabeza.

—¿El qué? ¿Esto? —Grace pasa con cuidado los dedos por el vinilo, como si fuera una prenda de la mejor seda—. Tengo la esperanza de que me dejen quedármelo.

Almuerzan sentados en hilera, mirando por entre los árboles oscuros de invierno, que parecen extraños seres de aspecto esquelético que les sostienen la mirada, los observan. Gastan bromas a Lotte sobre su nuevo novio, que está un curso por encima de ella, a pesar de que les deja claro que no quiere hablar de él. Lo cierto es que tampoco a Ben le apetece demasiado.

Cuando terminan de comer, Lotte se levanta y les recoge los restos, con los que hace una bola.

—De verdad que no te conozco —susurra Grace y Lotte hace un puchero y adopta una pose de Instagram que le da aspecto de persona de al menos veinticinco años.

La miran cruzar la hondonada embarrada en busca de un cubo de basura. Una madre, un padre y el amor callado que sienten por su hija. ¿Cuántas veces en la corta vida de esta han ido de paseo al bosque? ¿Centenares? ¿Mil? La memoria de Ben retrocede a cámara rápida: Lotte en su pecho, dentro de una mochila portabebés, se está quedando dormida, arrullada por el canto de un pájaro; subida a sus hombros, señalando la red verde que tejen las copas de los árboles; acuclillada junto a un tronco recogiendo hojas crujientes del color del otoño; sacando brillo a raíces con su gorro de lana con las que hacer un trineo para los duendes del bosque; mareada en un columpio hecho de cuerda colgada de una rama gruesa y musgosa; con los brazos extendidos para guardar el equilibrio mientras camina por el resbaladizo tronco de un árbol caído; a lo lejos, corriendo feliz con las mejillas color albaricoque por efecto del viento.

Ben espera hasta estar seguro de que Lotte no los oye y le dice a Grace:

—Ayer me llegó un correo electrónico. Ya hay fecha para el juicio.

Grace asiente con la cabeza pero no dice nada.

—Hay tres chicas más que han aceptado testificar. Del colegio en que trabajó antes. Así que Lotte puede elegir qué hacer. No está obligada a ir al juzgado.

Ahora Grace sí levanta la vista.

—Qué bien —dice en tono quedo—. Eso es bueno.

Las manos de Grace descansan en el banco y por un momento Ben está tentado de entrelazar los dedos en los suyos, pero hace mucho que dejaron de tener gestos así. Las reglas de su relación fueron reescritas tiempo atrás. Así que pregunta:

—¿Qué tal está? Yo la veo genial.

Mira a Grace por el rabillo del ojo; la ve retirarse el pelo de la cara. Sentada allí, casi resplandece, con sus ojos límpidos y el invierno en la piel.

—Sí, está muy bien. Quiere que sigamos yendo al grupo de terapia de duelo. Lo que es muy positivo. Dan galletas gratis…, tipo bourbon generalmente, así que merece mucho la pena. —Baja la cabeza como si fuera a hacer una reverencia—. No, en serio, está bien, es una buena cosa. Cuando vamos nos sentimos casi normales, ¿sabes? La sensación de que no estamos solas, y también hablamos, las dos. De Bea, quiero decir. No muchísimo, pero suficiente por ahora, creo. —Se inclina hacia delante—. La pregunta es: ¿luego qué? A veces pienso que me aferro demasiado. Que igual debería dejarlo estar. Esperar a que las cosas se arreglen solas.

—Eso no es una opción —le dice Ben imitando el acento americano—. No puedes dejarlo estar y la razón es esto. —Se da un golpe en el pecho, donde tiene el corazón—. Es el trato.

Lotte se ha detenido a poca distancia de ellos. Ha sacado el teléfono y está escribiendo. Ben la mira mientras sigue hablando:

—Pero podrías empezar por perdonarte a ti misma.

Hay una pausa, un instante detenido. Dos palomas se enfrentan sobre sus cabezas, una disputa territorial por una ramita.

Grace mira hacia las copas de los árboles con ojos entornados.

—Pero ¿tú me perdonas? —pregunta en voz baja.

De pronto está allí, llenando el espacio entre los dos. Su niñita. Su Bea. El accidente. Todo lo ocurrido. Todo.

Ben quiere decir: «Por supuesto que te perdono», pero, tal vez porque en lo más íntimo de su ser sabe que ahora es el momento, sabe que las cosas tienen que cambiar, que necesitan empezar a pasar página, a pasar página de verdad, espera antes de contestar. Se detiene. Piensa. Porque hay algo que lo atenaza, un sentimiento oscuro, tóxico, de culpa. Algo que en su fuero interno ha sabido desde hace tiempo.

—Joder, Grace —dice despacio. Y deja caer la cabeza en las manos porque no se atreve a mirarla—. Creo que te he estado echando la culpa.

Nota movimiento en el banco cuando Grace cambia de postura.

—Eso me parecía —dice Grace con suavidad.

Cuando Ben la mira por fin a los ojos, su expresión es de intenso dolor.

Grace le sonríe con ojos demasiado brillantes, pero es una sonrisa sincera, Ben lo sabe.

—Gracias —dice Grace—. Por reconocérmelo. Porque era eso o… —Se encoge de hombros y Ben entiende que está intentando hacer una broma, una broma sobre algo que no puede ser menos divertido—. Eso, o que estoy paranoica.

Entonces Grace acerca su hombro al de Ben y lo desarma con su bondad.

—Pero ya no te culpo —se oye decir Ben.

No había sabido que iba a decir algo así hasta que lo hace. Pero, en cuanto pronuncia las palabras, se da cuenta de que ha desaparecido. Ese peso negro con el que ha estado cargando sin saberlo. Ya no lo tiene.

Nota la forma de una mano que conoce muy bien sobre la suya, es como la visita de una sombra del pasado. Entonces Grace se pone de pie. Y hay una cierta levedad en su gesto.

Ben levanta la barbilla hacia el cielo.

—Hasta los monos se caen de los árboles, Grace —dice.

Sabe que es su expresión japonesa favorita. Grace mira las copas.

—Nadie es perfecto —conviene.

—Aunque a nuestra hija le falta muy poco.

Ben hace un ruido de succión con los dientes.

—Eso es verdad, sí, señor —dice Grace.

Ben está a punto de añadir algo, una frase medio predecible y manida acerca de la vida, el fracaso y sobre no arrepentirse. Pero cuando se miran, un cruce de miradas rápido, cómplice, entiende que Grace ya lo sabe.

—Bueno, pues vuelta al tajo. —Grace se sacude migas de la ropa que caen en el arcilloso lecho del bosque—. ¡Lotte! —llama—. Me ha encantado la comida. Luego te veo, ¿vale?

Le manda un beso volado y Lotte levanta la vista del teléfono, alza una mano y cierra el puño en el aire, como si atrapara algo. Y en ese momento Ben ve a su hija, pequeña y somnolienta, tapada hasta la barbilla con el edredón. Tiene una de las manitas fuera y está atrapando los besos que le envía Grace antes de apagarle la luz de la mesilla.

—Gracias por venir. —Grace se vuelve a mirar a Ben. Con el chaleco de trabajo y el pelo todo alborotado, está ridícula y maravillosa—. Igual el próximo día hago como Naomi Campbell y me presento en tacones.

Saca la cadera como una modelo de pasarela y Ben sabe que ha dicho eso para rebajar la solemnidad. Cuando Grace se aleja, Ben la despide agitando un poco el brazo.

—Hasta pronto —le dice.

El frío del suelo le ha subido por los muslos y cuando se pone de pie tiene los músculos de las piernas acalambrados. Lotte corre hasta él, todavía con el teléfono en la mano. Ben le pasa un brazo por los hombros, la acerca hacia él y Lotte se deja.

—No hay quien pueda con tu madre —dice.

Lotte ríe.

—¿Me lo dices o me lo cuentas?

Mientras se alejan, de pronto el cielo se agujerea. Bolas de granizo les golpean igual que piedras el pelo, las caras, se posan un momento en el suelo antes de desaparecer y dejar en su lugar manchas oscuras. Lotte echa a correr hacia el coche, pero Ben se gira, solo para asegurarse.

Grace es un brochazo naranja brillante al otro lado del calvero. Pala en mano, está sacando tierra de un saco apoyado contra un árbol. La extiende, la aplasta bien, construyendo un camino. Mientras Ben la observa, Grace da un pasito hacia delante, repite el proceso, asegura los bordes cuando la tierra se derrama. Repite la operación una y otra vez. Trabaja sin pausa, con método, con determinación.

Agradecimientos

Este libro está inspirado en la película de 1993 *Un día de furia*, escrita por Ebbe Roe Smith. Y también en el maravilloso grupo de mujeres que tengo en mi vida.

Hellie Ogden, agente, gurú, campeona y una mujer brillante en todos los sentidos. Gracias por tu infinito apoyo, he aprendido mucho de ti. Mis extraordinarias editoras, Jess Leeke en Reino Unido, que me conquistó nada más conocernos y se dejó la piel en estas páginas; y, en Estados Unidos, Amy Einhorn, diosa del Libro. Gracias a ambas por vuestra pasión, generosidad, humor y perspicacia, y por compartir conmigo toda vuestra experiencia. Me siento muy afortunada de que Grace os encontrara. Gracias también a todo el equipo en Penguin Michael Joseph, especialmente a Louise Moore, que apoyó a Grace desde el principio, a Maddy Woodfield, Clare Parker, Ella Watkins, Jen Harlow, Jen Breslin, Eloise Austin, Kate Elliott, Nick Lowndes, Hazel Orme, por sus consejos forenses, y a Lee Motley y Kate Dehler, por su fantástico diseño de cubierta. Muchas gracias también a Chantal Noel, Jane Kirby y al fabuloso equipo de derechos de autor en el exterior. A todo el equipo de Henry Holt, en especial a Julia Ortiz, y al de Janklow & Nesbit, en especial a Ma'suma Amiri y Emily Randle.

Gracias también a mis amigos —sois unos cielos todos— por escucharme, leerme, aconsejarme y animarme, en especial a Sarah Morell, Vardit Shalet, Sarah Minchin, Hilary Tailor, Lou Wheatley, Roz Hutchison, Andy Baker, Hannah Newman, Tim Minchin y Fi Gold. Gracias, Dai Fujikura, Didier De Raeck, Cristian Vogel, Fedor Stepanenko, Carla Santana Hernández, Mathias Schaffhäuser, y a Walter Morel por su talento para maldecir en otros idiomas.

Gracias, mamá —la madre de todas las madres—, por tanto amor siempre. Gracias, Cath y Jules, por vuestra lealtad ciega y vuestros ánimos, LAS mejores hermanas, sin excepción. Hemos escalado todas las montañas juntas, hemos perseguido todos los arcoíris (sí, qué pasa, es una referencia magistral a *Sonrisas y lágrimas* metida con calzador, de nada). Gracias a papá —quien al menos sabía que saldría en estos agradecimientos— por leerme el cuento del osito Theodore *Viaje al* (dichoso) *Tripiti* una y otra vez. Siento que no pudieras terminar *El paraíso perdido*. Y gracias a Jeannie, por contar tan bien las historias. Siempre estaré agradecida a mi extensa familia, mi red de seguridad: los Dodwell, los Baines, los Donaldson, los Morel, los Warren, los Ursell, los Begg, los Flower. Gracias, gente maravillosa.

Gracias a Cassia, Ione y Lucia, mis chicas preciosas e invencibles. Este libro ha resultado ser en realidad una carta de amor a vosotras. Gracias, Si, mi media naranja. Por tomarte en serio muchos miles de palabras, y por tu paciencia de santo de principio a fin. No hay nadie con quien preferiría hacer este viaje.

«Para viajar lejos no hay mejor nave que un libro».

EMILY DICKINSON

Gracias por tu lectura de este libro.

En **penguinlibros.club** encontrarás las mejores
recomendaciones de lectura.

Únete a nuestra comunidad y viaja con nosotros.

penguinlibros.club